혼모노

초판 1쇄 발행 • 2025년 3월 28일
초판 8쇄 발행 • 2025년 6월 13일

지은이 / 성해나
펴낸이 / 염종선
책임편집 / 오윤
조판 / 신혜원
펴낸곳 / (주)창비
등록 / 1986년 8월 5일 제85호
주소 / 10881 경기도 파주시 회동길 184
전화 / 031-955-3333
팩시밀리 / 영업 031-955-3399 · 편집 031-955-3400
홈페이지 / www.changbi.com
전자우편 / lit@changbi.com

ISBN 978-89-364-3974-3 03810

* 이 책은 서울특별시, 서울문화재단 '2024년 창작집 발간지원사업'의 지원을 받아
  출간되었습니다.

혼모노

성해나
소설집

창비

길티 클럽:
호랑이 만지기

김곤이 인스타그램에 처음 업로드한 게시물은 치앙마이 타이거 킹덤에서 찍은 동영상이었다. 십오초 남짓한 영상에서 김곤은 호랑이 우리에 들어가 호랑이의 등을 쓰다듬고 있었다. 호랑이는 182센티미터의 김곤과 비견될 정도로 거대했는데, 약에 취한 건지 더위와 사람에 지친 건지 몸을 쭉 뻗고 미동 없이 누워만 있었다.

그 게시물에 달린 수많은 댓글들을 나는 하나하나 읽어보았다. '멋있어요' '다음 작품은 언제 나와요?' '힘내세요' 같은 댓글 사이 이런 댓글도 보였다.

'역시 호랑이도 썩은 고기는 안 먹고 가리네.'

∞

　김곤은 이른바 나만 알고 싶은 감독이었다. 김곤의 팬덤은 김곤이 「인간 불신」으로 베를린국제영화제에서 은곰상을 타기 전부터 그를 알고 있던 코어 팬과 어느 정도 인지도가 생긴 후 좋아하게 된 라이트 팬으로 나뉘었고, 코어 팬은 라이트 팬을 은근하게 무시했다. 신비주의를 고수해 GV조차 안 하던 김곤이 유명 토크쇼에 출연한 뒤 수려한 외모와 작품성으로 주목받자 나만 알던 감독을 뺏겼다며 유감을 표한 이들도 속출할 정도였으니 말 다했지.

　굳이 따지자면 나는 김곤이 은곰상을 탄 이후 팬이 된 케이스였다. 그래도 발만 살짝 담근 정도는 아니었다. n차 관람에 영혼 보내기*까지 불사하던 '인간 불신러'**, 그게 나였다. 『보그』에 실린 김곤의 화보를 반년간 핸드폰 배경화면으로 설정하기도 했는데, 당시 연인이었던 ─ 지금은 남편인 ─ 길우는 그것을 거슬려 했다. 그도 그럴 것

---

　* 영화 흥행에 보탬이 되고자 관객이 표만 예매해 집계 관객 수를 늘리는 행위.
　** 「인간 불신」의 팬덤을 일컫는 조어. 「아수라」의 팬덤인 '아수리언'이나 「아가씨」의 팬덤인 '아갤러'와 일맥상통하는 말이다.

이 내가 한동안 길우에게 김곤의 카피캣이 되길 종용했기 때문이다.

그때는 김곤이 SNS를 일절 하지 않던 시기라 나는 인터뷰를 찾아 읽고 트위터를 뒤지며 김곤의 취향과 기호를 긁어모아야 했다. 일테면 김곤이 부산국제영화제에 방문했을 때 입었던 셔츠는 커피 찌꺼기로 염색한 H&M의 오가닉 제품이라는 것, 특정 출판사의 시집을 즐겨 읽으며 북클럽 회원에게만 주어지는 캔버스 백이나 북커버를 살뜰하게 가지고 다닌다는 것, 맥주를 좋아하며 특히 듀체스 드 부르고뉴를 즐긴다는 것, 토크쇼에 출연했을 때 목덜미에 살색 커버 테이프를 붙인 건 스무살에 한 레터링 타투 때문이며 장발을 고수하는 것도 동일한 이유 때문이라는 것, 제거를 고려했으나 자신의 신념과 초심이 담긴 타투라 쉽게 없애지 못했다는 것 등등.

김곤에 관한 정보를 싸그리 수집한 뒤 나는 은밀하게 길우를 부추겼다. 자기도 머리 길러보면 어때? 자기도 오가닉 티셔츠 입으면 잘 어울릴 것 같아. 자기도 북클럽 가입할래? 마침내 목덜미에 타투를 새기는 게 어떠냐 물었을 때, 길우는 폭발했다.

적당히 좀 해!

무던한 길우가 내게 가장 크게 화를 낸 것이 그때였다. 그 정도로 나는 김곤에 미쳐 있었다.

∞

'길티 클럽'. 그런 모임이 있다는 것을 나는 오영을 통해 알았다. 오영은 나보다 더한 김곤의 골수팬이었고, 콜롬비아 보고타영화제에서 상영하는 김곤의 국내 미개봉 단편을 보러 가기 위해 임상시험 알바까지 할 만큼 지독했다.

오영과 나는 '인불갤'*에서 만난 사이였다. '그 사건'이 터진 후 인간 불신러들이 하나둘 떠나고 그곳이 일간 베스트 서버가 터지면 일베 유저들이 임시로 모이는 공간으로 악용되던 때에도 나는 꿋꿋이 게시물을 업로드했고, 오영은 거기에 간간이 댓글을 다는 유일한 팬이었다.

일대일 대화나 다름없는 댓글을 나누며 오영과 나는 가까워졌다. 어찌어찌 트위터 맞팔로우까지 하고 얄팍한 친목을 도모하던 중 오영이 느닷없이 DM을 보내왔다.

---

* 2017년 2월에 개설된 디시인사이드 '인간 불신 갤러리'의 약자.

[여긴 찐만 걸러 받는데 님도 존버인 것 같아 공유함.]

　메시지 하단엔 카카오톡 오픈 채팅방 링크가 첨부되어 있었다. 클릭했다가 엉뚱한 데 엮이는 게 아닐까 주저하다 호기심을 이기지 못하고 링크에 접속했다. 이상한 곳이면 바로 빠져나올 심산으로. 아무나 들어갈 수 있는 채팅방인 줄 알았는데 참여 코드가 걸려 있었다. 오영은 「인간 불신」이 크랭크인된 날짜를 치면 된다고 일러주었다. 고민의 여지없이 코드를 입력하자 채팅방이 열렸다.

　길티 플레저 클럽. 줄여서 길티 클럽. 촬영까지 갔다가 엎어졌다는 김곤의 세번째 작품 「길티 플레저」에서 따온 듯했다. 그 클럽엔 엄격한 잣대로 거르고 걸러 초대되었다는 김곤의 골수팬 스물여섯명이 모여 있었고, 총 여섯 가지 규정이 있었다.

　1. 대화 내용 캡처 및 무단 유포 금지

　2. 이주 이상 활동 없을 시 총대 권한으로 추방

　3. 서로를 부르는 호칭은 '선생님'으로 통일할 것

　4. 친목질 절대 금지

　5. 일부 단어(ex. 파주 세트, A군) 절대 사용 금지

　6. 김곤 감독님에 대한 비하 발언 및 욕설 일절 금지

타이트한 규정과 달리 채팅방의 분위기는 꽤나 유했다. 소통도 활발했고 욕설이나 비방 글을 남기는 이들도 보이지 않았다.

6. 김곤 감독님에 대한 비하 발언 및 욕설 일절 금지

길티 클럽은 김곤을 사랑하는 이들이 모인 곳이었다. 바깥엔 김곤에 대한 추문과 낭설이 팽배했으나 이 안에선 '감독님 근황 아시는 분?' 「인간 불신」은 한국이 담을 수 없는 명작이죠' '「미몽」 사운드트랙 발매 안 되는 건가요?' '고니형 돌아와' 따위의 애정 어린 대화만 오갔다. 모욕과 혐오가 비집고 들어올 수 없는 든든한 바운더리. 그게 길티 클럽의 마력이었다. 뿐만 아니라 그 안에서는 굿즈를 구하기도 쉬웠다. 시사회나 예매 이벤트로 한정 발매되었던 굿즈를 교환할 수도 있었고, 손재주 좋은 회원이 직접 제작한 굿즈를 공동구매하는 경우도 흔했다. 나는 새로운 굿즈를 발견하는 족족 사들였다. 「인간 불신」 일러스트가 들어간 손수건부터 감독의 데뷔작 「미몽」 로고 타이틀이 새겨진 배지, 티셔츠, 에코백…… 그렇

게 많은 굿즈를 사 모으면서도 배송지는 늘 집이 아닌 회사로 지정했고, 배송된 굿즈는 수납박스에 숨겨두고 나 혼자 봤다.

그 사건 이후에도 내가 변함없이 김곤을 추앙하고 그의 영화를 보고 클럽에 가입해 굿즈까지 사들인다는 것을 알았을 때 길우는 경악했다.

자긴 그런 인간을 소비하고 싶어?

길우는 내가 이해되지 않는다며 내 윤리의식에까지 의구심을 품었다. 끝내는 어디에 단단히 홀린 게 아니냐며 화를 냈지만 내가 생각하기에 단단히 홀린 건 내가 아니라 길우였고, 아무것도 모르는 대중이었다. 그들은 옐로 저널리즘과 사이버 렉카의 가짜 뉴스에 홀려 김곤의 작품을 철저히 외면하고 왜곡했다.「인간 불신」의 은곰상 수상을 두고 느닷없이 거품 논란을 일으키는가 하면「미몽」의 동성애 코드와 감독의 성적 지향을 억지로 엮으며 평점 창을 '지 사리사욕 채우는 영화' 따위의 악랄한 댓글로 도배하기도 했다. 나는 그들을 이해할 수 없었고 가끔은 징그럽기까지 했다. 어떻게 작품을 본 적도 없으면서 '안 봐도 비디오' 따위의 평을 내리는 걸까. 어째서 잘 알지도 못하는 타인을 나락으로 떨구려 그토록 안간힘 쓰는 걸까. 도대체 왜 사실관계도 명확하지 않은 사건을 멋대로 공론화하고 거짓말까지 덧붙여 온갖 데로 퍼 나르는 걸까.

할 말은 많았지만 하지 않았다. 길우에게는 알았으니 그만하라고, 이제는 관심 끄겠다고 했지만 그후에도 나는 길우 모르게 굿즈를 사들이고 길티 클럽 활동도 활발히 했다.

2. 이주 이상 활동 없을 시 총대 권한으로 추방

김곤을 향한 애정을 나는 소비로 입증했다. 내가 산 굿즈의 후기를 채팅방에 꾸준히 올리기도 했다.

[오늘 도착한 「인간 불신」 티셔츠입니다. 네크라인 시보리가 짱짱해서 빨아도 잘 안 늘어날 것 같아요.]

[「미몽」 배지입니다. 펄이 잔잔히 들어가 있는 게 취향 저격이네요.]

대용량 수납박스가 온갖 굿즈로 꼭 찰 무렵, 채팅방에 공지가 하나 올라왔다.

[길티 클럽 오프라인 정모 알림 — 2019 베를린국제영화제 시상식 생중계 단체 관람]

총대는 정모 일정과 회비에 대해 언급한 뒤 말미에 한 마디를 덧붙였다.

[감독님과 영상통화 있을 예정.]

세상에. 미쳤다!

회사라는 것도 잊은 채 핸드폰을 내던지며 오두방정을 떨었다.

∞

정모 장소인 이태원까지는 약 세시간이 걸렸다. 집에서 남춘천역까지 버스로 한시간, 남춘천역에서 ITX를 타고 왕십리역까지 한시간, 다시 지하철을 갈아타고 사십분, 지하철에서 내린 다음 도보로 또 이십분. 차편이나 거리 따위는 상관없었다. 정모가 끝난 뒤 묵을 게스트 하우스를 예약해두고 연차를 냈다. 길우에게 서울 출장이 잡혔다는 거짓말까지 하고서.

출발 전까지 어떤 옷을 입을지 고민하다 가슴에 「인간 불신」 로고가 조그맣게 새겨진 티셔츠를 입고 패딩을 걸쳤다. 이태원으로 가는 내내 기대에 부풀어 어떤 사람들과 어떤 대화를 나누게 될지 상상했다. 정모 예상 질문인

'어쩌다 김곤을 좋아하게 되었나'에 대한 답도 나름대로 구체적으로 준비했다. 그러니까⋯⋯

김곤을 알기 전까지 나는 소위 '필리스틴'이었다. 고전이나 예술영화에는 전혀 관심 없었고 누가 좋아하는 영화를 물어보면 당황하며 마블⋯⋯ 정도를 꼽는 사람. 멜론 순위권에 있는 노래만 듣고 어쩌다 미술관에 가면 작품을 설렁설렁 훑다 십분도 안 되어 나오는 사람.

나는 예술에 도취된 사람들이 불편했다. 자칭 시네필이었던 전 애인에 대한 반감 때문이었다. 어떻게 구로사와 아키라를 몰라? 다른 건 몰라도 「란」은 꼭 봐, 명작이니까. 타인에게 자신의 예술적 취향을 강요하던 사람. 넷플릭스 구독 안 해? 스포티파이도? 그럼 혼자 있을 땐 대체 뭐해? 취미가 없는 것을 기이하게 여기던 사람. 어떻게 「퐁네프의 연인들」 보면서 조냐? 너는 진짜⋯⋯ 심미안이 없다며 면박을 주던 사람.

난 누가 듣는 음악, 좋아하는 영화 리스트만 봐도 어떤 유형인지 예측 가능하거든? 근데 너는 뭐랄까, 난감하달까⋯⋯ 아니 지루하다고 해야 하나. 모럴이 없으니까.

그 사람과 헤어지고 돌아가던 길에 모럴의 뜻을 검색해보았다.

인생이나 사회에 대한 정신적 태도. 어떤 행위의 옳고 그름의 구분에 관한 태도.

뜻도 모르고 지껄인 게 분명했지만 내게 적용해보면 완전히 잘못 쓴 것도 아니었다. 그때까지 나는 무엇이 좋고 싫은지, 옳고 그른지 깊게 따지고 들지 못했으니까.

나에게는 태도랄 게 없었다.

그 사람의 허울뿐인 고상함이 지긋지긋하기도 했지만 그보다는 그 사람과 있을 때 체감되는 나의 무지와 단순이 초라하게 느껴진 것도 사실이었다.

길우가 편했던 것도 그 때문이었다. 자기계발서를 즐겨 읽는 사람. 카페에서 트로트나 CCM이 흘러나와도 무감하게 커피를 마시는 사람. 봉준호와 박찬욱을 혼동해도 눈치 주지 않는 사람. 어쩌면 그 둘을 구별조차 못하는 사람. 지루할지언정 유별나지는 않은 사람. 나와 동류인 사람. 길우와 서점이나 공연장 앞을 지날 때마다 나는 괜히 구시렁대곤 했다. 책, DVD 모아서 뭐 해. 이사 갈 때 챙길 짐만 느는 거지. 내한 공연? 어차피 스크린만 줄창 보다 오는 거 아냐? 자기합리화라고 생각하진 않았다. 그게 나의 모럴이었다. 한때는.

「인간 불신」을 처음 — 나는 그 영화를 총 서른두번 관람했다 ─ 본 건 길우와 만난 지 일년째 되던 날이었다. 3월인데도 아침부터 내린 눈이 저녁까지 그치지 않았다. 강원도에서 강설은 흔한 일이었으나 그해에는 유독 많은 양의 눈이 쏟아졌다. 오늘은 어렵겠지? 내일 만날까? 길우와 문자를 주고받다 아무리 그래도 일주년인데 하는 생각에 퇴근 후 그의 근무지와 내 근무지 중간 지점에서 만났다. 저녁을 먹고 커피까지 마시니 일곱시였다. 시간은 뜨고 대화거리도 떨어지고, 각자 핸드폰만 보던 중에 길우가 넌지시 제안했다.

영화라도 볼래? 안 본 지 꽤 됐잖아.

딱히 보고 싶은 영화는 없었지만 이대로 헤어지긴 섭섭했다. 어플로「모아나」를 예매하고 영화관으로 향했다.

와이퍼를 최대 속도로 맞추었는데도 세찬 눈발에 시야가 제대로 확보되지 않았다. 핸드폰에서는 연달아 재난경보가 울렸다. 영화관으로 향하는 내내 길우는 쩔쩔매며 계장과 통화했다. 시청 공무원인 길우는 대설주의보가 발효될 때면 퇴근 후에도 비상근무를 해야 했다. 기념일에 비상근무라니, 어쩔 수 없다는 걸 알면서도 얄궂다는 생각부터 들었다. 시청 앞 도로가 폭설로 정체되었으니 제설 작업을 하러 오라는 통보에 길우는 나만 영화관 앞에 내려준 뒤 급하게 차를 돌렸다.

예매해둔 「모아나」는 이미 입장 시간이 지난 뒤였다. 돌아갈까 하다 여기까지 온 시간이 아까워 매표소로 향했다. 그나마 시간이 맞는 영화는 「인간 불신」뿐이었다. A열밖에 없는데 괜찮으냐고 직원이 물었을 땐 의아함이 앞섰지만(제목도 처음 들어보는 영환데 앞자리밖에 안 남았다고?) 지루하면 잠이나 잘 요량으로 남는 자리 아무 데나 달라고 했다.

상영관은 관객으로 꽉 차 있었다. 광고가 나올 동안 미리 챙겨온 팸플릿을 대충 훑어보았다. '당신은 지독한 사랑에 빠질 것이다.' 팸플릿에 적힌 카피만으론 어떤 영화인지 감을 잡을 수 없었다. 암전되길 기다리며 길우에게 메시지를 보냈다.

[이거 괜히 본다고 했나봐. 지루할 것 같아.]

초반부는 불친절했다. 인물들의 의미 없는 수다, 갑작스럽게 끊기다 다시 이어지는 컷. 모든 게 제멋대로였다. 하품하며 몸을 늘어뜨렸다. 커피를 두잔이나 마신 탓인지 잠이 오지 않았다. 멍하게 스크린을 보고 있자니 난해하기는 했어도 그동안 봐온 한국 영화와 이 영화가 다르다는 것을 알 수 있었다. 조폭도 나오지 않았고 여성이 무참히 희생되지도 않았으며 신파도, 생(生)에 대한 헛된 희망이나 자비도 없었다. 무엇보다 캐릭터가 독특했다. 악인도 아니지만 선인도 아닌, 굳이 말하자면 괴인에 가까운 인물 군상.

저게 김곤 작품의 모럴이거든.

옆 사람이 동행인에게 속삭이는 소리가 들렸다. 모럴이라…… 중반부로 접어들수록 서사에 힘이 더해졌다. 의미 없다고 느꼈던 대사들은 시간의 경유를 거치며 의미심장해졌고 생략되었던 컷도 하나둘 회수되며 맥락이 생겼다. 두 인물의 갈등이 고조되는 부분에서 나는 자세를 고쳤다. 낯설고 불분명하지만 동시에 아름다운 장면들이 이어졌다. 환상과 현실의 경계에서 갈등하는 인물들, 스크린을 뚫고 피부까지 와닿는 생생한 에너지, 처절한 감정선. 그렇게 절정을 지나 벌거벗은 두 인물이 동물처럼 포효하는 엔딩에서 나는…… 멍해졌다.

와, 이건 정말이지…… 정말…… 지독하구나.

내 얕은 식견으론 정의할 수 없는 울림과 충격이 마음을 휘저었다가 뒤덮었다가 짓눌렀다. 압도된다는 게 이런 거구나. 두시간의 러닝타임이 순식간에 지나간 것 같았다. 엔딩 크레디트가 완전히 올라갈 때까지 상영관을 떠

날 수 없었다. 알 것 같으면서도 명확히 알 수 없는, 그래
서 더 고혹적인 장면들이 눈앞에 어른거렸다.

무엇보다 이런 괴상하고도 우아한 작품을 만든 사람이
누군지 미치도록 궁금했다.

약속 시간인 여덟시 정각에 맞춰 정모 장소에 도착했다.

2017 베를린국제영화제 은곰상을 수상하고 약 이년이
지나 김곤은 신작 「안타고니스트」로 다시 경쟁 부문에 노
미네이트되었다. 베를린에서 개최되는 시상식은 한국 시
간으로 밤 아홉시에 유튜브를 통해 생중계될 예정이었다.

가게에 손님은 한 팀뿐이었다. 빔 프로젝터 스크린 앞
에 모여 앉아 있는 사람들에게 다가가 인사를 건넸다.

안녕하세요.

아…… 누구시더라?

총대인 듯한 여자의 물음에 나는 닉네임을 댔다. 여자
는 나를 훑어보더니 앉으라는 말도 없이 카운터를 가리
켰다.

선생님, 결제 선불이에요. 술은 저쪽 가서 계산해야 되
고요.

여섯명의 회원들은 대부분 김곤이 즐겨 마신다는 듀체

스 드 부르고뉴를 마시고 있었다. 나 역시 듀체스 드 부르고뉴 ─ 다른 맥주보다 두배는 비쌌다 ─ 를 시킨 뒤, 내 또래로 보이는 여자 옆에 앉았다.

시상식이 시작될 때까지 한시간가량 남아 있었다. 총대인 듯한 여자가 말했다.

뭐, 처음 보는 분도 계시니까 자기소개부터 할까요?

막 자기소개를 시작하려 할 때, 누군가 우리 쪽으로 어슬렁어슬렁 다가오더니 내 대각선에 앉았다. 부스스한 붉은 탈색모에 예술대학 엠블럼이 박힌 패딩을 입은 여자. 여자는 자신을 오영이라고 소개했다. 오영……? 그 오영? 오영은 몇몇과 이미 아는 사이인 듯 친근히 인사를 주고받았다.

에계, 이거밖에 안 모였어요?

아홉시 넘어서 더 올 거 같은데 기다려보자고.

총대를 시작으로 돌아가며 자기소개를 했다. 닉네임 정도 말하면 되려나 했는데 다들 나이, 직업, 학벌까지 낱낱이 밝혔다. 나를 제외한 일곱명 중 네명이 영화과 재학생 혹은 졸업생이었고, 둘은 프리랜서 창작자, 내 옆에 앉은 사람은 주부였다. 다들 예술 하네. 나이도 나보다 한참 밑이고. 모여 앉은 이들을 둘러보며 생각했다. 돌고 돌아 내

차례가 왔을 때 나는 눈치를 보며 나이를 다섯살 낮추어 말했다. 의심을 사진 않을까 했는데 다들 별 관심이 없어 보였다. 오영은 나와 눈이 마주치자 익살스럽게 윙크를 해 보였다. 온라인 친구를 오프라인에서 만난 건 처음이었다. 애초에 온라인 친구도 오영뿐이었지만.

듀체스 드 부르고뉴는 지나치게 시큼했다. 상한 거 아냐? 한모금을 마시고 눈치를 살피는데 다들 안주도 없이 그것을 잘만 마시고 있었다. 한모금을 더 들이켰다. 이런 맥주를 마셔본 적이 없어 그런가, 시고 텁텁하기만 했다. 내 취향은 굳이 따지면 카스나 하이트 쪽이었다. 거기 모인 사람 중 오직 내 옆에 앉은 여자 — 주부 — 만 소맥을 마시고 있었다. 나도 소맥이나 마실까 하다 일단 듀체스 드 부르고뉴를 더 마셔보기로 했다. 마시다보면 길이 들지 않을까. 그래도 김곤이 좋아하는 맥주라니까. 겨우겨우 반쯤 들이켰을 때, 총대가 영화계 지인을 통해 「안타고니스트」 스크리너를 받아 보았다며 혹시 본 사람 있냐고 물었다. 그 말에 오영을 포함한 영화과 학생들이 눈을 번뜩였다.

누나도 봤어요?

그들은 모두 시네필 내지는 평론가 같았다. 「안타고니

스트」의 각 장마다 다른 화면비가 사용된 것을 두고 '김곤이 말하고자 하는 건 인간의 가변성이다' '아니다, 기성을 향한 반항과 탈주다' 논쟁하고, 나중엔 프리랜서 둘까지 합세해 '가변 화면비를 사용한 데는 다 철학적 이유가 있는 법이다' '그럴 리가, 아이맥스 상영을 겨냥한 의도적 편집이다' 열띤 토론을 벌였다. 시네마스코프니 레터박스니 블랙바니 하는 말을 듣고 있자니 머리가 어질어질했다. 아직 정식 개봉도 안 한 영화를 본 사람이 이렇게 많구나. 부럽기도, 한편으론 소외감이 들기도 했다. 김곤에 빠진 이후 나도 나름대로 영화 보는 눈이 생겼다고 자부했는데 저들에 비하면 여전히 한참 모자란 것 같았다. 나는 나처럼 멋쩍게 앉아 핸드폰을 보는 옆자리 여자에게 슬며시 말을 붙였다.

어디서 오셨어요?

여자는 놀란 듯 눈을 크게 치켜뜨더니 광주요…… 속삭였다.

경기도요?

아뇨, 전라도.

멀리서 오셨다. 저도 지방에서 왔는데. 춘천이요.

그러냐며 여자는 핸드폰을 확인했다. 공갈 젖꼭지를 문

아기 사진이 배경화면으로 설정되어 있었다. 화면을 가리키며 물었다.

딸이에요?

아뇨…… 아들요.

너무 귀엽다. 몇개월이에요?

이제 돌 지났어요.

그렇구나, 너무 귀엽네요. 저도 이런 아들 낳으면 소원이 없겠어요.

네…… 네.

여자는 내 말에 꼬박꼬박 대꾸했으나 귀 기울이진 않는 것 같았다. 그녀의 시선은 열띤 토론을 벌이는 총대와 다른 회원들에게 향해 있었다. 그들은 「안타고니스트」 2장에서 주인공의 눈동자가 반짝인 것을 두고 인물의 태세 전환을 암시하는 의도적 숏이다, 카메라 렌즈에 의한 단순한 빛 반사다 가타부타하고 있었다. 이제 와 말을 얹고 저들 틈에 끼긴 늦은 듯했고 그렇다고 멀뚱히 앉아 있기도 민망해 여자에게 재차 말을 붙였다.

3. 서로를 부르는 호칭은 '선생님'으로 통일할 것

미지 선생님, 하고 부르자 여자는 화들짝 놀라며 자기 이름을 어떻게 아냐고 물었다.

아까 자기소개 할 때 말씀하셨잖아요.

……그랬나요.

나는 그녀에게 김곤의 어떤 작품을 가장 좋아하냐고 물었다. 그녀는 뜸을 들이다 「인간 불신」을 꼽았다.

어머, 저돈데!

나는 지금껏 모아온 굿즈 컬렉션이며 블루레이에 대해, 인터뷰에서 읽었던 「인간 불신」 비하인드에 대해 시시콜콜 주워섬겼다. 주인공의 심리를 이해하기 위해 김곤이 넉달간 단식원에 있었다는 것, 최종 각본이 완성될 때까지 초안만 백번 넘게 고쳤다는 것, 오프닝 신은 안드레이 타르콥스키의 「노스탤지아」에서 영향받았다는 것 등등.

그렇군요…… 몰랐네요…… 그녀의 뜨뜻미지근한 반응에도 불구하고 나는 이런 이야기를 누군가와 필터링 없이 공유할 수 있다는 사실에 벅차 혼자 떠들어댔다.

그 사건 이후 친구 몇과 연락이 끊겼다. 상대가 끊기도 했으나 대체로 내 쪽에서 먼저 피했다. 친구들은 어떻게 아직도 김곤을 지지할 수 있냐고, 그건 비윤리적이고 시대 흐름을 읽지 못하는 것이라고 했다. 친구들의 비난이

길어질 때마다 실망도 따라 커졌다. 그들은 나와 함께 김 곤 작품을 관람한 적 있었고 내가 선물한「인간 불신」블 루레이를 기쁘게 받아들였으며 김곤의 작품을 호평했던 이들이었다. 그들에게 조심스럽게 말했다.

　사실인지 아닌지도 확실치 않잖아. 그리고 원래 인터넷 에선 별별 말이 다 도니까……

　친구들이 기막혀 하며 날카롭게 쏘아붙였다.

　네 아이한테 같은 일이 일어나도 그 인간 감쌀 거니?

　그 질문 앞에 서면 말문이 막혔다. 내가 타인의 고통을 잘 이해하지 못하는 사람인가, 의심도 들었다. 나는 김곤 이 혐오스럽지 않았다. 오히려 안쓰러웠다. 만일 그 사건 이 사실이더라도 쪽잠 자며 촬영하다보면 누구든 예민해 질 수 있지 않을까. 실수할 수 있지 않을까. 사람인데 그럴 수도 있지 않을까…… 생각이 거기까지 미치면 나 자신에 대한 불신이 커졌다. 근데 그래도 되는 건가. 실수라고 해 도, 일곱살 난 아이에게 그럴 수 있는 걸까. 친구들의 말처 럼 만약 그게 내 아이의 일이었대도 김곤의 영화를 몇번 씩 관람하고 굿즈를 소비할 수 있었을까. 나는 늘 헷갈렸 지만 그럼에도 김곤의 신작을 기다렸고 그의 기사에 선플 을 달았다. 그 사건이 가십으로 불거졌을 때에도, 열기가 식고 냉소와 무관심만 남은 뒤에도 변함없이 그를 엄호했다. 뒤에서 남들 모르게. 친구들 앞에서는 그래, 너희 말도 맞지, 적당히 맞장구쳐주었지만.

인격자라도 된 듯 돌을 던지는 사람들과 여기 모인 사람들은 다르겠지. 오늘만큼은 '길티' 없이 '플레저'만 향유할 수 있을 테지. 그런 생각을 하며 나는 멍하니 앉아 있는 미지 선생님에게 물었다.

선생님은 어쩌다 감독님을 좋아하게 된 거예요?

네?

잘 안 들리나 싶어 목소리를 조금 높였다.

어쩌다 좋아하게 된 거냐고요.

미지 선생님이 막 입을 떼려 할 때, 누군가 우리를 보며 크게 소리 내어 웃었다. 총대였다. 회원들이 왜 웃냐고 묻자 총대는 미지 선생님과 나를 가리켰다.

아니, 저 선생님들 너무 귀여우셔.

왜요? 뭐라고 했는데요?

감독님 영화 뭐 좋아하냐고, 「인간 불신」이 특히 좋으시대. 너무 귀엽지 않아?

총대의 말에 사방에서 웃음이 터졌다.

진짜 귀여우시다.

되게 소녀 같으시네.

소녀. 그 말이 썩 달갑게 들리진 않았다. 사람들이 왜 우리를 두고 웃는지 그 저의도 알 수 없었다.

그거 「인간 불신」 굿즈 맞죠?

영화과 학생 중 하나가 내 티셔츠를 가리키며 물었다. 맞다고 하자 그는 총대를 툭툭 쳤다.

저거 마진 엄청 남긴 것 같던데. 저거 만든 애들 경차 뽑았다잖아요.

경차?

네. 친환경 소재도 아니면서 페트병 리사이클링이라고 구라 치고 마진 엄청 뽑아먹었대요. 우리도 이참에 굿즈나 팔까요? 영화니 뭐니 노마진 장사 관두고.

그들이 낄낄댈 때마다 얼굴이 점점 굳어갔다.

4. 친목질 절대 금지

은근히 파벌을 형성하며 사람 우습게 만드는 것도, 내가 진지하게 건넨 말들이 귀엽다거나 소녀 같다는 말로 전락하는 것도 싫었지만 분위기를 싸하게 만들고 싶지 않아 그저 넘어갔다. 오영이 안쓰럽다는 듯한 얼굴로 나를 보고 있었다.

　담배나 피우고 오자는 총대의 말에 흡연자 몇이 밖으로 나갔다. 오영이 내 쪽으로 오더니 같이 나가자고 했다.

　전 담배 안 피우는데요.

　오영이 속삭였다.

　할 말 있어서 그래요. 우리 얘기도 제대로 못했잖아요.

　얼결에 오영을 따라 가게 뒤편으로 향했다. 당연히 다른 사람들도 있을 줄 알았는데 녹슨 재떨이가 덜렁 놓인 흡연장엔 오영과 나 둘뿐이었다. 오영은 패딩 주머니에서 말보로 갑을 꺼내며 말했다.

　다른 애들은 역 근처에서 피우고 있을 거예요. 늦게 오는 애들 마중한다고.

　오영은 담배에 불을 붙인 뒤 내 나이가 자기보다 한참 위라서 놀랐다고 했다. 서른처럼은 절대 안 보인다고 너스레 놓는 오영을 보며 나는 씁쓸하게 웃었다.

　언니라고 할게요. 우리끼리는 선생님, 뭐 그렇게 안 불러도 되죠?

　오영은 스물두살이었다. 나이 차가 꽤 났지만 나를 어려워하는 기색은 전혀 없었다. 온라인에서 말을 튼 사이라 그런지 꼭 동네 언니 같다고 오영은 말했지만, 나는 오히려 그 때문에 거리감이 느껴졌다. 격의 없이 할 말 못할 말 쏟아내던 그 세계와 현실은 달랐으니까. 한참 밑인 애와 주책맞게 '우리 고니' '내 사랑은 막을 수 없어' 하던 지난날이 생각나 쪽팔리기도 했고. 어정쩡하게 서 있는 내게 오영이 물었다.

언니, 실망했죠?

실망이요? 무슨……?

아까 애들이 언니한테 귀엽다느니 소녀 같다느니 그런 거요.

아뇨. 실망은……

그래요? 난 속상하던데. 지들은 김곤이 왜 좋냐고 물어보면 답도 못할 거면서 괜히 빈정대기나 하고. 요상한, 현학적인 말이나 해대고.

뜨끔했다. 내가 표정 관리를 그렇게 못했나. 오영이 말을 이었다.

언니, 쟤네 순수하게 김곤 좋아해서 모인 애들 아니에요. 총대도 그렇고 저기 있는 애들 절반은 겉으로는 김곤 빨면서 속으론 엄청 질투하거든요. 요즘 아카데미 출신 중에 김곤만큼 잘된 감독 없으니까, 연출부라도 한번 들어가고 싶어서 클럽 만들고 사람 모으고 사바사바하고 그러는 거라고요.

오영이 바닥에 침을 뱉었다.

그러니까 내 말의 요지는요…… 쟤네는 우리랑 다르다고요.

우리?

우리는 정말 좋아서 빠는 거잖아요.

오영은 '우리'의 사랑은 '저들'의 사랑보다 순도 높다고 했다. 저들은 김곤을 개발지로 삼으려 하지만 우리는 낙원으로 삼지 않느냐고, 확신에 찬 어조로 말했다. 하지만 나는 그 말에 오롯이 공감할 수 없었다. 신념에 취해 있는 듯한 오영을 보니 더더욱 그랬다. 김곤을 비호하면서도 의문을 감출 수 없던 순간들이 떠올라서였다.

익명의 네티즌이 기사 밑에 남긴 '얘 고딩 때 일진이었음' 같은 댓글을 읽으면서 이게 진짜일까? 마음이 흔들렸던 순간. 김곤의 영화를 다시 보다 이전에 감지하지 못했던 폭력의 전조나 코드를 목도하고 감독의 모럴이 투영된 건 아닐까? 의혹에 빠졌던 순간.

오영은 김곤을 영화의 신이라고 불렀다. 그의 작품이라면 언제든 믿을 수 있고 믿어야 한다고 했다.

언니, 아직 「안타고니스트」 안 봤죠? 그거 꼭 봐요. 제

기준 베스트예요.

볼 거예요. 봐야죠.

오영은 필터만 남은 담배를 바닥에 버리고 내 손을 잡았다.

다른 애들은 몰라도 우리는 믿잖아요. 그죠?

나 역시 김곤을 순수하게 믿고 싶었다. 보고 싶은 것만 보고, 듣고 싶은 것만 듣고 싶었다. 대중의 규탄을 외면하고 싶었다. 저변에서 스멀스멀 밀려오는 의심의 목소리도 무시하고 싶었다. 그의 작품에 대한 애정을 떳떳하게 공유하고 싶었고, 내 순수한 사랑을 죄의식 없이 드러내고 싶었다. 고민하다 오영의 손을 맞잡았다.

믿어요. 믿어야죠.

돌아와보니 테이블에는 오영과 나 둘뿐이었고, 미지 선생님은 화장실 앞을 서성이며 통화를 하고 있었다. 핸드폰을 보는 오영에게 말을 붙이려는데 총대 무리가 우르르 들어왔다. 오영은 표정을 고치고 총대에게 친근히 물었다.

다른 애들은요?

몰라. 근처라더니 전화도 안 받아.

뭐야, 왜들 그래?

기대도 안 했어.

조금 전까지 실컷 뒷담화하던 애가 맞나 싶을 정도로 오영은 그들과 희희낙락했다. 친목질 금지라더니. 속으로 구시렁거리며 맥주를 들이켰다.

시상식 중계가 시작되기 전, 국내 영화 평론가들이 올해의 수상작을 예측하는 영상부터 보았다. 평론가들은 우열을 가리기 어려운 경쟁작이 세편이나 있어 「안타고니스트」의 수상은 어려울 거라 추측했다. 회원들이 야유를 퍼부었다.

뭔 소리야? 『까예 뒤 시네마』 올해의 영화 2위가 「안타고니스트」였는데.

저런 감 떨어지는 애들 말고 정성일을 불러야 된다고요.

성토가 이어지고, 이동진과 정성일의 차이로 화제가 바뀔 때까지도 미지 선생님은 돌아오지 않았다. 누구도 내게 말을 걸지 않고 자기들만 아는 ─ 오영의 말처럼 ─ 현학적인 대화를 이어가자 빈자리가 은근히 신경 쓰였다. 오영은 김곤을 개발지로 삼는다는 이들과 「안타고니스트」에 대해 논하고 있었다.

주인공이 카메라 정면으로 응시하면서 대사 치던 거

기억나? 그거 장난 아니지?

진짜, 고다르냐고.

신경 쓰지 않으려 해도 자꾸 그들의 이야기에 귀를 기울이게 되었다. 오지도 않은 메시지에 답하는 척 핸드폰을 붙잡고 있는 것도 민망해 그 틈에 섞일 타이밍만 쟀다. 마침내 그들이 영화 속 무슨 장면을 언급하며 '탁자 밑 시한폭탄'에 대해 이야기할 때 다급히 말을 얹었다. 탁자 밑 시한폭탄, 그건 나도 얼핏 아는 개념이었으니까.

「안타고니스트」에 서스펜스도 나와요?

총대와 그 옆에 있던 학생이 흠칫하며 시선을 공유했다. 그들이 짧게 답했다.

네, 나와요.

그게 끝이었다. 그들은 다시 본 대화로 돌아갔다. 오영도 별수 없다는 듯 어깨를 으쓱하고는 그들 쪽으로 고개를 돌렸다. 방금 뭐지? 얼굴이 서서히 달아올랐다. 나랑은 말 섞기 싫다는 거야? 모멸을 넘어 굴욕감까지 느껴졌다. 오영에게서 메시지가 왔다.

[애들 원래 이래요, 언니가 이해해.]

바로 다음 메시지가 이어졌다.

[나도 듣기 싫어 죽겠어.]

앞에선 알랑거리면서 뒤에서만 야금야금 까는 게 쟤도 비슷한 부류 같기는 했지만, 오영의 뒷담화에 묘한 쾌감이 느껴진 것도 사실이었다. 아직 시상식은 시작되지도 않았고 김곤과의 영상통화도 남아 있는데 말 한마디, 눈빛 한번 때문에 자리를 박차고 나갈 수는 없었다. 그래, 좀만 참자. 입에 맞지 않는 맥주를 홀짝이며 주위를 둘러보았다. 미지 선생님은 여전히 통화 중이었다. 내심 그녀가 얼른 통화를 끝내고 착석하길 바랐다. 잘 알지는 못하지만, 그나마 그녀는 나와 동류로 보였다. 동년배라는 것도, 지방에서 올라왔다는 것도, 이 무리에서 알게 모르게 겉돌고 있는 것도. 그녀의 핸드폰 배경에 있던 아이 사진이 떠올랐다. 돌이 지났다고 했던가. 문득 그 사건이 떠오르긴 했지만 아역과 나이 차도 꽤 나고, 그 아이의 엄마가 구태여 이런 자리에 올 것 같진 않았다. 미지 선생님이 자리로 돌아오면 함께 나눌 이야기를 추렸다. 속 빈 강정 같은 얘기 말고, 뒷담화 말고, 어려운 비평이나 해석 말고, 오로지 김곤과 작품을 향한 애정만 공유하고 싶었다. 그녀와 이야기를 나누다보면 이제껏 내 안에서 해소되지 못한 의문도 말끔히 씻길 것 같았다. '만약 네 아이한테 같은 일이 일어나도 그 인간 감쌀 거니?' 김곤을 죄인으로 상정해둔 채 비난하고 폄하할 뿐인 이들과 미지 선생님은 분명 다를 테니까.

시상식이 시작되고 심사위원단이 나란히 단상에 섰다. 미지 선생님도 그즈음에야 자리로 돌아왔다. 시상식은 자막 없이 원어 그대로 중계되었다. 집중해도 알아듣기 어려웠다. 회원들은 스크린을 힐끗대며 잡담을 나누다 아는 배우나 감독이 카메라에 잡히면 그제야 알은체했다. 심사위원장이 줄리엣 비노쉬네. 방금 객석에 앉아 있던 사람 프랑수아 오종 맞지? 산드라 휠러다. 내게는 생소한 이름들이었다. 김곤도 어딘가 앉아 있을 텐데 화면에 도통 잡히지 않았다. 핸드폰을 보고 있는 미지 선생님에게 슬쩍 물었다.

선생님도 아세요? 저 사람들?

미지 선생님은 급히 핸드폰을 감추고는 스크린을 바라보았다.

글쎄…… 저는 잘 모르겠네요.

역시나. 나도 모른다고 동질감을 표했다. 영화제 생중계를 보는 것도 이번이 처음이라고 하자 미지 선생님은 고개를 끄덕이며 미지근해진 맥주에 소주를 조금 섞었다.

재미없지 않아요? 무슨 말인지 알아듣기도 힘들고요.

감독님 노미네이트 안 됐으면 아마 이런 거 평생 안 봤을 거예요.

누군가 우리가 나누는 얘기를 듣고 아까처럼 비꼬지는 않을까 싶어 목소리를 최대한 낮추었다.

사실 여기 분위기도 적응 안 돼 죽겠어요. 다들 현학적인 얘기나 하고. 그래도 감독님이랑 영상통화 한다니까 기다려보려고요.

영상통화 언제 하는지 아세요?

이제까지 내 이야기를 가만 듣기만 하던 미지 선생님이 처음으로 물었다.

그녀 역시 나처럼 김곤과의 영상통화를 기다리고 있는 게 분명했다. 반색하여 답했다.

선생님도 기다리셨구나. 저도 그거 때문에 여기 온 건데. 저는요……

그녀가 내 말을 끊고 물었다.

모르세요?

네?

영상통화요. 제가 막차 시간이 한시간밖에 안 남아서…… 마음이 급한데.

그녀의 사정이 단박에 이해되었다. 고민하다 막차 시간

때문에 그러는 거면 내가 묵을 게스트 하우스에 함께 묵어도 된다고, 화장실도 딸린 일인실이라 둘이 묵어도 괜찮을 것 같다고 너그러이 권유했다. 미지 선생님은 단호히 고개를 저었다.

아뇨. 집에 가봐야죠. 애도 기다리고요. 제가 감독님한테 정말 드릴 말이 있어서 통화만 하고 가고 싶은데, 시간이……

그녀가 재차 물었다.

언제 통화하는지 모르시는 거죠?

나는 떨떠름하게 고개를 끄덕였다. 그녀는 한숨을 쉬더니 테이블을 톡톡 두드렸다. 저기요. 건너편에 앉은 회원들과 이야기를 나누던 오영이 우리 쪽으로 고개를 돌렸다.

저기요. 총대님.

미지 선생님이 테이블을 한번 더 톡톡 두드리자 총대도 우리 쪽을 바라보았다. 미지 선생님은 말을 이었다.

감독님이랑 영상통화 언제 하나요?

총대는 그새 취한 듯 눈이 풀려 있었다. 남은 맥주를 들이켠 뒤 총대는 턱짓으로 스크린을 가리켰다.

지금은 못하죠, 선생님. 시상식 후에 해야죠.

총대는 주요 시상까지 한참 남았고, 감독님도 저기 어

디 앉아 있을 거라고 말했다.

감독님 수상하면 그때 같이 축배 들자구요.

다시 스크린으로 시선을 돌리려는 총대에게 미지 선생님은 거듭 물었다.

시상식 끝나고 정말 통화할 수 있어요? 확실히 가능한 거죠?

총대의 표정이 묘해졌다. 뜸을 들이는 건지 할 말을 고르는 건지 총대가 어물대는 사이 옆에 있던 영화과 학생이 대신 말했다.

그건 걱정 안 하셔도 되는 게, 이 누나가 감독님이랑 연이 깊어요. 「미몽」 포커스 풀러였어요, 이 누나가.

포커스 풀러가 뭔지는 몰랐으나 맥락상 김곤과 함께 작업했다는 말 같았다. 그것도 데뷔작을. 입이 다물어지지 않았다. 아이, 말하지 말라니까 그걸 또. 총대가 학생의 옆구리를 쿡 찔렀다. 학생이 옆구리를 매만지며 실실 댔다.

누나, 그러지 말고 그 얘기나 좀 해줘요. 가스 얘기.

무슨 그런 얘길 여기서 해.

뭐 어때요. 이상한 얘기도 아닌데.

그건 그런데……

총대는 머뭇대다 입술 위에 검지를 포갠 뒤 혀 꼬인 소리로 운을 떼었다.

이거 어디 가서 얘기하면 안 돼요, 선생님들.

1. 대화 내용 캡처 및 무단 유포 금지

나와 미지 선생님 쪽을 보며 당부하는 것 같아 거슬렸지만 그보다는 총대가 무슨 말을 할지 감질이 났다. 의자를 당겨 그쪽으로 몸을 기울였다.

「미몽」 막바지 촬영 때였나. 간식으로 계란이랑 고구마가 나왔어요. 감독님은 디톡스한다고 안 먹고 다른 애들은 배고파서 세개씩, 네개씩 양껏 먹었거든요? 근데 그거 먹으면 가스가 나오잖아요. 예기치 않게. 아니나 다를까 누가 뀐 거지. 근데 소리도 소린데, 냄새가…… 장난 아니었어요. 그때 우리 촬감이 좀 집요한 사람이었거든. 누구냐고 자꾸 범인을 잡아내려는 거예요. 다들 그만하라는데도 너무 집요하게 캐물어서 불편해지려는데, 감독님이 조용히 손 들더니 말하더라고. 나야, 내가 범인이니까 그만하자. 근데 그거 사실…… 내가 뀐 거였거든.

괴성이 터졌다. 취중진담이라는 총대의 말에 다들 폭소

42

했다. 뭐야, 진짜예요? 진짜야. 대박이네. 한마디씩 거들다 종국엔 감독님은 어떻게 그걸 감싸주냐고 의견이 모이며 폭소가 묘한 찬사로 바뀌었다. 나 역시 누군가의 치부를 엿본 것 같아 민망하면서도 김곤의 신사성과 인간미에 감탄했다. 내가 듣고 싶던 얘기, 공유하고 싶던 감정은 이런 거였는데. 마른 목이 축여지는 것처럼 개운하면서도 더 듣고 싶고 더 알고 싶어 갈증이 났다. 다른 얘긴 없냐고 육성을 뱉을 정도로.

총대는 잠시 망설이다 입꼬리를 쓱 올렸다.

그래, 파도 파도 미담인데 어쩔 거야.

판이 깔리자 총대를 시작으로 저마다 아는 얘기를 늘어놓았다. 인터뷰나 매체에서는 들을 수 없었던 얘기들. 일테면 김곤이 유기묘를 구출해 사년째 키우고 있다는 것, 「인간 불신」 촬영 후 스태프 전부에게 손 편지를 써주었다는 에피소드, 단역 배우의 처우를 고려해 표준근로계약서를 써주었다는 비화까지. 그런 일화들이 더해질 때마다 애정이 점점 커졌다. 뒤틀렸던 것들이 바로잡히고 의문과 불신도 서서히 휘발되는 것 같았다. 미담이 떨어지자 이것도 진짜 아는 사람만 아는 얘긴데……로 시작되는 밀담까지 터져나왔다. 농도가 짙어지는 담화에 흠뻑 취해

가는 이들 틈에서 미지 선생님만 이야기를 듣는 둥 마는 둥 자꾸 시계를 봤다. 미간을 좁히며 스크린으로 시선을 돌렸다가 크게 한숨을 쉬기도 했다. 막차 시간 때문에 그런가. 불안한 기운이 전해질 때마다 신경이 쓰였지만 딱 그때뿐이었다. 어느 시점부터 나는 아예 미지 선생님을 등진 채 회원들 얘기에만 부지런히 호응했다.

그거 진짜예요?

진짜죠. 감독님이 의외로 엉뚱한 구석이 있어요.

조금 전까지 말도 섞지 못했던 이들과 술병을 부딪치고 같은 지점에서 웃음을 터뜨릴 때마다 긴장이 풀리고 안도감이 밀려왔다.

[언니 기분 좋아 보이네ㅋㅋㅋ]

[취했나봐.]

술이 들어가서 그런지, 이 분위기에 녹아든 건지 오영과 나는 어느새 경어 대신 반말로 메시지를 주고받고 있었다. 오영의 난데없는 윙크에도, 산미가 짙고 텁텁하기만 했던 수입 맥주의 맛에도 조금씩 적응되어갔다.

테이블 위에 빈 병이 늘어났다. 경쟁작 섹션이 소개되고 사회자가 후보들과 인터뷰를 나누는 장면이 중계되었으나 누구도 그에 집중하지 않았다. 회원들은 총대의 「미몽」촬영 일화에 귀 기울였다. 총대는 사소한 숏 하나에도 신중을 기하는 김곤이 화각과 감도를 조절하며 한 장면만 스무번 넘게 찍었던 일을 반추했다.

그 장면 찍을 때가 폭염이었어. 숏 들어가면 에어컨, 선풍기 다 꺼야 되잖아. 기계 소리 들어가면 안 되니까. 안 그래도 더운데 사람이 뿜어내는 열에, 기계 열에 다들 미치는 거야. 열다섯번째 테이크까지 넘어갔다가 잠깐 쉬어가는 동안 막내가 에어컨을 켰거든? 그러다 깜박하고 촬영 들어갈 때까지 계속 돌린 거지.

옆에 앉은 학생이 진영이? 하며 알은체했다. 총대가 눈치를 주고는 이어 말했다.

아무튼 그것도 모르고 몇컷 더 찍었는데, 와, 나 감독님이 그렇게 살벌하게 화내는 거……

총대가 입을 다물었다. 둘러앉아 경청하던 이들이 돌연 숙연해졌다. 이제껏 불편한 화제를 요리조리 잘 피해갔던 것 같은데, 하필. 눈이 질끈 감겼다. 침묵이 흐르는 가운데 오영이 목소리를 높였다.

막내 걔가 잘못했네. 녹음할 땐 침도 삼키면 안 되는데.

총대가 머뭇거리다 맞장구를 쳤다.

그치? 걔가 잘못했지?

수틀리면 욕설에, 심지어 주먹까지 나가는 게 영화판인데 화 한번 낸 건 애교라고 오영은 말을 보탰다.

스탠리 큐브릭도 징글징글했다잖아. 한 장면만 백번 넘게 찍고. 그게 잘못이야? 장인정신 아냐?

다들 수긍했다. 데이비드 핀처도 그렇잖아. 제임스 카메론도, 왕가위도…… 다른 감독의 일화까지 끌어오며 모두 김곤을 옹호했다.

영화는 그렇게 찍어야 되거든. 감독이 지는 순간 영화도 끝이니까.

오영이 한마디로 못을 박았다. 그 말을 들으며 나는 흠칫했다. 나도 길우랑 친구들 앞에서 죄인처럼 비실대지 말고 저렇게 말했어야 했는데. 고개를 끄덕이는 이들 틈에서 덩달아 고개를 끄덕이려 할 때, 미지 선생님이 돌연 한숨을 푹 쉬었다.

그건 아닌 것 같아요.

오영을 보며 미지 선생님은 들릴 듯 말 듯 말했다.

잘못한 게 아니라 실수한 건데 남들 앞에서 모욕 주는 건 너무…… 가혹하지 않나요?

순간 얼굴이 일그러졌지만 오영은 짐짓 대수롭지 않게 말을 받았다.

선생님, 워딩이 좀 세시네. 가혹하다는 표현은 이런 상황엔 좀 무겁죠.

아뇨. 무겁지 않아요. 누군가에게는 분명 상처일 테니까요…… 그 일이.

미지 선생님은 떨리는 목소리로 말을 이었다.

그런 일 때문에 고통받은 사람도 있었다는 거 다들 아시잖아요.

5. 일부 단어 (ex. 파주 세트, A군) 절대 사용 금지

콕 집어 말하진 않았지만 미지 선생님이 그 사건을 겨냥하고 있다는 건 명징했다. 점점 무거워지는 분위기를 전환하려는 듯 총대가 황급히 말을 보탰다.

에이, 선생님. 영화판 원래 그래요. 크고 작은 실수 다 있어요. 감독님도 실수로……

그건 실수가 아니잖아요. 눈물 연기 못한다고 애 팔뚝을 피멍 들 때까지 꼬집은 게 어떻게 실수로 포장돼요?

회원들이 서로 눈빛을 주고받았다. 터질 게 터졌다는 듯이. 술이 확 깼다. 총대는 클럽 규정을 잊었냐고, 왜 느닷없이 이런 얘길 꺼내는지 모르겠다고 했다. 상황을 무마하고 금기를 덮어보려는 패였겠지만 미지 선생님에겐 통하지 않았다.

애를 낳아보니 알겠더라고요. 그게 실수가 될 수 없다는 걸요. 끔찍한 일이에요, 그건.

그녀는 떨리는 목소리를 몇번이고 가다듬으며 말을 이었다.

그래서 감독님께 물어보고 싶었어요. 한번도 입장을 표명한 적이 없잖아요. 미안하지 않냐고 물어보고 싶었어요. 그게 없던 일이 될 순 없겠지만…… 사람은 변할 수도 있으니까요.

그녀는 테이블 밑에 감추어져 있던 폭탄을 굳이 꺼내 불을 붙이고 있었다. 머리가 굳고 입술이 말랐다. 주위를 둘러보니 다들 떨떠름한 얼굴로 시선을 피하고 있었다.

[저 여자 미쳤나봐.]

오영에게서 메시지가 왔다. 내심 오영이 항변해주길 바랐다. 무슨 말이라도 당당히 해주었으면 했다. 하지만 오영은 고개를 숙인 채 핸드폰만 볼 뿐이었다. 총대도, 총대 옆에 앉은 학생도, 프리랜서 둘도 고개를 숙이고 핸드폰만 보고 있었다. 스크린 속에서 상을 받은 누군가가 이야기하는 소리가 웅얼웅얼 들려왔다. 불편한 고요가 흐르는 와중에 그런 생각이 들었다. 왜 아무도 부정하지 않는 걸까. 왜 모두가 제 일이 아닌 양 좌시하는 걸까. 사랑하면…… 사랑하면 이러면 안 되는 거잖아.

심지가 다 타기 전에 누군가는 이 폭탄을 멀리 던져야 했다. 던지지 못한다면 몸으로라도 덮어 막아야 했다. 나라도 그래야겠다고 다짐한 건, 어쩌면 당연한 일이었다. 나는 그만큼 지독한 사랑에 빠져 있었으니까. 나는 등지고 있던 몸을 미지 선생님, 아니 '그 여자' 쪽으로 돌렸다.

그런 식으로 말하는 게 더 가혹한 거 아닌가요?

그녀의 눈을 똑바로 응시하며 말했다.

입증된 것도 없는데 그렇게 말씀하시면 안 되죠.

제대로 된 증거도 없는 사건을 어떻게 사실이라 단정 짓는지, 무고한 사람을 왜 죄인으로 모는지 이해할 수 없다고, 그게 더 가혹한 일 아니냐고 나는 말했다. 그 여자가 놀란 눈으로 나를 쳐다보았다. 나는 힘주어 덧붙였다.

다른 사람들은 몰라도 우리는 믿어야죠. 우리는 그래야 되는 거 아네요?

나와 마주 보고 있던 그 여자가 잠자코 눈길을 거두고 중얼거렸다.

그래도……

그녀가 무슨 말을 하려 할 때 누군가 소리쳤다.

김곤이다!

회원들의 이목이 스크린으로 쏠렸다. 앞머리를 가지런히 넘기고 턱시도를 차려입은 김곤이 화면 속에서 클로즈업되고 있었다. 총대가 가게 사장에게 스피커 볼륨을 높여달라고 말했다. 영어로 인터뷰를 하는 김곤을 보다 회원들을 둘러보았다. 다들 김곤에게 집중하는 척, 방금 일어난 일을 사소한 해프닝으로 넘기는 척했지만 그럼에도 어색함과 불편함이 감도는 건 사실이었다. 아닌 척해도 이미 일어난 일이 없던 게 되지는 않으니까.

다른 누구보다 신경이 쓰인 건 그 여자였다. 그녀는 스크린을 보지도 않고 김빠진 맥주만 들이켜다 김곤의 인터뷰가 길어지자 다른 짐은 그대로 둔 채 핸드폰만 챙겨 밖으로 나갔다.

내가 잘못한 건 아닐까.

일말의 죄책감이 들었지만 그것도 잠시뿐이었다. 어찌 되었든 폭탄은 불발되었고 그 잔해나 연기도 시간이 흐르면 사라질 터였다. 내 사랑을 제대로 입증했다는 생각이 들었다. 숨지 않고, 속이지 않고.

그래. 잘한 거야. 잘했어.

스크린에 비친 김곤을 보며 나는 환히 미소 지었다.

∞

「안타고니스트」는 오래지 않아 국내 개봉했다. 광화문 근처의 한 독립 영화관에서 GV도 열렸다.

그날 김곤과의 영상통화는 끝내 이뤄지지 않았다. 헛걸음했다며 돌아가려 할 때 총대가 미안하다는 듯 말을 보탰다. 감독님에게 메시지를 받았는데, 현장이 너무 어수선해서 도저히 통화할 수 없었다고, 한국으로 돌아가면 GV를 하니 그때 보자고 했다고.

언니도 오실 거죠?

총대가 내게 물었다. 막차 시간 때문이었는지 불편한 논쟁 때문이었는지 그 여자는 어느샌가 짐을 챙겨 나가고 없었다. 그녀가 떠난 뒤 정모의 분위기는 한결 누그러졌다. 술도 더 들어갔고 웃음도 돌았다. 아까의 논쟁을 언급하며 나를 추켜세우는 회원도 있었다.

아, 나도 누나처럼 말했어야 됐는데.

그러니까! 깜짝 놀랐잖아.

그 말을 듣는 순간 내심 꺼림칙했던 마음에 고양감이

차올랐다. 내가 틀리지 않았구나. 그런 확신이 들었다.
GV에 같이 가자는 총대를 향해 나는 선선히 고개를 끄덕
였다.

가야지. 무조건 가야지.

[언니 꽃다발 사갈 거예요? 총대가 돈 걷자고 하던데요.]
상영 두시간 전, 오영이 카톡을 보내왔다. 오영과 나는
전처럼 다시 경어를 썼다. 총대와 다른 회원들과도 마찬
가지였다. 영화관 근처라고 하니 총대를 포함한 몇명이
자신들도 다 와간다며, 꽃다발 좀 부탁드린다는 메시지를
보내왔다.

[선생님 먼저 들어가 계세요.]
꽃집 직원에게 꽃말까지 물어가며 고심한 끝에 안개꽃
과 캐모마일을 섞어 꽃다발을 주문했다. 카드도 한장 끼
워넣었다.

'감독님, 수상 축하드려요.'
'길티 클럽 드림'이라는 문구를 마지막에 넣을지 말지
끝까지 고민했다. '길티'라는 단어가 걸려서였다. 한참을
망설이다 결국 '감독님을 믿는 팬들이'라고 적었다.

일찌감치 도착해 「안타고니스트」가 상영되기를 기다

렸다. 그 사건의 여파로 관객이 모이지 않으면 어쩌나 염려했는데 다행히 객석은 꽉 차 있었다. 주변을 둘러보았다. 상영시간이 임박했는데도 길티 클럽 회원들은 보이지 않았다. 극장 불이 꺼질 때까지도 나뿐이었다. 꽃다발을 품은 채 맨 앞줄에 홀로 앉았다.

「안타고니스트」는 시작부터 기대를 저버리지 않았다. 데뷔작부터 이어온 김곤표 숏과 과감한 롱테이크, 단선적으로 규정지을 수 없는 인물이 작품 속에 밀도 있게 담겨 있었다. 선악의 경계에서 반동하는 인물을 보며 감탄하면서도 시선과 마음이 엉뚱한 곳으로 향하는 것은 막을 수 없었다. 문제의 그 장면은 언제 나올까. 누군가 비난을 퍼부으며 자리를 뜨진 않을까. 얘네는 왜 아직도 안 오는 거야. 그러나 그것도 잠깐이었다. 서사가 극으로 치달을수록 나는 작품에 더 깊이 매료되었다. 아역배우가 등장하는 문제의 장면은 전부 편집되어 있었다. 애초에 그 장면은 찍지도 않은 것처럼 말끔하게. 안도하면서도 다른 한편으로는 찜찜했다.

그치만…… 이게 맞겠지.

정교하게 맞물리는 서사에 집중하며 찜찜함을 애써 묻었다.

영화가 끝나고 예정대로 GV가 진행되었다. 어깨에 닿던 장발을 투블록으로 짧게 친 김곤이 사회자에 뒤이어 무대로 들어섰다. 원래도 골격이 큰 사람이었는데 몇년간 몸을 더 키운 듯 멀리서 봐도 장대했다. 김곤이 가볍게 묵례하자 객석에서 박수가 쏟아졌다.

우려와 달리 GV는 티 한점 없이 유쾌하게 흘러갔다. 김곤은 사회자의 말을 유연하게 받았고 답변을 할 때는 신중하게 운을 떼면서도 유머를 잃지 않았다. 탁자 밑 폭탄이 터지진 않을까 우려했지만 시간이 흐르자 그런 불안도 잠식되었다. 관객과의 대화도 평이했다. 이번 영화에서는 여백과 침묵이 특히 강조되었는데 특별한 의미가 있을까요? 베를린영화제에서 두번이나 은곰상을 받으셨는데 기분이 어떠신가요? 감독님의 MBTI는 뭔가요? 같은 무난한 질문들이 이어졌다.

다른 질문 없으신가요?

한 질문만 더 받고 마무리하겠다는 사회자의 말에 나는 주변을 살피다 쭈뼛쭈뼛 손을 들었다. 품에 안고 있던 꽃다발부터 김곤에게 전달했다. 김곤이 내 앞에 있었다. 심장이 요동쳤다. 마음 같아선 인불갤부터 길티 클럽 얘기까지 구구절절 늘어놓고 싶었지만 주책스러워 보일 게 뻔했다. 마이크를 쥐고 숨을 고르며 그에게 나를 확실히 각인시킬 질문을 골랐다.

감독님, 영화 정말 잘 봤습니다. 「안타고니스트」는 각 장마다 다른 화면비가 사용되었잖아요? 저는 그걸 통해 감독님이 말하고자 하는 게 인간의 가변성인 것 같다고 생각했습니다. 그게 너무 탁월하다는 생각도 들었고요.

레터박스니 시네마스코프니 하는 말까지 끼워넣으며 나는 속사포처럼 떠들었다.

감독님의 오랜 팬으로서 그런 깊이는 어디서 나오는지 늘 궁금했어요. 감독님이 의도하신 부분을 제가 잘 짚었을까요?

횡설수설 발언을 마치고 자리에 앉았다. 내 감상이나 지론이 아닌 주워들은 말들뿐이었지만, 그건 중요치 않았다. 중요한 건 김곤, 그뿐이었다. 그의 안면에 부드러운 미소가 흘렀다.

인간의 가변성이라, 인상적이네요. 시네필이신가봐요.

그 말에 사회자가 맞장구를 쳤다.

영화를 잘 아는 분 같아요.

김곤은 미소를 잃지 않은 채 답했다. 실망스러울 수 있겠지만 별다른 의도는 없었다고, 그저 편집감독이 하라는 대로 따랐을 뿐이라고. 객석에서 잔잔한 웃음이 터졌다. 김곤이 나를 응시하며 말했다.

그래도 좋게 봐주셔서 감사하네요. 다음 GV부터는 그렇게 얘기해야겠어요. 인간의 가변성을 염두에 뒀다고요.

다소 형식적인 멘트에 맥이 빠지긴 했지만 그보다는 충만이 컸다. 시네필, 인상적. 그런 단어들만 내 안에 새겨졌다.

질의응답을 마치고, 오늘 온 관객들에게 소감 한말씀 부탁한다는 사회자의 말에 김곤은 잠시 머뭇댔다. 그는 꼬았던 다리를 풀고 주머니에 넣었던 손을 꺼낸 뒤 담담히 말했다.

여러분도 아시겠지만 지난 이년간 저는 하루하루를 참담한 심정으로 살았습니다.

주변이 고요해졌다. 침 삼키는 소리까지 들릴 정도로 조용한 가운데 김곤이 말을 이었다.

많은 분들께 심려를 끼쳤다는 것 잘 압니다. 무엇보다 저를 믿고 작업했던 스태프들, 그리고 제 작품을 사랑해주신 관객분들께 죄송합니다. 책임을 통감합니다. 송구스러우나 영현군에게도 진심으로 사죄하려 합니다.

김곤은 자리에서 일어나 허리를 굽혔다. 죄송합니다,

죄송합니다, 거듭 말하며 정수리가 보일 정도로 깊이 수그렸다. 그리고 그 순간……

펑.

내 안에서 무언가 터졌다. 매캐한 연기가 사방을 감싸듯 눈앞이 뿌예졌다. 땅이 뒤흔들리는 것 같았다. 왜 이러지. 생각을 정리할 겨를도 없이 객석에서 박수가 터져나왔다. 박수가 잦아들 때까지 허리를 굽히고 있던 김곤, 암전과 퇴장. GV는 단정히 마무리되었다. 통속적이고 보편적이어서 누구나 수긍할 수밖에 없는 영화의 엔딩처럼.

관객이 떠난 뒤에도 나는 객석에 홀로 앉아 있었다. 김곤의 사죄는 담백했고 진정성이 어려 있었다. 구차한 변명도, 좋은 작품으로 보답하겠다는 식의 군더더기도 없었다. 그런데 왜……

[언니 GV 갔죠?]

때마침 오영에게서 메시지가 왔다.

[선배 촬영 도와주느라 못 갔는데 다른 애들 왔어요?]

고민하다 오영에게 GV에서 일어난 일에 관해 털어놓았다. 김곤의 사과와 그 순간 내 안에서 알 수 없는 무언가가 터지던 순간을 곰곰이 돌이키며. 곧바로 오영에게서 답이 왔다.

[헐…… 대박.]

혼란스러운 마음을 추스르며 어쩌면 좋냐고 덧붙이려던 순간 다음 메시지가 도착했다.

[나도 갈걸. 다른 거 더 없었어요?]

핸드폰에서 손을 뗐다. 조금 전까지 김곤이 서 있던 단상을 올려다보았다. 그가 모두의 앞에서 고개 숙였던 그 자리를.

방금 전의 일들이 다 허구 같았다. 펑, 무언가 터지던 순간도, 그 순간의 감정도 이상하리만치 현실감이 없었다. 그래서…… 그런 생각이 들었다. 어쩌면 정말 허구 아닐까 하는, 내가 실패한 영화를 한편 본 게 아닐까 하는. 별반개도 아까울 만큼의 너절한 서사. 치덕치덕 처바른 클리셰. 질문도 남지 않고 더할 말도 없는 싸구려 엔딩. 감독이 지고 만 영화. 아무도 보고 싶어하지 않는 영화. 그렇게 지독히도 못 만든 영화를 본 게 아닐까 하는, 그런 생각.

그런데 왜 생각할수록 더…… 허무해질까. 모든 게 흠없이 온전한데 왜 나만 팔다리가 떨어져나간 것처럼, 살점이 다 뜯겨 너덜너덜해진 것처럼 괴로운가. 왜 지독히도 헛헛한가.

오영의 메시지엔 답을 하지 않았다. 내가 답을 않자 오

58

영도 더는 연락하지 않았다.

∞

치앙마이에 간 건 결혼 삼주년 즈음의 새해였다.

건기의 치앙마이는 습하지도 무덥지도 않아 여기저기 돌아다니기 좋았다. 가이드의 안내에 따라 첫째날은 반캉 왓에서 쇼핑을 한 뒤 도이수텝 사원에 가 일몰을 봤고, 둘째날은 올드타운에서 마사지를 받은 다음 핑강 근처를 누비다 로이끄라통 축제에서 풍등을 날렸다. 새해를 향한 설렘과 기원을 품은 수십개의 풍등이 밤하늘로 날아오르는 것을 구경하며 길우는 내 허리를 슬며시 감쌌다.

자기야, 우리 만난 지 벌써 팔년째다. 알아?

타국에서 새해를 맞이하는 해방감과 길우와 무사히 팔년을 보냈다는 안도감 사이로 찜찜함이 끼어들었다. 은연중 꿈틀거리는 그 찜찜함의 정체를 나는 알았다. 김곤. 한때 치앙마이에서 한달살이를 했던 그가 떠올라서였다. 길우와 휴양지로 적당한 곳을 고르다 치앙마이를 택했을 때에도, 코스 짜는 게 귀찮아 패키지여행을 알아볼 때에도 별 생각이 없었는데…… 떠나기 일주일 전에 깨달았다.

아, 김곤도 치앙마이에 간 적이 있었지.

몇년이 지난 지금도 김곤은 여전히 주목받는 감독이었다. 최근엔 넷플릭스에서 신작을 발표해 연일 화제였는데 구태여 찾아보지는 않았다. 넷플릭스를 구독하지 않기도 했고 들끓던 관심과 애정도 이제는 증발되었으니까. 그런데도 지금처럼 김곤이 내 일상에 틈입하는 순간이 있었다.

치앙마이 패키지여행의 마지막 코스는 타이거 킹덤 체험이었다. 트럭처럼 생긴 합승 택시를 타고 타이거 킹덤으로 가는 동안 길우는 유튜브로 숏폼 영상을 보았다. 피지 짜기, 잔털 뽑기, 치석 제거 같은 것들. 요즘 길우가 즐겨 보는 콘텐츠였다.

또 그거 봐?

내가 눈치를 주자 길우는 열없이 웃었다.

알고리즘에 자꾸 떠서 그런가, 습관적으로 보게 되네. 이게 싫은데도 이상하게 중독돼.

얼핏 봤는데도 속이 울렁거렸다. 미닫이 차창을 열고 바람을 쐬었다. 길우가 영상을 끄고 내 등을 천천히 쓸어주었다.

자기는 카페 가서 쉬고 있을래? 가이드한테는 내가 말

할게.

괜찮다는데도 길우는 계속 나를 걱정했다. 길우의 마음도 이해가 되었지만 그렇다고 일행과 동떨어지고 싶진 않았다. 이미 전날에도 고산족 마을에 가는 일정을 취소하고 홀로 숙소에서 쉬었던 터라 더이상 유난 떨고 싶지도 않았다. 아까 본 영상 때문인지 입덧 때문인지 속이 계속 울렁거렸다.

도착했다는 가이드의 말에 사람들은 택시에서 내려 타이거 킹덤으로 우르르 들어갔다. 나와 길우도 무리 맨 뒤에 서서 표를 받았다. 타이거 킹덤은 실내와 야외로 구획을 나누어 실내 우리에서는 새끼 호랑이를, 야외 우리에서는 다 자란 성체를 떼로 사육했다. 호랑이 마흔마리가 있다고 해 그만큼 넓을 줄 알았는데 내부는 그다지 쾌적하지 않았다. 특히 고압전선이 둘러져 있는 자이언트 타이거 우리를 지날 때에는 심한 누린내에 욕지기가 올라왔다.

왜 그래? 뭐가 불편해?

냄새가 나서……

냄새?

길우는 숨을 깊게 들이쉬더니 그런가, 하며 고개를 갸

웃했다.

입덧 때문에 그런가봐. 힘들면 돌아갈까?

아냐. 참을 만해.

나를 제외한 일행은 모두 아무렇지 않게 좁은 풀 안에서 헤엄치는 벵골 호랑이를 구경하고, 날고기를 받아먹는 백호를 카메라에 담고 있었다. 무리를 따라 걷는 중에도 계속 욕지기가 올라왔다. 냄새가 역하지 않냐고 물을 때마다 길우는 잘 모르겠다고 했다. 일행 중 한 사람에게도 슬쩍 물어보았으나 그 역시 무슨 냄새요? 하며 의아해했다. 금방이라도 구역질이 나올 것 같은 악취인데 왜 아무도 느끼지 못하는 걸까.

어느 정도 구경을 마치자 사육사가 사람들을 불러 모았다. 이제 두명씩 우리 안으로 들어가 호랑이를 만지고 사진을 찍어보라고 했다. 등과 꼬리는 쓰다듬어도 되지만 머리나 앞다리는 만지면 안 돼요. 꼭 뒤쪽에서 접근해야 합니다. 절대 뛰거나 소리치지 마세요. 가이드의 안내 사항을 들으며 한 팀씩 호랑이 우리 안으로 들어갔다. 새끼 호랑이에게 우유를 먹이거나 터그 놀이를 하려는 사람들은 많았으나 자이언트 타이거 체험 줄은 휑했다. 길우가 자이언트 타이거 우리를 가리켰다.

우린 저기 가볼까?

내 안색이 좋지 않다며 그는 얼른 체험을 끝내버리고 나가자고 했다. 아닌 게 아니라 여전히 신물이 올라오고 속이 메슥거렸다. 당장 뛰쳐나가고 싶었지만 한화로 팔만 원이나 하는 입장료가 신경 쓰였다. 길우의 말대로 자이언트 타이거 우리 앞에 섰다.

호랑이는 혀를 길게 늘어뜨린 채 반석 위에 엎드려 있었고, 모형으로 보일 만큼 미동이 없었다. 간혹 꼬리를 움직여 둔부에 붙은 파리를 잡는 것을 보며 잠들지 않았음을 확인했다. 기척을 내지 않기 위해 조심하며 호랑이의 등 뒤로 천천히 다가갔다. 가까이 갈수록 위압감이 심해졌다. 뒷발은 성인 남성의 얼굴만 했으며 몸집 역시 거대했다. 무엇보다 지독한 악취에 머리가 아팠다. 길우가 먼저 호랑이를 쓰다듬었다. 꼬리부터 허리까지 천천히. 생전 처음 느끼는 감촉이라며 길우는 신기해했다.

자기도 만져봐. 진짜 부드러워.

길우의 권유에도 선뜻 손이 가지 않았다. 내가 저어하는 기색을 보이자 사육사가 보디랭귀지를 섞어가며 무어라 열심히 설명했다. 가이드가 그 말을 통역해주었다.

발톱이랑 송곳니를 다 빼서 괜찮대요.

정말 호랑이의 발톱은 하나도 남아 있지 않았다. 경악스러웠다. 입안까지 들여다보지는 못했으나 아마 송곳니도 없었을 것이다. 살기가 다 빠진 눈으로 허공을 응시하며 침을 뚝뚝 흘리는 호랑이. 사육사는 미소 지으며 연신 라이 캄, 라이 캄 했다. 속이 다시 울렁거렸다.

마이 뺀 라이 캄.

사육사가 내 손을 덥석 잡아 호랑이 척추에 얹었다. 순식간에 일어난 일이라 손을 빼거나 불쾌감을 표할 틈도 없었다. 마지못해 호랑이의 등을 쓸었다. 감촉이 정말 생경했다. 무두질을 오래 한 가죽처럼 부드럽고 반질반질하면서 온기가 느껴져 이질감도 들었다. 야생의 본능을 상실한 호랑이는 무기력하게 몸을 내어주고 있었다. 미약하게 그르릉거리는 순간도 있었으나 사육사가 고무망치로 앞발을 내리치자 금세 잠잠해졌다. 사육사의 권유에 따라 길우는 호랑이에게 코코넛 조각을 주기도 하고, 호랑이의 배에 등을 기댄 채 기념사진을 찍기도 했다.

자기도 한장 찍자.

길우가 자리를 내주었다. 망설이다 반석 위에 앉아 포즈를 취했다. 호랑이의 등에 손도 얹어보았다. 상황에 익숙해지자 골을 뒤흔들던 악취도 서서히 사그라드는 것 같았다. 호랑이가 불편한 듯 근육을 움찔댈 때마다 척추의 움직임이 고스란히 느껴졌다. 어쩐지 죄를 저지르는 것 같으면서도 묘하게 흥분되었다.

그건 언젠가 느껴본 적 있는 감각이었다. 죄의식을 동반한 저릿한 쾌감. 그 기시감의 정체를 깨닫기까지는 오래 걸리지 않았다.

지독하고 뜨겁고 불온하며 그래서 더더욱 허무한, 어떤 모럴.

떨쳐내고 싶지만 그럴 수 없었다. 이제는 얼굴조차 기억나지 않는 누군가의 말처럼, 이미 일어난 일은 없던 일이 될 수 없으니까.

스무드

제프의 방한은 이번이 세번째였고, 나는 처음이었다.

맙소사. 제프는 물었다.

듀이, 어떻게 그럴 수 있죠?

나는 어깨를 으쓱했다.

미국인이니까요.

제프를 포함해 회의에 참석한 이들 모두 가볍게 웃음을 터뜨렸다.

제프의 매니저는 나를 비롯해 총 셋이었다. 그중 내가 한국에 가게 된 이유는 동양인이기 때문이었다. 제프가 '인종 할당제'에 관심을 가지게 된 덕에 유색인종 몇명이 채용되었지만 회사 전체에서 동양인은 여전히 나 하나뿐이었다.

제프를 따라 웬만한 나라는 다 가보았으나 동북아는

처음이었다. 그것도 한국이라니. 나는 「하와이 파이브오」에서 본 한국의 풍경 — 뱀술이나 개고기를 파는 상점이 즐비한 우범지대, 낡고 부서진 건물들 — 을 상기하며 제프에게 물었다.

거기 위험하지는 않을까요?

내 물음에 제프는 눈을 크게 떴다.

정말 아무것도 모르는군요, 듀이. 나보다도 더 미국인 같네요.

●

6월 24일 한국에 도착했다. 제프는 도쿄 모리미술관에서 일정을 소화한 뒤 화요일 밤 비행기로 입국하기로 했고, 나는 하루 먼저 입국해 공간을 살피기로 했다.

제프의 작품이 전시될 곳은 한국의 수도 서울에 있는 한 아파트였다. 한국의 스타 건축가가 설계했다는 이 아파트의 내부 갤러리는 한층을 통째로 사용해 쾌적했으며 층고도 높았다. 데이비드 호크니, 세실리 브라운, 데이미언 허스트의 작품에 이어 이번에는 제프의 작품이 전시될 차례였다.

아트 핸들러가 삼중으로 포장된 미술품을 조심스럽게 운반하는 동안 나는 큐레이터와 인사를 나누었다. 그녀는 자신을 '리'라고 소개했다. 시카고 예술대학에서 미술사를 전공한 리는 한국인이지만 영어를 유창하게 구사했다. 리를 따라 갤러리 동선을 살피고 디스플레이에 관해 상의했다. 갤러리는 사적인 동시에 권위적이었다. 바닥에는 세라믹 타일이 아닌 따뜻한 색감의 원목이 깔려 있어 집 안에서 작품을 감상하는 듯한 느낌을 주었고, 전시 공간에 흔히 보이는 통창 대신 고측창이 나 있어 외부 시야를 철저히 차단하고 있었다. 리는 갤러리를 포함한 이 아파트의 모든 공간엔 입주민만 출입이 가능하다고 설명했다. 즉 휘트니미술관을 모방한 이 위용 넘치는 공간을 누릴 수 있는 건 입주민뿐이라는 뜻이었는데, 그게 이상했다.

대단히 차별적이군. 한국은 이런 나라인가.

애초에 이토록 작은 나라에 번듯한 갤러리가 딸린 아파트가 있고, 그 갤러리에 큐레이터까지 상주해 있다는 것부터가 의아했으나 리에게는 내색하지 않았다.

이번 전시에서는 제프의 대표작인 「셀러브레이션」 연작과 함께 신작 「스무드」가 공개될 예정이었다. 「스무드」는 지름이 2미터에 달하는 구의 형태를 띤 작품이었다. 스테인리스스틸을 미끈하게 세공한 검은색의 구. 리는 막 포장을 벗긴 「스무드」를 바라보며 탄성을 터뜨리고는 한국 사람들이 유독 제프의 작품을 좋아한다고 말했다. 제프를 따라 아홉개국을 돌며 나는 늘 비슷한 이야기를 들어왔다. 누구나 제프의 작품을 좋아했다. 제프의 작품에는 분노도 불안도 결핍도 없었다. 바버라 크루거나 뱅크시의 작품처럼 무엇을 비판하려고도 하지 않았다. 사전지식 없이도 감상할 수 있고 뭘 안다고 감상이 크게 달라질 것도 없었다. 사람들과 마찬가지로 나 역시도 그런 매끈한 세계를 추앙했다.

리와 상의하여 「스무드」를 갤러리 중앙에 설치했다. 리는 「스무드」를 유심히 살피며 전작과의 차별성이 두드러진다고 말했다.

구 안쪽에 뭔가 숨겨진 것 같기도 해요.

제프의 작품에는 의도도 동기도 비밀도 없었다. 작품 의도를 물을 때마다 제프는 그저 어깨를 으쓱하고 말았다. 굳이 의미를 붙일 필요가 있냐는 듯이. 나는 「스무드」를 가만히 응시했다. 광택이 도는 구의 표면에 나와 리가 비쳤다. 흰 셔츠를 입은 동양인 둘이. 리는 이 작품을 소장하려는 입주민들이 많을 거라고 확언했다.

제프다운 작품이니까요.

그 말에는 나도 동의했다. 리의 말처럼 「스무드」는 제
프다운 작품이었다.

●

작품 설치를 마친 뒤 리에게 이 시설의 중역이라는 남
자를 소개받았다. 남자의 이름을 알아듣기까지 나는 꽤
애를 먹었다. 남자는 내 손바닥에 철자를 적어가며 친절
히 발음을 일러주었지만 내가 끝내 제대로 발음하지 못하
자 다른 미국인 친구도 자기 이름을 발음하기 어려워했다
며 자신을 코너라고 부르라 했다. 코너의 영어 역시 훌륭
했다.

그들과 저녁식사를 하기 위해 아파트 이층에 있는 레
스토랑으로 내려갔다. 식사는 입주민을 위한 뷔페식으로
차려졌으나 별도의 예약을 거치면 미쉐린 셰프의 코스 요
리도 맛볼 수 있다고 코너는 설명했다. 이 역시 입주민을
위한 특별 서비스라고 했다.

이 안에서 모든 게 가능하네요.

적자는 없냐는 내 물음에 코너는 미소 지었다. 뭘 그런

걸 걱정하냐는 듯.

노 프러블럼.

코너는 셰프가 나를 위해 특별히 한정식을 준비했다고
했다. 고국의 음식이 그리웠을 것 같아 각별히 신경 썼다
는 그의 말이 당혹스러웠지만 별말 없이 넘어가기로 했다.

애피타이저로 청어 요리가 나왔다. 청어를 감싼 빳빳한
녹색 천을 가리키며 이게 뭐냐고 묻자 리가 '감태'라고 말
해주었다. 그것을 걷어내려 하니 리가 손을 내저었다.

그것도 먹는 거예요.

'감태'는 '김'의 사촌 격이라는 리의 설명이 잘 이해되
지 않았지만 알아들은 척 고개를 끄덕였다. 젓가락질이
익숙지 않아 몇번의 시도 끝에 겨우 그것을 집어먹을 수
있었다. 씁쓸하고 비린 맛이 입안에 퍼졌다.

리와 코너는 나와의 접점을 찾으려 이런저런 화두를
던졌다. 내가 위스콘신에서 나고 자랐다고 하자 리는 자
신도 중서부에 살았다며, 달마다 H마트에 들러 '김치'와
'라면'을 잡히는 대로 구입했던 유학 시절의 일화를 들려
주었다.

다른 건 다 적응돼도 입맛은 도저히 적응 안 되더라고요.

맞아요. 한국인이면 다 그렇죠.

코너도 해외 출장이 잡히면 튜브형 '고추장'을 여러개 챙긴다고 말을 보탰다. 한국 음식 중 무엇을 가장 좋아하느냐는 코너의 물음에 나는 잘 모르겠다고 답했다. 내 부모는 한국계 2세대 이민자였지만 한식을 전혀 먹지 않았고, 나를 한인 식당에 데려간 적도 없었다.

사실 저는 '김치'도 먹어본 적 없어요.

코너와 리의 얼굴에 물음표가 떠올랐다. 어떻게 그럴 수 있냐는 듯. 하지만 아주 잠깐이었고 리는 곧 그럴 수 있다며 내 말을 수긍했다.

잘됐네요. 새로운 경험이 되겠어요.

리는 그렇게 말하며 '김치'를 내 앞으로 밀어주었으나 코너는 미심쩍다는 듯 중얼거렸다.

이상하네요. 농담하는 거 아니죠?

그게 이상한 일인가. 백인만 거주하는 동네에서 평생 살아왔다면, 부모와 어울리는 이들 중 동양인이 한명도 없었다면 충분히 그럴 수 있는데. 나는 쿨하게 대꾸했다.

농담은요. 미국인들은 다 나 같을 거예요.

메인 디시가 나오는 동안 그들은 맛이 어떠냐는 질문을 계속해서 해댔고, 식재료와 소스에 대해 자세히 설명해주기도 했다. 그때부터는 나도 서툰 젓가락질을 관두고 포크와 스푼을 사용해 음식을 먹었다. 양배추로 만든 줄 알았던 '김치'는 예상외로 아삭하거나 단단하지 않고 물 렀다. 젤리처럼 미끄덩거리는 '무크'라는 요리는 맛도 식 감도 이상했으며 매운 소고기 요리는 너무 자극적이라 씻 어 먹을지 말지 수차례 고민해야 했지만, 그들의 성의를 생각해 조금씩 맛보며 식감이 재미있네요, 알싸하지만 이 색적인 맛이군요, 따위의 감상을 내놓았다.

화제는 제프의 신작에 대한 호평으로 흘러가다 한국식 전골 요리가 나올 즈음에는 K-아트로 빠졌다. 리는 내게 어떤 한국 배우와 닮았다고 했다. '우식 초이'를 아냐는 그녀의 말에 나는 어색하게 웃으며 그 배우의 이름을 인 스타그램에 검색해보았다. 팔로어가 천만에 이르는데도 생소했다. 나와 닮았는지는 더더욱 알 수 없었고. 리와 코 너는 그가 출연한 영화를 몇편 언급했지만 제목조차 들 어본 적 없는 것들이었다. 한국에 오기 전 이런저런 정보 를 알아보긴 했으나 내가 찾아본 것들 ── 한국의 국기를 '타이극기'라고 부르며 집 안에선 신발을 벗어야 한다는 것 따위 ── 은 이 자리에선 파편적이고 피상적인 정보일 뿐이었다. 두 사람은 그렇게 한동안 한국 예술의 성취에 관해 이야기했다. 리는 구겐하임미술관에서 대규모 개인

전을 연 작가에 대해, 코너는 이 아파트를 지은 건축가가 얼마 전 프리츠커상 후보에 올랐다는 것에 대해 말하며 '가장 한국적인 것이 가장 세계적'이라고 표현했다. 그들의 애국심에 감탄하면서도 한편으로는 다소 과하다고 생각했다.

한국 예술에 대한 길고 긴 대화를 마친 뒤 그들은 내게 방한 소감을 물었다. 뭐라도 말을 해야 할 것 같아 나는 공항에서 이곳까지 오는 동안 느낀 것을 짧게 이야기했다.

목가적인 풍경을 기대했는데 고층 빌딩이 정말 많더군요. 차도 많고요.

시클로나 오토바이로 도로가 혼잡할 줄 알았으나 교통이 편리해 감탄했다고 하자 리와 코너는 마주 보며 어색하게 웃었다. 실수한 건가. 청결하고 발전된 나라 같다는 것을 완곡히 표현했는데도 그들의 표정을 보니 가감 없이 말했다면 꽤나 난처했겠구나 싶었다.

때마침 디저트가 나왔다. 감으로 만든 셔벗을 먹으며 나는 그들에게 이 근방의 괜찮은 관광지를 추천해달라고 했다. 딱히 관심 있는 건 아니었으나 이로써 자연스럽게 화제를 돌릴 수 있었다. 코너는 단지 내 산책로를 거닐어보라고 권했다. 굽이진 산책로를 따라 아열대 지방에서 수입한 나무들이 죽 심겨 있어 풍광이 근사하고, 지하로 내려가면 널찍한 성큰가든도 조성되어 있다고 했다.

마사지숍은 없나요?

제프의 전시 때문에 싱가포르에 들렀을 때 마사지를 받은 적이 있는데 가격도 싸고 뭉친 근육이 풀리는 느낌이 좋았다고 하니 코너가 난색을 표했다.

한국은 마사지로 유명한 나라는 아니에요. 마사지숍은 대체로…… 비싸기도 하고요.

그는 고민하다 근처에 고궁이 있으니 구경하는 것도 나쁘지 않겠다고 말했다. 차를 타면 얼마나 걸리냐고 묻자 코너가 웃으며 고개를 저었다.

걸어서도 갈 수 있어요. 하지만 굳이 안 가도 괜찮아요. 바깥은 시끄럽고 번잡하거든요. 이 안에서 더 편안한 시간을 보낼 수 있을 거예요.

리도 코너를 거들었다.

마사지 대신 십육층에 있는 건식 사우나를 체험해보는 건 어때요? 원래는 입주민만 이용할 수 있지만 우리가 미리 말해두면 되니까요.

건식 사우나라. 마사지면 몰라도 처음 보는 이들과 벌거벗은 채 땀을 빼고 열을 식히는 문화 체험은 도무지 내키지 않았다. 과장해 말하면 공포스럽기도 했고.

감 셔벗은 미묘한 떫은맛이 마음에 들지 않아 거의 먹지 않았다. 음식이 입에 맞았는지 묻는 리와 코너를 향해 나는 고개를 끄덕여 보였다.

●

간밤에는 단잠을 잤다. 게스트룸의 침구는 적당히 푹신했으며 방 안에서는 시트러스 향이 기분 좋게 풍겼다. 아파트의 삼층에는 총 네개의 게스트룸이 있었고 내가 묵는 방에는 테라스가 딸려 있었다. 테라스로 통하는 미닫이문을 열자 석재가 깔린 모던한 정원이 펼쳐졌다. 메인 화단에는 깔끔히 전정된 측백나무가 심겨 있었고 대형 플랜트박스에는 세이지, 제라늄 같은 여름 꽃들이 탐스럽게 피어 있었다.

나는 적응이 빠른 사람이었다. 처음에는 어색하게 느껴지던 이곳도 시간이 지나니 더없이 쾌적하고 편안해졌으며 프라이빗하다는 점 또한 마음에 들었다. 바깥에서 소음이 약간 들려오긴 했지만 화단 뒤로 목재 패널이 빽빽이 둘러져 있어 어디서 누가 무슨 말을 하는지는 알 수 없었다. 애초에 한국말이라 제대로 알아들을 수 없기도 했지만.

테라스 한편에 놓인 빈백에 누워 노트북을 열었다. 제프의 일정을 조율하고 경영진과 미팅을 하며 한가롭게 오전 업무를 보던 중에 아파트 관리인이 찾아왔다.

좋은 아침입니다. 필요한 게 있으시다고요?

관리인의 영어 발음은 거슬리는 곳 하나 없이 매끄러웠다. 제프와 나는 전시가 있는 나흘간 아파트 게스트룸에 묵기로 되어 있었다. 제프는 온도와 습도에 민감했고 침구의 질감이 조금이라도 거칠면 잠을 이루지 못했다. 관리인은 룸의 습도를 45퍼센트, 온도를 26도로 조절한 다음 모달과 리넨 침구 중 무엇이 좋으냐고 물었다. 나는 고민하다 모달을 고르고 더 필요한 게 없냐는 관리인에게 제프가 오전 열시부터 한시간 동안 명상을 한다고 전했다. 관리인은 그 시간엔 하우스키퍼의 출입을 금하겠다고 답했다. 모든 게 순조로웠다.

대략적인 업무를 마치고 커피를 내린 뒤 아버지에게 메시지를 보냈다.

[저 지금 한국에 있어요.]

이모지를 붙일까 하다 그만두었다. 어머니의 권유로 아

버지에게 간간이 안부를 전하고는 있었지만 관성처럼 행할 뿐이었고, 때로는 성가시기도 했다. 건조하게 주고받는 안부 외에 아버지와 달리 나눌 만한 것도 없었다. 어떻게 하면 대화를 빠르게 끝맺을지 고민하는 것도 일이라면 일이었다.

화단에서 옅은 꽃향기가 풍겨왔다. 바람이 불 때마다 선셰이드가 부드럽게 펄럭였고 목재 패널 너머에서는 해석할 수 없는 말소리가 신경을 거스르지 않을 정도로 잔잔히 들려왔다. 마치 휴양지에 머무르는 것 같았다.

한국은 이런 나라구나.

예상과 달리 이곳은 위험하거나 두려운 우범지대가 아니었다. 아버지도 한국에 와본 적이 있을까. 불현듯 그런 생각이 들었다.

어릴 적 미국으로 입양되어 온 어머니는 자신이 사우스 코리안인지 노스 코리안인지도 알지 못했지만 아버지는 달랐다. 이민자 부모 밑에서 태어난 아버지는 늘 자신의 출신이나 배경을 숨겼다. 그에게는 'Yongbok'이라는 미들네임도 있었으나 누군가와 통성명을 할 때 그것을 언급한 적은 한번도 없었다. 간혹 누가 출신에 관해 물으면 아버지는 위스콘신 태생이라고 자신을 소개했고 나에게도 이를 주입했다.

듀이, 우린 미국인이야.

어린 시절 아버지의 서재에서 책을 읽다 책장에서 사진 한장을 발견한 적이 있었다. 앳된 얼굴의 아버지와 한 중년 남성이 자동차 보닛에 앉아 어깨동무하고 있는 사진이었다. 남성은 동양인이었으며 아버지처럼 ― 그리고 나처럼 ― 체구가 작고 눈꼬리가 살짝 처져 있었다. 짐작건대 아버지의 아버지인 듯했다. 나는 의기양양해진 채로 아버지에게 달려가 할아버지를 찾았다고 외쳤다. 사진을 건네주었을 때 아버지가 지었던 표정은 지금도 잊을 수 없다. 그는 끔찍한 것을 본 것처럼 창백하게 질리더니 사진을 ― 잘 찢어지지도 않는 그것을 ― 갈기갈기 찢었다. 그리고 소리쳤다.

내 서재에 함부로 들어가지 마.

그후론 할아버지에 관해 얘기한 적도, 다른 누군가에게 이 이야기를 꺼낸 적도 없었다. 사춘기가 지난 뒤로는 아버지나 그의 고국에 관한 궁금증마저 사라져, 간혹 누군가 내게 중국계인지 한국계인지 물으면 대수롭지 않게 미국인이라고 답하곤 했다. 이제 나에겐 그것이 당연했다.

볕이 잘 드는 테라스는 환하고 아름다웠다. 이곳에서

지내는 나흘간은 불안도 결핍도 매끈하게 깎여나갈 것 같았다. 내게 이곳은 잠시 거쳐가는 경유지로 훌륭했다. 나른한 해이에 취해 사진을 몇장 찍고 그중 한장을 아버지에게 전송하려다 마음을 바꾸었다.

관심 없겠지.

빈백에 누워 일광욕을 즐기고 있는데 다시 한번 벨소리가 들려왔다. 관리인이었다. 관리인은 곧 룸을 정비할 시간이라며, 하우스키퍼가 청소하는 동안 레스토랑에 내려가 점심을 먹거나 삼층에 있는 공유 오피스에서 업무를 보면 어떻겠냐고 물었다.

아니면 건식 사우나를 예약해드릴까요?

오전 열한시였고, 제프의 입국까지는 서너시간 정도 여유가 있었다. 시간을 가늠하다 외출하기로 했다. 구경하고 싶은 것도, 궁금한 것도 없었지만 건식 사우나보다는 그 편이 나을 것 같았다.

●

아파트 단지에서 나와 구글 맵을 켰다. 코너가 이야기한 고궁에 가려면 이십분을 더 걸어야 했다. 경로를 따라

'종로'로 향했다.

'종로'는 꽤 청결하고 볼거리가 많은 곳이었다. 한국 전통의상을 입은 이들과 목재와 적색 벽돌로 마감된 개성 있는 건물이 이목을 사로잡았다. 계획 없이 낯선 장소를 누비는 게 오랜만이라 흥분도 되었으나 그것도 잠깐이었다.

나는 비교적 빈틈없는 편이었지만 룸 정비로 급하게 나온 탓에 핸드폰 배터리가 얼마 남지 않았다는 것을 잊었고, 그 사실을 깨닫자 평정을 잃었다. 조급해진 나머지 허둥지둥 고궁으로 보이는 목조건물에 들어갔는데 그렇게 들어간 곳은 알고 보니 사원이었고, 박물관이라 짐작되는 곳에 들어갔으나 한국식 디저트를 파는 가게라 돌아나올 수밖에 없었다.

'종로'는 예측할 수 없는 곳이었다.

나는 부주의한 편이 아니었지만 매듭 문양이 새겨진 보도블록을 구경하다 마주 오던 사람과 부딪힐 뻔했고, 묵직한 십자가를 등에 진 이교도나 기니피그를 산책시키는 기인을 보고 충격받은 나머지 엉뚱한 길로 빠지기도 했다. 인자한 미소를 띤 채 '가부좌'를 틀고 있는 석상, 쇼윈도에 전시된 붉고 노랗고 파란 색색의 장신구들, 길목마다 놓인 험상궂은 ── 화가 나 있지만 자세히 보면 웃는 것 같기도 한 —— 표정의 목각 인형…… 온갖 토템과 심벌로 가득 찬 거리를 빠져나오자 대형 전광판이 걸린 고층 빌딩과 다차선 도로가 펼쳐졌다.

What the…… hell?

도시 전체가 동선이 복잡한 갤러리 같았다. 한군데에 정신을 팔면 순식간에 다른 길로 접어들었고, 그렇게 길을 헤매다보면 삽시간에 풍경이 뒤바뀌어 있었다. 갈팡질팡하며 시간을 허비하다보니 배터리도 급속도로 소모되어갔다.

습도는 낮았지만 여름 볕이 강렬했다. 겨드랑이가 축축해졌고 땀 냄새도 나는 것 같았다. 아파트의 산뜻한 공기와 흠잡을 데 없이 완벽한 시설이 그리워졌다.

차라리 건식 사우나가 나았을 텐데.

흐르는 땀을 닦으며 도로 한복판을 정처 없이 누비는 동안 기력은 차차 다해갔다.

성조기를 발견한 건 더위와 인파에 어지럼증을 느낄 즈음이었다. 조국의 국기가 보이자 혼미했던 정신이 차차 맑아졌다. 성조기와 '타이극기'를 든 이들이 대열을 이루며 어딘가로 질서정연하게 향했고 경찰이 그들을 호위하고 있었다.

저들이라면 나를 도와줄 수 있지 않을까.

재빨리 행렬에 섞였다. 주변을 살피다 손바닥만 한 성조기를 흔들며 걷는 중년 여성에게 물었다.

왜 성조기를 들고 있는 거죠? 지금 어디로 가는 거예요?

내 물음에 그녀는 한국어로 무어라 중얼거렸는데 그 뜻을 도무지 유추할 수 없었다. 영어를 아예 할 줄 모르는 것 같았다. 번역 앱을 켠 다음 자판을 쳤다.

지금 뭘 하고 있는 거예요?

그녀는 눈을 가늘게 뜨고 고개를 뒤로 뺀 채 핸드폰 화면을 확대했다. 음성 번역을 돌렸으나 행렬 선두에서 들리는 시끄러운 노래와 확성기 소리, 차도에서 울리는 경적 때문에 제대로 전달되지 않았다. 핸드폰 배터리는 이제 5퍼센트밖에 남아 있지 않았다. 여성이 다시 한국어로 무슨 말인가 했지만 역시 한마디도 알아들을 수 없었다. 더 곤혹스러운 점은 그녀가 어떻게든 대화를 이어보려는 듯 나를 붙잡고 놔주지 않는다는 것이었다.

무슨 말을 하는지 알아듣기 힘드네요. 도대체 다들 여기서 뭐 하고 있는 거예요?

답답함을 억누르며 앞서 걷는 긴 행렬과 성조기를 가리켰다. 그녀는 한참 우물쭈물하다 무언가 떠오른 듯 느닷없이 손바닥을 마주쳤다.

축제!

그녀는 서툰 영어로 축제, 축제 반복해 말했다. 그녀의 말을 곰곰이 곱씹으며 펄럭이는 성조기와 '타이극기'를 바라보았다. 독립기념일이 있는 6월 마지막 주였다. 미국에서도 축제를 준비하고 있을 것이었다. 집집마다 음식을 마련하고 거리에는 국기가 걸리고 인부들은 퍼레이드가 열릴 길을 미리 정비하고 있겠지. 오늘이 한국의 독립기념일인 걸까. 수많은 이들이 국기를 들고 행진하는 걸 보니 그 비슷한 축제가 열리는 것 같기도 했다. 사람들의 걸음은 당당했고 표정에서도 생기와 여유가 넘쳐흘렀다. 지나오면서는 서양인도 드문드문 본 것 같은데 이 행렬에선 이들은 동양인뿐이었다. 주변을 두리번대다 여성에게 물었다.

혹시 핸드폰을 충전할 만한 곳이 있을까요?

그녀가 알아들을 수 있도록 나는 같은 말을 아주 천천히 되풀이했다.

도와줄 수 있어요?

보디랭귀지까지 섞자 그녀는 그제야 따라오라는 시늉을 했다. 내가 뒤처지자 손을 잡아끌기도 했다. 그녀의 손은 뼈마디가 느껴질 정도로 단단했고 마른 나뭇잎처럼 버석거렸다. 느닷없는 터치에 놀란 나를 향해 그녀는 괜찮다는 신호를 보냈다.

오케이, 오케이.

이미 너무 멀리 와버렸다는 생각이 들었다. 거슬러가도 길을 찾지 못할 게 분명했다. 별수 없이 고궁 따위는 잊고 그녀와 함께 행렬을 뒤따랐다.

행진하던 이들은 앞에는 거대한 산이 드리워져 있고 뒤에는 청동상이 세워진 너른 광장에 멈추어 섰다. 광장 한가운데 놓인 간이 무대를 중심으로 수십명의 사람들이 분주히 축제를 준비하고 있었다. 중년 여성은 무대 앞에 깔아둔 플라스틱 의자에 나를 앉히더니 눈을 맞추고 한 손으로 가슴을 쓸어 보였다. 긴장을 풀라는 뜻인 것 같았다. 그녀는 여기서 기다리라는 듯한 제스처를 취해 보이고는 이내 한 무리의 사람들 틈으로 사라졌다. 초조한 심정으로 핸드폰을 확인했다. 급하게 회신해야 할 업무 메일 한통과 제프에게서 온 메시지, 그리고 아버지의 답장이 도착해 있었다. 업무 메일에 회신하고 모리미술관에 도착했다는 제프의 메시지에 답을 하려던 순간 핸드폰이 꺼졌다.

젠장.

아득해졌다. 이곳은 타국이었다. 어딜 둘러봐도 한국인뿐이었고 들려오는 말도 전혀 알아들을 수 없었다. 유일한 통신망까지 끊긴 상황에 섣불리 움직였다간 무슨 일이 벌어질지 몰랐다. 의자에 앉아 여성이 오기만을 기다렸다.

저 앞에서 녹색 로고가 새겨진 티셔츠를 입은 노인 네 명이 커다란 성조기와 '타이극기'를 설치하고 있었고 그 옆에서 같은 티셔츠를 입은 노인 두명이 무대 양옆의 스피커를 체크하고 있었다. 광장에는 아이들이나 내 또래의 젊은 사람들도 듬성듬성 있었으나 축제의 주를 이루는 건 분명 노인이었다. 어디를 둘러보아도 노인의 수가 우세했다.

한국은 고령화 국가인가.

기묘해 보이긴 했지만 범세계적으로 고령화 비율이 높아지고 있다는 뉴스가 떠오르기도 했고, 얼마 전 플로리다로 이사 간 친구가 자기 동네는 어딜 가든 베이비부머뿐이라 토로했던 것도 기억나 대수롭지 않게 넘겼다.

한국은 더 심각한가보군.

왈도*라도 찾듯 단체 티셔츠를 입은 사람들 틈에서 축제를 즐기는 젊은층을 골라냈다. 휠체어 탄 자녀를 데리고 축제에 참여한 부모, 설탕으로 코팅된 과일 꼬치와 '타이극기'를 손에 든 귀여운 소녀, 말 걸기가 꺼려질 만큼 기괴한 페이스 페인팅을 한 젊은 남성…… 개중에는 얼굴을 찌푸리고 귀를 막은 채 축제장을 지나치는 행인들도 있었다. 착각이겠지만 그들이 나를 경멸 어린 눈길로 쏘아보는 것 같기도 했다.

왜일까. 내가 외국인이라서?

나를 도와줄 만한 사람은 좀처럼 찾기 어려워 보였다.

중년 여성은 왈도를 열명 정도 찾았을 때에야 돌아왔다. 그녀 곁에는 한 할아버지가 서 있었다. 주황색 선팅이 옅게 들어간 선글라스를 쓴 할아버지는 온몸을 '타이극기'로 두르고 있었다. '타이극' 마크가 새겨진 모자, 마찬가지로 '타이극' 마크가 크게 프린팅된 조끼, 어깨에 멘 배낭에도 '타이극기' 배지가 여러개 붙어 있었다.

애국심이 넘치는 남자네.

중년 여성은 무뚝뚝한 인상의 할아버지에게 무언가 짧

---

*『월리를 찾아라!』 시리즈의 월리. 북미에서는 '왈도'라고 부른다.

게 말하고는 그와 나 둘만 남겨둔 채 광장에 세워진 수많은 천막 사이로 사라졌다. 할아버지가 내 옆에 앉더니 영어로 말을 붙였다.

만나서 반갑습니다. 나는 미스터 김입니다. 당신의 이름은 뭡니까?

발음은 어설펐으나 모국어를 들으니 안도가 밀려왔다. 눈물이 날 것 같기도 했다. 그에게 내 상황을 상세히 설명했다. 내 이름은 듀이이고 미국에서 왔으며 핸드폰 전원이 꺼져 당장 충전을 해야 한다고. 미스터 김은 입을 반쯤 벌린 채 내 얘기를 들었다.

천천히. 나는 영어를 못합니다.

영어를 못한다고요?

아뇨, 조금. 조금 합니다.

그 말처럼 그의 회화는 미숙했다. 문법도 엉망이었다. 남부 사투리를 하듯 말끝에 악센트를 실었는데 그 독특한 억양 때문에 그가 무슨 말을 하는지 눈빛이나 몸짓을 살피며 겨우 짐작할 수밖에 없었다. 그래도 의지할 만한 구석이 생긴 건 확실한 위안이 되었다. 무인도에서 구명보트를 발견한 기분이랄까. 비록 공기가 다 빠진 보트였지만 말이다.

핸드폰 배터리를 충전해야 한다고 미스터 김에게 또 박또박 이야기했다. 말이 통한 건지 미스터 김이 메고 있던 배낭을 뒤적였다. 작은 배낭 안에서 벽돌만 한 외장 배터리 세개가 차례로 나왔다. 세개 모두 배터리 양은 넉넉했으나 불행하게도 내 핸드폰에 맞는 충전 케이블이 없었다.

빌어먹을.

머리를 싸맸다. 패닉에 빠진 내 옆에서 미스터 김은 맞지 않는 케이블을 핸드폰에 억지로 꽂으려 하고 있었다. 헛수고였다. 난감해하며 턱을 긁적이던 미스터 김이 대뜸 물었다.

배고픕니까?

밥 먹었냐는 제스처를 취하는 미스터 김을 보며 나는 허탈하게 웃었다. 이 상황에 밥이라니. 내가 웃자 그도 따라 웃었다. 그의 윗입술이 말려올라갔다. 앞니에 금으로 된 크라운이 씌워져 있었다. 뜬금없이 마이크 타이슨이 떠올랐고 그러자 이상하게 긴장이 풀렸다. 허기도 느껴졌다. 나는 전원이 꺼진 핸드폰을 보여주며 미스터 김에게 답했다.

배고파요. 하지만 나는 시간이 많지 않아요. 핸드폰도

충전해야 하고요.

　내 말을 알아들은 건지 미스터 김이 흔쾌히 말했다.

　노 프로블롬.

　미스터 김은 사교성이 뛰어났다. 축제장에 그를 모르는
사람이 없어 보였다. 그는 수많은 이들과 악수를 하며 인
사를 나누었다. 내용을 알 수 없는 전단지를 나누어주는
노인들과도, 삼각대를 들고 축제 현장을 촬영하는 노인들
과도. 흡사 대선 후보 같은 모습이었다. 그와 함께 그들의
베이스캠프라는 커다란 천막까지 향하는 동안 나는 온갖
노인들로부터 전단지와 명함을, 견과류와 건조 과일이 담
긴 지퍼백을, 그리고 종이컵에 담긴 커피를 건네받았다.
거절할 틈조차 없었다.

　천막에 도착해서도 미스터 김은 누군가와 인사를 하고
어깨를 감싸안으며 알은체했다. 이렇게 많은 한국인에게
둘러싸인 건 처음이었다. 그들은 내게 한국어로 끊임없이
말을 붙였고 자꾸 무언가를 나누어주었다. 머리에 녹색
두건을 두른 노부인에게 물과 도시락까지 받아들자 정말
손이 모자랐다. 도시락값으로 노부인에게 얼마를 주면 되
는지 묻자 미스터 김이 손을 내저었다.

무료입니다. 모두 무료예요.

그들의 과도한 친절이 수상하긴 했으나 크게 개의치
않기로 했다.

한국인들은 원래 친절한가보지.

미스터 김과 나는 베이스캠프에 설치된 간이 테이블에
마주앉았다. 도시락을 먹기 전 미스터 김은 비교적 젊어
보이는 ── 그래도 중년이었다 ── 남자를 불러 한국어로
얘기를 나누더니 그 남자에게 내 핸드폰을 맡겼다. 남자
는 핸드폰을 들고 캠프 뒤편으로 터벅터벅 걸어갔다. 당
황하여 남자를 쫓아가려는데 미스터 김이 내 팔목을 잡았
다. 그는 걱정 말라는 듯 앞니를 드러내며 웃었지만 그래
도 믿음이 가지 않는 게 사실이었다.

저 사람 믿을 만한 사람이에요?

미스터 김은 잠시 말을 고르다 미소 지었다.

좋은 사람입니다. 여기 있는 모두, 아주 좋은 사람들입
니다.

노부인이 건네준 도시락엔 검고 희고 붉은 음식이 담
겨 있었다. 보는 것만으로도 식욕이 가시는, 차고 윤기 없
고 낯선 음식이었다. 선뜻 손이 가지 않았다. 게다가 나무

스무드   93

로 된 젓가락은 하나로 붙어 있어 어떻게 사용해야 할지 난감했다. 미스터 김은 나를 살피더니 하나로 붙어 있는 나무젓가락을 부러뜨려 두개로 만들었다. 그러고 나서 그것을 마구 비비기 시작했다.

자, 당신도 따라 하세요.

얼결에 그를 따라 젓가락을 양손으로 비볐다. 그건 일종의 놀이 같기도, 식전 의식 같기도 했다. 식전 의식이 끝나자 미스터 김은 식사를 시작했다. 나는 젓가락을 X자로 움켜쥐고 먹는 시늉만 하며 음식을 깨작였다.

왜 안 먹습니까?

미스터 김의 물음에 차가운 소시지를 억지로 집어들었다. 다른 음식엔 좀처럼 손이 가지 않았다. 어떻게 먹는지도 알 수 없었다. 미스터 김이 턱을 긁적였다.

자, 나를 보세요.

미스터 김은 사포처럼 검고 얇은 종이에 밥을 감싼 뒤 단번에 삼켰다. 젓가락 대신 손을 사용해 그것을 먹기도 했다.

저 종이도 먹는 거였다니. 데코인 줄 알았는데.

종이를 아무렇지 않게 썹어 먹는 미스터 김을 보며 기겁했다. 여전히 구미는 당기지 않았으나 맛있게 먹는 미스터 김을 보니 저 얇은 종이에서 무슨 맛이 날지 조금 궁금하기는 했다.

사포처럼 거치려나.

한참 머뭇대는데 미스터 김이 내게 종이에 싼 밥을 권했다.

자, 시도해보세요.

내키지 않았으나 그의 선의를 사양할 수 없어 눈을 질끈 감고 그것을 받아먹었다. 허기 때문이었을까. 생각보다 맛이 좋았다. 바삭하고 짭짤한 풍미 덕에 스낵을 먹는 것 같기도 했다. 미스터 김이 말했다.

아주 맛있습니다. 이건 '김'입니다.

'김'? 오, '김'!

기억을 더듬어 어제 '감태'를 맛보았다고, '김'이 '감태'의 사촌 아니냐고 묻자 미스터 김이 고개를 갸웃했다.

미안하지만 다시 말해주겠습니까?

했던 말을 천천히 반복하자 미스터 김이 아하, 하며 웃었다.

나는 '대구'에 삽니다. 내 사촌들도 모두 거기 삽니다.

소통에 오류가 생긴 게 분명했으나 미스터 김이 전단지 뒤에 지도까지 그리며 '대구'가 어디에 있는지 설명하기 시작해 말을 끊을 수 없었다. '대구'는 한국 남부에 있는 작은 주인 듯했다. 그의 억양에 왜 남부 사투리가 묻어 있는지 그제야 이해되었다. 그는 '대구'에서 평생 살아왔다며, 그곳이 한국에서 가장 살기 좋은 곳이라고 했다.

당신은 어디에서 왔습니까?

고민하다 위스콘신 출신이라고 답했다.

재작년까지 위스콘신에 살았어요. 당신처럼 평생을 한곳에서 산 셈이죠.

미스터 김은 고개를 끄덕인 뒤 단어를 길어올리듯 말을 거듭 수정하며 내게 무슨 일을 하냐고 물었다. 나는 제프에 관해, 그의 작품을 관리하고 일정을 조율하는 나의 일에 대해 설명했다.

오, 아티스트입니까?

알아듣기 쉽게 설명했다고 생각했으나 오판이었다. 고개를 저으며 아티스트는 내가 아니라 제프라고 해도 미스터 김은 자기 식대로 오역했다.

당신 참 멋집니다.

말을 바로잡으려다 그만두었다. 그는 이 이상한 여정에서 조우한 낯선 사람이었다. 경유지에서 만난 사람에게 변을 하는 게 무슨 소용일까 싶어 그저 고맙다고 얼버무렸다.

영어는 어디서 배웠어요?

그의 어설픈 회화를 지적할 생각은 없었고 그저 궁금했다. 시간을 때우기 위한 방도이기도 했고. 미스터 김은 곧 지도 속 '대구'에 작은 원을 표시했다.

여기가 '대구'면……

그리고 그 원 안에 더 작은 원을 그려넣었다.

여기는 캠프워커입니다. 나는 거기서 미군에게 프라이드치킨을 팔았습니다. 프라이드치킨을 압니까?

미스터 김의 말에 고개를 끄덕였다.

그렇게 익힌 영어였군.

미스터 김은 입이 풀린 듯 자기 이야기를 더듬더듬 늘어놓았다. 이제는 그의 이야기를 대략 유추할 수 있었다. 그는 프라이드치킨을 팔아 자식을 키웠다고 했다. 아들이 둘 있다며 지갑을 꺼내 사진을 보여주기도 했다. 화질이 좋지 않은 사진 속에 한 부자가 있었다. 똑같은 멜빵바지를 입은 두 소년과 짙은 피부가 매력적인 건장한 남성. 사진 속 소년들은 울상을 짓고 있었다. 볼을 옆어놓은 듯한 촌스러운 헤어스타일의 소년들에게서 ── 잠깐이지만 ── 내 아버지의 어린 시절이 겹쳐 보였다. 미스터 김은 사진을 손으로 더듬으며 미소 지었다.

그들은 나의 보물입니다.

그는 이제 많이 늘어 사진 속 젊고 건장한 남성과 동일 인물이라 보기 어려웠지만, 세월을 거스른 낯설고 뜨거운 감정만은 내게 온전히 전해졌다. 보물. 내 아버지에게선 한번도 들어본 적 없는 말이라 그랬던 걸까. 미스터 김과 나 사이에 세워진 두꺼운 벽에 가느다란 실금이 생긴 것 같았다. 느닷없이 이상한 통증이 일었다.

사진 속 소년들을 손으로 짚었다.

이들도 당신과 '대구'에 살고 있나요?

그들은 '서울'에 삽니다. 하지만…… 만나지 못합니다.

왜요?

내 물음에 미스터 김은 선글라스를 벗고 눈가를 문질렀다. 무뚝뚝한 입매와 달리 눈은 맑고 순했다. 뜸을 들이다 그는 슬픈 표정을 지었다.

알 수 없습니다.

미스터 김이 한국어로 무어라 웅얼거리며 말을 이었다. 말소리가 뭉개져 명확히 알아들을 수 없었지만 꼭 이렇게 말하는 것 같았다.

하지만 안다고 해도 달라지는 건 없겠죠.

도시락을 어느 정도 비웠을 즈음 핸드폰을 들고 사라졌던 남자가 돌아왔다. 남자는 충전이 다 된 핸드폰을 내게 건넸다. 그 짧은 시간 동안 핸드폰이 완전히 충전되었다는 게 놀라웠다.

한국은 정말 빠르군.

남자에게 얼마를 주면 되냐고 물었으나 미스터 김은 이번에도 고개를 저었다.

돈은 괜찮습니다. 정말 괜찮아요.

남자가 옆에서 한국말로 길게 이야기했고 미스터 김도 그 말을 받아 길게 답을 했다. 두 사람의 표정이 심각했다. 그들의 대화가 이어질 동안 나는 핸드폰을 확인했다. 제프의 메시지와 함께 트럼프가 전쟁터에서 '도와줄까?' 말하며 손을 뻗는 우스꽝스러운 밈이 도착해 있었다.

[듀이, 한국은 어때요? 무사한가요?]

제프를 따라 밈을 전송하려 위젯을 넘기다 그냥 '난 무사해요'라는 메시지만 보냈다.

아버지에게서도 짧은 답이 와 있었다.

[다음 주에 집에 오는지 네 엄마가 묻더구나.]

다음 주 토요일은 아버지의 생일이었다. 아버지의 생일

이 다가오면 나는 집에 가는 대신 메시지로 필요한 것을 묻곤 했다. 그럴 때마다 아버지는 미적지근한 답을 보내 왔다.

[아무거나.]

아버지는 의뭉스러운 사람이었다. 늘 속내를 감추었고 무얼 물어도 제대로 된 답을 해준 적이 없었다. 속을 갑갑하게 하는 침묵과 불통, 묵인만 이어지는 집이 지겨웠다. 아버지의 메시지에는 답을 하지 않았다.

한참 뒤 미스터 김이 남자와 대화를 마치고 내게 다가왔다. 그는 턱을 긁적이며 물었다.

나를 따라오겠습니까?

미스터 김은 내게 이곳을 구경시켜주고 싶다고 했다. 오후 한시였다. 곧 떠나야 하긴 했으나 핸드폰도 충전되었고 제프가 입국할 시간까지도 충분한 여유가 있었다. 가이드를 자처하는 미스터 김의 호의를 거절하기도 미안했고. 고민하다 그의 뒤를 따랐다.

미스터 김과 나는 축제장을 누볐다. 그는 축제장에 모인 이들과 또다시 인사를 주고받았다. 그중에는 내게 미스터 김을 소개해준 중년 여성도 있었다. 그녀는 작은 부스에 홀로 서서 지나가는 이들에게 방명록 작성을 권하고 있었다. 나를 보자 그녀는 반갑게 손을 흔들더니 투명한 비닐로 감싼 음식을 덥석 쥐여주었다. 미스터 김은 그것이 '떡'이라는 한국식 디저트라고 귀띔해주었다. '떡'은 구운 지 얼마 안 된 것처럼 따끈하고 말랑거렸고 은은한 단맛이 났다.

맛있네요.

그녀에게 미소 지어 보였다. 그녀는 기쁨과 측은함이 섞인 표정으로 나를 보다 미스터 김에게 무어라 말했다. 이내 그녀의 눈시울이 붉어졌다. 무슨 상황인지 알 수 없었다. 미스터 김이 내 귀에 속삭였다.

당신에게 무척 고맙다고 전해달랍니다. 당신이 아주 소중하대요.

타인에게 그런 말을 들은 건 처음이었다. 가족에게도 들어본 적 없는 말이었다. 감정의 가느다란 실금이 점차 벌어지더니 뜨거운 무언가가 그 바깥에서 울컥 밀려들어오듯 온몸이 달아올랐다. 이건 민망함일까, 뭉클함일까. 말로 표현하기 어려웠다.

미스터 김은 볼펜을 쥐여주며 중년 여성이 한 말을 통역해주었다.

여기에 당신의 이름을 남깁니다. 이건 우리에게 아주…… 아주 중요한 일이에요.

미스터 김이 일러주는 대로 방명록 서명 칸에 내 이름을 적었다. 그건 한국에 온 것을 기념하기 위한 일종의 증표이자 그들을 위한 나름의 작은 보답이었다. 중년 여성이 애틋한 눈으로 나를 바라보았다. 서명을 다 하자 그녀는 내 손을 꼭 부여잡았다. 한국말로 무슨 말인가 하기도 했다. 그녀가 무슨 말을 하는지는 여전히 알 수 없었으나 그녀의 눈을 보면 좋은 말임이 분명했다. 나는 손을 거두는 대신 그녀가 놓을 때까지 그 손을 오래 잡고 있었다.

부스에서 나와 미스터 김과 다시 축제장을 돌아다녔다. 군데군데 기념품 파는 좌판이 보였다. 대다수의 좌판에서 '타이극기'와 관련된 소품을 팔고 있었다. 스티커, 티셔츠, 핸드폰 케이스, 마그넷…… 모자와 방한 장갑 같은 실용품에도 전부 '타이극기'가 새겨져 있었다. 독립기념일 축제장에도 기념품 파는 상인들이 있기는 했으나 기껏해야 우표나 작은 성조기를 꽂은 컵케이크 정도였지 이 정도로 대대적이지는 않았다.

한국인들은 애국심이 정말 대단하네요.

내 말에 미스터 김이 뜻 모를 미소로 회답했다. 무슨 말인지 알아듣지 못한 것 같았다. 번역 앱을 켜고 같은 말을 반복했다.

한국인들은⋯⋯

스피커에 대고 중얼거리다 멈칫했다. 미묘했다. 여기 모인 이들은 모두 한국인이었다. 모두 같은 피부색을 지녔고 머리색도 비슷했다. 나 역시도. 하지만 나와 이들을 한데 엮기란 쉽지 않았다. 나는 어디에서나 적응이 빠른 사람이었지만 이곳에서는 달랐다. 유대와 소속감은 내 안에서 자꾸 미끄러졌다. 미스터 김이 나를 빤히 보며 물었다.

왜 그럽니까?

머뭇대다 그에게 말했다.

기분이 이상해서요. 이런 상황이 처음이거든요.

미스터 김이 한번 더 말해줄 수 있냐며 내 쪽으로 고개를 기울였다. 그의 등은 젖어 있었고 목은 까맣게 그을려 있었다. 그가 더욱 가까이 다가왔다.

왜요? 아픕니까? 어디 아파요?

미스터 김이 내 어깨를 감쌌다. 오늘 이후로 다시 보지 않을 낯선 사람이라서 그랬던 걸까. 아니면 내 말을 유심히 들어주려는 그의 태도에 마음이 기울어서였을까. 아무에게도 해본 적 없는 이야기가 쏟아져나왔다.

당신은 참 친절하네요. 나도…… 할아버지가 있어요. 그분도 한국인인데 나는 그분이 어떤 사람인지 전혀 몰라요. 어쩌면 당신과 닮은 사람일지도 모르겠네요.

미스터 김이 나를 지그시 바라보고 있었다. 나는 말을 이었다.

아버지는 내게 한국 얘기를 한번도 해준 적이 없어요. 나는 아버지에 대해서도 잘 몰라요. 그래서 아버지와 나 사이에 갈등이 없는 거겠죠. 서로를 전혀 모르니까요. 알려고 하지 않으니까요. 그래서……

목소리가 떨렸다. 빗장뼈 부근에 알 수 없는 통증이 일었다. 미스터 김이 나를 가만히 보다 눈가를 비볐다. 그리고 슬픔에 젖은 순한 눈으로 말했다.

노 프로블롬. 노 프로블롬.

미스터 김은 배지와 와펜을 파는 좌판에서 멈추어 섰다. 그는 좌판을 지키는 상인과도 친분이 있는지 유쾌하게 인사를 주고받았다. 널찍한 캔버스에 알록달록한 배지가 빽빽이 붙어 있었다. 미스터 김은 눈짓과 손짓을 섞어가며 마음에 드는 게 있으면 골라보라고 했다. 손자를 어르듯 그는 다정히 내 어깨를 짚었다.

선물입니다.

선물해주겠다는 그의 말에 캔버스를 훑어보았다. 다양한 배지 중 턱이 짧고 케리 그랜트처럼 가르마를 반듯하게 탄 남성이 담긴 일러스트 배지가 유독 눈에 띄었다. 수많은 배지에 그 남성의 초상이 담겨 있었다. 군복을 입고 엄숙한 표정을 지은 채 허공을 가리키고 있는 남성. 미스터 김에게 이 남자는 누구냐고 묻자 그가 화색을 띤 채 외쳤다.

나의 대통령입니다!

그의 표정은 단연 오늘 하루 중 가장 밝았다. 말보다 마음이 더 앞서는지 흥분된 어조로 존경, 친애 같은 단어를 쏟아내기도 했다.

한국에서 가장 위대한 인물입니다.

한국 대통령의 초상이 담긴 배지를 유심히 바라보았다. 초상 뒤편에 넘실대는 '타이극' 문양이 대통령의 위대한 업적을 설명해주는 것 같았다.

한국의 링컨 같은 존재인가.

성조기와 '타이극기'가 포개진 배지와 한국 대통령이

새겨진 배지 중 고민하다 전자를 택했다. 미스터 김은 아쉬운 듯한 표정으로 그것도 좋은 선택이라고 했다.

계산을 하기 전 나는 대통령이 새겨진 배지까지 함께 골라 들었다.

탁월한 선택입니다!

미스터 김이 서둘러 돈을 지불하려 했지만 정중히 사양했다.

제가 살게요. 선물해주고 싶은 사람이 있거든요.

나를 보며 미스터 김은 흔쾌히 고개를 끄덕였다.

좋아요. 아주 좋습니다.

축제의 열기는 뜨거웠다. 무대는 완벽히 세팅되어 있었고 아까보다 더 많은 이들이 그곳에 모여 있었다. 스피커에서 경쾌한 음악소리가 흘러나왔다. 컨트리보다 더 빠르고 흥겨우며 하우스보다는 건전한 음악에 맞추어 사람들은 팔을 흔들고 춤을 추었다.

미스터 김은 그들을 가리켜 '열사'라고 불렀다.

저들의 이름이에요?

내 말에 미스터 김이 힘차게 고개를 끄덕였다. '열사'가 무슨 뜻이냐고 묻자 그는 잠시 생각에 잠기더니 아주 좋은 사람들이라고 풀이해주었다.

아주 좋은 사람들. 그의 말을 나도 미온하게나마 수긍했다. 여기 모인 이들은 모두 좋은 사람들 같았다. 대가 없이 호의를 베풀고 수고를 마다않고 마음까지 내어주는, 온정이 넘치는 이들이었다. 미스터 김이 말을 이었다.

내게는 가족과 같은 사람들입니다.

축제의 장에 모인 좋은 사람들을 둘러보며 나는 미스터 김이 일러주는 대로 '열사'를 연달아 발음해보았다. 발음하기가 쉽지 않았다. 미스터 김은 참을성 있게 혀의 위치와 입 모양을 교정해주었다.

요울사, 욜사…… '열사'.

마침내 그들을 '열사'로 부르게 되었을 때, 미스터 김도 나도 작게 환호했다. '열사'. 내가 정확히 발음한 최초의 한국 이름이었다.

미스터 김은 자신이 산 배지를 내 가슴에 달아주었다. 내가 산 것과는 다른, 한국 대통령이 그려진 배지였다. 그는 배지를 가리키며 나와 아주 잘 어울린다고 했다. 마치 할아버지가 손자를 챙기듯 그는 내게 잃어버리지 않도록 조심하라며 다른 배지들을 손수 셔츠 주머니에 넣어주고 단추까지 채워주었다. 살갑고 다정하게.

고마워요, 미스터 김. 당신은 '열사'예요.

내 말에 그가 엄지를 세우며 호탕하게 웃었다.

당신은 매우 똑똑합니다. 매우 똑똑해요.

미스터 김이 함께 무대 앞으로 가자고 했다. 따라오라고 손짓하며 그는 무수한 노인들 사이로 섞여들었다. 망설이다 그를 뒤따라갔다. 온 사방이 '타이극기'로 일렁였다. 축제를 즐기는 이들의 체온과 체취가 뒤섞였다. 미스터 김은 배낭에서 '타이극기'를 꺼내 내게 쥐여주었다. 그러고는 그것을 활기차게 흔들었다.

흔들어요. 같이 흔듭니다.

조금 민망하기도 하고 웃기기도 했으나 나는 곧 그 상황에 적응했고 미스터 김처럼 음악에 맞추어 '타이극기'를 흔들었다. 미스터 김과 '열사'들을 핸드폰 카메라로 찍기도 했다. 미스터 김은 카메라를 보며 미소 지었고 우리 주위에 서 있는 노인들도 손가락으로 브이를 만들거나 거부감 없이 손을 흔들어주었다. 내 손을 쓰다듬고 등을 토닥이며 한국어로 무어라 말하는 노인들도 있었다. 미스터 김은 그들이 나를 대견해한다고 했다.

당신도 '열사'예요. 우리처럼요.

알 수 없는 고양감에 젖어들었다. 생애 처음 느끼는 감각이었다. 시끄럽고 이상하지만 뜨거운 이곳에서 나는 분명 그들과 섞이고 있었다.

그리고 문득, 아버지에게도 이 풍경을 보여주고 싶다는 생각이 들었다. 그의 나라, 아니 우리의 나라를.

[아버지, 저 지금 한국에 있어요.]

메시지와 함께 사진을 전송하기 전, 나는 미스터 김에게 물었다.

여기가 어디예요?

'열사'들의 함성과 커다란 스피커 볼륨 때문에 미스터 김과 말이 계속 엇갈렸다. 고개를 돌렸다. 광장 한가운데에 설치된 거대한 청동상을 가리키며 되물었다.

여기 어디예요?

그제야 이해한 듯 미스터 김은 큰 소리로 이곳이 어디인지 말해주었다. 번역 앱을 켜고 그에게 한번 더 얘기해달라고 했다. 그의 말이 고스란히 영어로 번역되었다.

이곳은 '이승만 광장'입니다.

아버지에게 사진을 전송한 뒤 메시지를 덧붙였다.

[저 지금 이승만 광장에 있어요. 아주 좋은 사람들과 함께.]

●

　제프는 25일 밤 비행기로 입국했다. 출입국장에서 만나자마자 제프는 내 가슴에 붙은 배지를 가리키며 웃음을 터뜨렸다.

　듀이, 이틀 만에 한국 사람이 다 되었네요.

　평소 같으면 '제프, 그런 농담 하지 말아요' 하며 손을 내저었겠지만 오늘은 그저 미소만 지었다.

　공항 밖에서 리무진이 대기하고 있었다. 기사가 뒷좌석을 정리하고 캐리어를 트렁크에 싣는 동안 나는 제프에게 나흘간의 일정을 간략히 전달했다. 갤러리 전시 상황과 게스트룸의 컨디션에 대해서도 이야기했다. 뒤섞여 있던 것들이 제자리를 찾고 비로소 내 위치로 돌아온 것 같은 안정감도 들었으나 마음 한편엔 여전히 알 수 없는 뜨거운 감각이 남아 있었다. 쾌감 같기도 통증 같기도 한.

　제프에게 말했다.

　큐레이터가 「스무드」를 극찬했어요.

　그래요?

　구 안쪽에 무언가 숨겨진 것 같다고 하더라고요.

　제프는 인스타그램 피드를 넘기며 건성으로 답했다.

재밌네요. 듀이도 그렇게 생각해요?

골똘히 답을 생각하다 나는 셔츠 주머니에 넣어둔 배지들을 꺼냈다. '타이극기'와 성조기가 포개진 배지와 한국 대통령이 담긴 배지. 고민하다 그중에 하나를 제프에게 건네주고 나머지 하나는 다시 주머니에 넣어두었다.

그건 누구에게 주려고요?

제프의 말에 어깨를 으쓱했다. 제프는 안 본 사이 비밀스러워졌다며 오늘 하루는 어땠냐고 물었다.

위험하지는 않던가요? 한국의 사무라이들이 뱀술을 권하지는 않았어요?

제프가 바지춤에서 칼 꺼내는 시늉을 하며 장난쳤지만 나는 그것을 농담으로 받지 못했다. 아주 많은 장면들이 파노라마처럼 스쳐 지나갔다.

기사가 리무진의 코치 도어를 열어주었고 제프가 먼저 탑승했다. 리무진에 타기 전, 나는 주변을 돌아보았다. 나와 다른, 나와 닮은 수많은 사람들이 공항으로 들어가거나 밖으로 빠져나가고 있었다. 그들을 둘러보며 나는 들릴 듯 말 듯 웅얼거렸다.

알 수 없지만, 아주 좋은 하루였어요.

혼모노

역 근처 버거 전문점을 지나다 질겁한다. 앞집 신애기*
가 창가 자리에 앉아 버거를 먹고 있다. 입가에 마요네즈
를 잔뜩 묻힌 채 콜라를 마시는 그애를 몰래 훔쳐본다. 그
애는 양상추와 토마토를 모조리 빼둔 채 패티만 여러장
든 버거를 게걸스레 씹고 있다.

할멈이 저런 걸 먹는다고?

기가 차다못해 부아가 치밀어오른다. 목구멍이 청와대
라 밥은 꼭 고두밥으로, 찬은 고춧가루가 섞이지 않은 담
백한 것으로, 보양식이라도 비리고 누린 것은 질색하던
그 까다로운 늙은이가 버거를 먹는다고?

신애기가 버거 하나를 모조리 먹고 너겟을 소스에 야

---

* 신을 받은 지 얼마 안 된 무당을 일컫는 말.

무지개 찍어 먹는 것까지 넋 놓고 지켜본다. 손 없는 날*
도 아닌데 어쩌려고 저럴까. 할멈을 몸주로 모실 때 나는
육고기는 일절 입에도 대지 못했다. 그뿐인가. 살이 낀다
는 이유로 애욕도 자제하고 술 담배도 금하고 어머니 염
하는 것조차 보지 못했는데.

　내가 울화를 끓이는 동안 신애기는 자리를 정리하고
일어선다. 혹 마주칠까 서둘러 몸을 숨긴다. 그애는 무선
이어폰을 귀에 꽂은 채 점집 골목으로 들어가버린다. 그
애가 걸음을 뗄 때마다 에코백에 달린 무령에서 잘랑잘
랑, 방울 소리가 난다.

卍

　신당에 차례차례 옥수를 올린다. 옥황상제, 칠성, 그리
고 장수할멈.
　장수할멈 앞에는 일부러 목단 한단을 더 놓아둔다. 새
벽 꽃시장에 가 골라 온 것이라 봉오리가 굵고 탐스럽다.

----

* 악귀가 돌아다니지 않아 인간에게 해를 끼치지 않는 길한 날. 이날
　은 무당도 일을 쉬고 잠시 일상으로 돌아간다.

무얼 바쳐도 감격이나 감사 한번 하지 않던 할멈도 목단을 올리면 늘 흡족해하곤 했다.

　곱구나, 참으로 고와. 역시 혼모노(ほんもの)는 다르네.

　몸주마다 차등을 두고 싶지는 않지만 요 며칠간은 할멈에게만 온 정성을 쏟았다. 내가 모시는 신 중 가장 강하고 신통했던 게 할멈이기에 그 앞에 약과라도 하나 더 놓고, 초도 고급으로 쓰고, 먼지 쌓이지 않게 때마다 신당을 쓸고 닦았다. 지화(紙花)가 아닌 생화를 제단에 올리는 것도 다 할멈 비위를 맞추고자 함인데

　신령님, 참 곱지요?

친근히 물어도 할멈은 회답하지 않는다.

　신애기가 앞집으로 들어온 것이 벌써 보름 전 일이다. 보라색 트레이닝복을 입고 부모와 짐을 나르는 그애를 보며 순 생짜가 들어왔다고 조소했다. 그애는 앳되었다. 스물이나 되었으려나. 나도 저 나이 때 내림굿을 받았는데. 용달차 뒤에 실린 세간을 등에 이고 지며 부지런히 나르는 부모 곁에서 그애는 겨우 거드는 수준으로 가벼운 박스 몇개만 옮겼다. 창가에 서서 저것은 또 얼마나 버티려나, 어림해보았다. 이 골목은 다른 골목에 비해 음기가 강

하고 터가 세 일년도 못 채우고 떠나는 무당들이 숱했다. 저애가 들어오기 전 앞집에 신당을 차렸던 박수는 딱 아홉달을 버티고 내뺐다. 이번에는 넉넉잡아 두달이나 버틸는지. 그뒤엔 짐을 챙겨 나갈 게 분명하다고 예감하며 블라인드를 내렸다.

그날 저녁에 신애기 부모가 팥떡을 들고 찾아왔다. 신애기도 함께였다. 우리 아이를 잘 부탁드린다, 신 받은 지 얼마 안 되어 아직 아무것도 모른다, 도사님이 많이 가르쳐주시라 간곡히 청하는 부모 뒤에서 그애는 핸드폰만 만지고 있었다. 떡만 덥석 받고 보내기 뭣해 안으로 들인 뒤 무량사 주지스님에게 받은 보이차를 내왔다. 신애기의 아버지는 중국으로 출장 갈 때마다 보이차를 마셔서 잘 안다며 진짜 보이차를 판별하는 법을 줄줄이 늘어놓았고, 어머니는 이 사람 또 이러네, 하며 조용히 면박을 주었다.

이게 보기에는 비슷해도 우렸을 때 차이가 나거든요. 가짜는요, 마실 때 몸이 거부합니다. 역겨운 향도 나고요. 빛 좋은 개살구죠.

신애기는 제 아버지 이야기엔 관심도 기울이지 않은 채 핸드폰만 들여다보았다. 부부가 하나같이 쥐상에, 큰 욕심 없이 수수한 면면이 꼭 닮아 있는 데 반해 그 딸은 달랐다.

맹한 인상인데도 눈빛에 묘한 살기가 서려 있었다.

찻잎이 짙게 우러나는 동안 부부는 신당을 구경했다. 옥황상제와 칠성이 원색으로 그려진 탱화, 와불상과 백호를 품에 낀 장수할멈상이 나란히 장식된 제단을 그들은 이채롭다는 듯 둘러보았다. 신애기의 아버지가 물었다.

도사님은 신 받은 지 얼마나 되셨습니까?

올해로 삼십년 되었습니다.

삼십년……

신애기를 바라보며 부부는 한숨을 쉬었다. 아득하겠지. 고교 시절부터 크고 작은 병치레를 달고 살던 것이 신병 때문이라는 걸 알았을 때 내 어머니도 딱 저런 얼굴이셨다. 평생 무당으로 살아가야 한다는 점지를 받았을 때는 당신 탓이라 자책하며 오읍하셨고. 부부는 아이의 내력을 줄줄이 늘어놓았다. 친·외척을 통틀어 신내림받은 이가 단 한 사람도 없는데 이 상황이 믿기지 않는다며.

저희 집이 원래 가톨릭 집안이에요. 한평생 무속을 미신으로 여겼는데 이걸 어떻게 받아들이겠습니까? 어떻게 믿겠어요?

우러난 차를 찻잔에 천천히 따르며 조언했다.

이런 일을 겪으면 다들 부정부터 하기 마련입니다. 다

내게 올 연이다 받아들이면 편합니다.

침울한 기색으로 차를 마시면서도 부부는 뒷맛이 좋다는 둥 진짜 보이차는 이런 맛이 난다는 둥 칭찬 일색인 반면 신애기는 차를 한모금 마시더니 그대로 뱉어버렸다.

지푸라기 맛이 나.

그 말에 나보다 그 부모가 더 당혹스러워하며 신애기를 다그쳤다.

죄송해요. 우리 애가 원래 예의가 참 바른데. 갑자기 왜 이러니? 도사님 앞에서.

괜찮습니다. 익숙지 않은 이들은 처음엔 다 쓰고 떫다고들 합니다.

이게 얼마나 비싼 차인지도 모르고 버릇없기는. 속마음을 숨긴 채 신애기 앞에 놓인 잔을 비우고 뜨거운 물을 가득 채웠다.

근데 어쩌다 이리로 오시게 되었습니까? 이 골목은 터가 세서 다들 꺼리는데.

부부에게 한 질문을 신애기가 중간에서 가로챘다.

할멈이 점지해줬거든.

말이 짧아 적잖이 놀랐지만 애기동자가 들어왔다고 여기며 너그러이 넘겼다. 내림굿 받은 지 얼마 안 된 무당에게는 예고 없이 신이 들어올 때도 있으니. 어르듯 부드러운 말투로 나는 신애기에게 말했다.

그렇습니까, 동자님?

신애기는 시큰둥한 얼굴로 찻잔을 밀쳐냈다.

동자님, 입이 쓰면 사탕이라도 드릴까요?

동자들이란 달콤한 것이라면 사족을 쓰지 못하는 법. 사탕이라도 물릴 요량으로 찬장을 여는데 등 뒤에서 웅얼대는 소리가 들려왔다.

장수할멈이 점지해줬어. 네놈 앞집에 들어가라고.

그것이 시작이었다. 얄궂은 악연의 시작. 혹 잘못 들은 건가 싶어 신애기 쪽을 돌아보며 되물었다.

뭐라고…… 하셨습니까?

신애기가 조소했다.

신빨이 다했다더니 진짠가보네. 할멈이 나한테 온 줄도 모르고.

그애는 살기 어린 눈으로 나를 똑바로 바라보며 말했다.

하기야 존나 흉내만 내는 놈이 뭘 알겠냐만.

卍

  쌀알을 한움큼 집어 제상 위에 흩뿌린다. 짝이 나온다. 두번을 해도 세번을 해도 죄다 짝이다. 짝은 불길한 수인데 요즘은 이렇게 흉괘만 거듭된다. 재앙 수, 이별 수⋯⋯ 지난 삼십년간 이런 적이 몇번이나 있었던가. 점사는 집어치우고 창가로 다가간다. 신애기의 신당 앞엔 오전부터 손님이 몇이나 오간다. 호황이다. 이제 겨우 보름 되었는데 어디서 소문을 듣고 왔는지 사람들이 저 집 앞에 때로 줄지어 있을 때도 있다. 무당집이라면 으레 걸어두어야 하는 오방기는커녕 간판조차 없는데 다들 어떻게 알고 모여드는 걸까. 초심자의 행운이려니 무심히 넘기려 해도 도무지 태연해지지가 않는다. 문 앞에서 대기하다 번호가 불리면 하나둘 앞집으로 들어가는 이들을 훔쳐보는 와중에 전화가 온다. 부재중으로 돌릴까 하다 통화 버튼을 누른다. 보현보살의 괄괄한 목소리가 전화기 너머에서 전해져온다.

  자기 어디야?

  어디긴 신당이지.

  신당? 오늘 북한산에 기도드리러 가는 날 아니야?

달력을 넘겨본다. 오늘 날짜에 붉은 원이 표시되어 있다. 매년 입하(立夏)면 잊지 않고 몸주신께 기도드리러 산에 올랐는데 그새 까맣게 잊었다. 정신을 어디 놓고 다니냐고 퉁을 놓던 보현이 슬며시 용건을 꺼낸다.

내가 말한 건 생각해봤고?

오늘의 운세? 나 못해.

왜 또 변덕이야?

보현의 목소리가 높아지고 내 미간도 따라 찌푸려진다. 얼마 전 보현이 잡아준 일거리는 영 탐탁지 않다. 오늘의 운세라니. 선무당이나 하는 소일을 나한테 맡으라고? 낙천적으로 살아가라, 상대의 입장에서 생각해라, 받은 것이 있으면 줘야 한다, 그런 영양가 없는 소리를 점괘라 뭉뚱그려서 신문에 실으라고? 내 이름 걸고? 이 말도 안 되는. 못하겠다고 재차 말하자 보현은 어조를 누그러뜨리며 나긋하게 말을 잇는다.

자기야, 이거 아무한테나 주는 기회 아니다? 내 앞으로 줄 선 무당 다 제치고 자기한테 먼저 연락한 거야.

나를 위하는 것처럼 말하고 있지만 그 기저에 보현의 은근한 열등감이 깔려 있다는 것을 안다. 평생 질투해온 나를 서서히 바닥으로 끌어내리려는 저놈의 비열함. 장수할멈도 보현을 가리켜 이렇게 말했다.

독 없는 뱀이야, 저놈은. 위험하진 않지만 가까이 둬서 좋을 것도 없지.

다른 손으로 전화를 바꿔 들고 적당한 변명거리를 찾는다.

그냥, 몸이 안 좋네. 요즘엔 만사가 성가셔. 몸도 찌뿌듯하니 예전 같지 않고.

병원엔 가봤어?

안 그래도 가봤는데…… 참, 웃겨서 말도 안 나와.

왜?

나한테 번아웃 증후군이란다.

그 말에 보현이 경박스럽게 웃는다. 무당이 번아웃이라는 말은 생전 처음 듣는다며 웃음을 그치지 않는다.

정말 번아웃 아닐까.

산에 갈 짐을 챙겨놓고도 나갈 채비를 않고 신당에 드러누워 있다. 삼십년을 한결같이 해온 일인데 오늘따라 몸이 무겁다. 기도드리러 산에 가면 못해도 엿새는 있어야 하는데, 반나절 꼬박 제상 차려, 매시마다 알람 맞춰두고 기도드려, 잠도 찬 바닥에서 자…… 산에 가지 않을 구실을 하나하나 짚어가며 시간만 까먹는다. 아, 정말 싫다. 마음이 동하지가 않아. 더구나 이제 누구를 위해 기도를 드리느냔 말이다. 신이…… 죄다 떠났는데.

수상한 기미라도 있었다면, 어떤 조짐이라도 보였다면 납득이라도 할 텐데 그들은 그저 떠났다. 언질도 없이 홀연히.

신령들이 떠난 것을 깨달은 건 지금으로부터 약 두달 전이었다. 일이 끊임없이 들어오던 와중에 규모가 제법 큰 재수굿까지 맡게 되어 몸은 축나도 내심 쾌재를 부르던 시기였다. 그날 굿판을 벌인 이는 근처 대단지 아파트의 입주민 대표였다. 그 일주일 전, 대입을 앞둔 자녀의 합불을 점치러 왔던 대표에게 할멈은 합격 여부를 말해주는 대신 요상한 점괘를 내놓았다.

땅속에 금맥이 줄줄 흐르는데 훼방 놓는 잡귀 때문에 번번이 망조네.

곰곰이 속뜻을 풀어보니 이십년 내리 재건축 심의를 통과하지 못한 아파트에 관한 점괘였고, 해서 대대적으로 굿까지 벌이게 된 것이다.

굿판은 일단지 주차장에서 벌어졌다. 갹출해 굿값을 치

른 주민들과 다른 단지에서 구경 온 이들로 주차장엔 차
보다 사람이 더 많았다.

여기 주민들 웬만해선 장도 못 서게 해요. 시끄럽다고.
근데 굿한다니까 이렇게 떼로 몰려온 것 봐. 우리 아파트
재건축 승인 나면 도사님 운도 같이 트일걸?

대표의 말처럼 주민들은 기대와 의심이 섞인 눈으로
굿이 진행되는 과정을 낱낱이 지켜보았다. 개중엔 유튜브
에 올리겠다며 카메라 들고 설치는 애들도 있었다. 구색
에 맞춰 화려하게 차린 굿상이며 징을 치고 태평소를 부
는 악사들을 그애들은 빠짐없이 카메라에 담았다. 작두굿
을 시작하기 전 격렬히 신칼을 휘두르며 신을 부르는 내
게 렌즈를 들이대기도 했고.

야, 저 칼 모형이다.

그러게. 꼭 진짜 같다.

봐, 이런 거 다 짜고 치는 거야.

그럴 때 찍지 말라며 윽박지르는 것은 '가짜'들이나 하
는 짓이었다. 나는 기세등등하게 렌즈를 노려본 뒤 잘 벼
려진 칼날로 왼뺨을 스윽 ── 그었다. 내가 진짜 무당이라
는 것을 명백히 증명해 보이려. 내게 신이 들어왔다는 것
을 알리려.

보통 칼춤을 추면 탄성과 박수, 혹은 비명이 터져나오는 법인데 그날은 분위기가 묘한 것이 적막만 감돌았다. 태평소도 징도 북도 한순간 무악을 멈추었다. 의아한 마음에 주위를 둘러보니 맨 앞줄에 서서 기도를 드리던 입주민 대표의 얼굴이 하얗게 질려 있었다. 카메라를 든 애들 중 하나가 침묵을 깨고 입을 열었다.

　아저씨…… 피 나는데요.

　뺨이 축축했다. 무복 위로 피가 뚝뚝 떨어지고 있었다. 한번도 해본 적 없는 실수였다. 당황하기도 잠시, 아무렇지 않은 척 나는 신장대를 들고 할멈을 찾았다. 요란한 인파에 긴장을 해 접신이 이루어지지 않은 모양이라며 휘파람도 불어보고 신장대도 흔들어보았다. 어찌된 영문인지 말문이 트이지 않았다. 할멈은 물론 다른 신령들도 짠 듯이 공수를 내려주지 않았다. 진땀이 나고 다리에 힘이 풀렸다.

　신령님, 신령님. 오셨습니까?

　다시 불러봐도 마찬가지였다. 어떤 신탁도 들리지 않았다. 상황을 수습해야 된다는 생각조차 못한 채 흐르는 피를 소매로 대충 닦으며 허겁지겁 그곳에서 벗어났다.

　그후로 한번도 접신이 이루어진 적이 없다. 누구는 신

굿을 받으면 나아질 거라 했고, 누구는 닭 모가지를 잘라 그 피를 시원하게 들이켜면 신이 되돌아올 거라 했다. 모조리 허탕이었다.

그날의 망신이 유튜브에 박제되고부터는 줄줄이 들어오던 일감도 뚝 끊겼다.

그러니 의심스러워지는 것이다. 정말 신애기에게 할멈이 옮겨간 것은 아닌지. 신이며 운이며 죄 저것에게 빼앗긴 것은 아닌지. 길 건너편에 서서 손님과 맞담배를 태우는 저 엉큼한 것에게 말이다.

卍

이가 빠지는 꿈을 꾸었다. 멀쩡하던 이가 하나둘 빠지다 우수수 떨어지는 꿈.

깨어서도 잇몸이 얼얼한 것이 밤새 이를 악물고 잔 모양이다. 뜨거운 물로 몸을 씻어내고 쑥을 태워 그 잔향을 신당 곳곳에 뿌린다. 부정한 기운을 쫓는다. 신당에 쑥향이 진동할 즈음 황보 의원에게서 메시지가 온다. 가로수길에 프라이빗한 바를 찾아두었으니 이번에는 거기서 보자고 한다. 신당이 아닌 다른 곳에서는 손님과 접선하지 않는 것을 원칙으로 삼고 있으나 황보만은 예외다. 점을 보러 신당에 들어오던 길에 찍힌 사진이 신문 2면에 실린 뒤로 그는 이래저래 부담스러운지 장소를 바꿔가며 점을 보고 싶어했다. 지방선거가 코앞으로 다가왔으니 더 예민할 게 분명하다.

신령님은 못 모셔도 손님은 모셔야지.

무복을 벗고 평상복으로 갈아입는다. 처음에는 황보가 아닌 그의 아내가 내 단골이었다. 아내의 강요에 못 이긴 황보가 억지로 점을 보러 왔던 것이 약 십년 전 일이었다. 못 미더운 얼굴로 어디 한번 떠들어봐라, 입을 꾹 다물고 있던 황보가 지금도 생생하다. 쉰이 넘었는데도 공천의 벽을 넘지 못해 정치권 주변만 몇년째 맴돈 것, 이번에도 공천을 받지 못하면 정계를 떠야 하나 갈등하던 것, 그 일로 어젯밤 아내와 한바탕 다툰 것까지 샅샅이 짚어내자 그는 눈을 동그랗게 뜬 채 어떻게 아셨냐며 자세를 고쳤다.

제가 뭘 믿은 적이 없는데, 저 오늘부터…… 도사님만 믿겠습니다.

황보는 티셔츠에 청바지 차림으로 바 구석 자리에 앉아 와인을 마시고 있다. 동생! 그가 나를 발견하고 손짓한다. 나이 차도 얼마 나지 않는데 밖에서만큼은 형 동생 사이로 막역히 지내자 먼저 제안한 건 황보였다. 형님! 황보의 어깨를 가볍게 감싼 뒤 그의 맞은편에 앉는다.

형님은 볼 때마다 젊어지시는 것 같아요. 몸도 탄탄하고 주름도 없고요.

아냐, 나도 늙었지, 이젠.

그는 얼마 전 보톡스를 맞았다며 눈가와 입가를 가리킨다. 젊게 보이려 안달하는 다른 의원들을 손가락질하고 비웃던 혈기왕성한 시절도 있었는데 자신이 이렇게 될 줄은 몰랐다고.

어리면 환대받고 늙으면 외면당해. 이 바닥이 그래.

생전 안 입던 청바지를 꺼내 입은 것도 그 때문이라고, 다음 주에는 눈썹 문신을 예약했다고 황보는 말한다. 어디 정계뿐이겠는가, 내가 몸담은 바닥에서도 나이 든 사람은 내쳐지는데, 생각하며 잘 숙성된 와인을 들이켠다. 황보가 의아하다는 얼굴로 나를 빤히 본다.

동생이 술을 다 마시네? 할머니가 싫어하신다고 생전 입에도 안 대더니.

술을 뱉을 뻔하다 겨우겨우 넘긴다. 할멈이 있을 땐 일절 삼가던 것들을 거리낌 없이 할 수 있게 되니 이런 실수까지 한다.

젯술…… 비슷한 거죠. 신령님도 가끔은 술을 드셔야 정신도 가벼워지고 영통하시고 그런 것 아니겠습니까?

다행히 황보는 더 캐묻지 않는다. 안주로 나온 치즈를 먹으며 그는 이번 선거에 대한 괘를 넌지시 묻는다. 돌려 말하기를 싫어하는 사람인 건 진즉 알았지만 술도 오르지 않았는데 이렇게 급히 본심을 비친다는 게 새삼 놀랍다.

어때, 당선될 것 같다고 하시나? 할머니가?

황보가 묻는다. 양손에 땀이 맺힌다. 무슨 말을 할지 고민하다 일단 얼마 전 읽은 기사로 화제를 돌려본다.

형님, 요즘 교회 다니신다면서요?

허를 찔린 듯 그의 얼굴이 굳어진다. 그게 말이야, 그는 급히 변명부터 한다. 그의 말을 슬며시 끊는다.

자주 드나들지 마세요. 이제껏 신령님 모시며 쌓아온 좋은 기운 다 빼앗깁니다.

내 말에 황보는 먹던 치즈를 도로 내려놓는다.

그게 다 표밭 다지기야. 와이프 절 보내고 나는 교회 가고…… 그래도 내가 믿는 건 동생뿐인 거 알지?

알다마다요, 그래도 교회는 안 됩니다.

적당히 눙치며 챙겨온 쌀과 반(盤)을 테이블에 꺼내놓

는다. 반 위에 쌀을 조금씩 흩뿌리고 낱알 수를 헤아리는데 이런, 또 짝이 나온다. 다른 수도 아니고 하필 둘로 떨어진다. 불길한 수다. 내 표정을 살피며 황보는 조심스레 묻는다.

괘가 영 안 좋나?

아니요, 좋습니다.

일부러 없는 말을 지어낸다. 최대한 긍정적이고 이로운 쪽으로.

올해엔 적장의 목을 벨 수가 들어와 있네요.

정말?

예, 연운이 좋아요.

황보의 입꼬리가 숨기지 못할 정도로 올라간다.

다만……

눈치를 보다 넌지시 말끝을 흐린다. 팽팽히 당겨졌던 황보의 입꼬리가 천천히 내려간다.

왜? 또 뭐가 더 보여?

일부러 대답을 주저하며 그를 감질나게 만든다. 쌀알을 세며 말을 잇는다.

6월에 액운이 껴 있네요. 그때가 형님한테 가장 중요한 시기일 텐데…… 때를 놓치면 기회는 한참 뒤에나 올 것 같고, 이 액을 막으려면 굿을 해야 할 것 같은데……

할멈이라면 뭐라고 했을까. 돈 좀 만져보겠다고 니세모노(にせもの)*도 않는 몹쓸 짓을 한다고 욕이라도 뇌까리지 않았을까. 하지만…… 신도 떠나고 유튜브에 우스꽝스러운 영상까지 올라간 마당에 굿이라도 벌여야 숨통이 트이겠는걸 어쩌나. 당장 월세 낼 돈도 없어 현금 서비스를 받는 통에 이런 기회라도 잡지 못하면 내일이 까마득해지는 것을.

흩뿌린 쌀알을 모은 뒤, 황보의 답을 기다린다. 이럴 때 군말을 보태면 다 된 일에 재 뿌리는 격이므로 말은 최대한 아낀다. 마른 입술을 술로 축이며 침묵을 지키던 황보가 입을 뗀다.

동생도 알다시피 내가 성골은 아니잖아. 줄이 있는 것도 아니고. 여기까지 온 것도 다 우리……

다음 말은 안 들어도 알 것 같다. 다 우리 동생 덕이라고 하겠지. 당의 공천조차 받지 못했던 아웃사이더 시절부터 시장 선거를 앞둔 지금까지, 이 남자의 업적이라 할 만한 것에는 다 내 공이 들어가 있다. 군산에 있던 조상

---

* '가짜'라는 뜻의 일본어. 여기서는 '선무당'을 가리킨다.

묘를 용인으로 옮기라 점지한 뒤 황보는 두번 연속 고배를 마신 구에서 국회의원으로 당선되었고, 벼락 맞은 대추나무에 부적을 그려 집에 걸어둔 뒤에는 당의 최고위원이 되었다. 그저 운이라고 단정짓기 어려운 행보였으니 그가 나를 신뢰하는 것 아니겠는가. 황보의 말을 기다린다. 그는 말한다.

할머니 덕이지.

그 말에 맥이 빠진다.

할게. 굿보다 더한 것이라도 해야 한다면 해야지.

그가 잡고 싶은 동아줄은 나일까, 할멈일까. 남은 와인을 들이켠다. 뒷맛이 쓰고 텁텁하다.

卍

편의점 가판대 앞에서 바나나 우유와 바나나맛 우유는 뭐가 다른지 한참 고민하는데, 옆에서 누가 하나 남은 바나나 우유를 쏙 채간다. 보라색 트레이닝복이 눈에 익더라니 앞집 신애기다. 별수 없이 바나나맛 우유를 집어들고 그애와 앞뒤로 서서 계산을 한다. 가까이 살다보니 이렇게 오며 가며 마주치는 일도 잦고, 가끔은 듣고 싶지 않아도 그 집에서 나는 소리가 내 신당까지 전해질 때도 있다.

며칠 전에는 유리 깨지는 소리며 그애 아버지의 고함 소리가 내 신당까지 들려왔다. 돈, 돈, 돈…… 그런 말들이 드문드문 들렸고 시간이 지날수록 점점 격해졌다. 안 봐도 빤했다. 큰돈 한번 만져보니 욕심이 나는 거겠지. 이 바닥에는 경제적으로 예속되어 있는 아이를 극악하게 굴리고 갈취하는 부모들이 더러 있었다. 내 어머니도 그랬다. 시장서 두부값 깎는 것도 죄스러워하던 그 여린 분이 돈맛을 보자 어찌나 그악스러워지던지, 종국에는 어머니의 성화에 못 이겨 이틀간 잠도 못 자고 허벅지 꼬집어가며 손님을 받은 적도 있었다. 참다못해 밤에는 신령님들과 영통할 수 없다고 거짓말도 해봤지만 어머니는 얼굴색 하나 변하지 않고 내 손에 신장대를 쥐여주셨다.

애, 신령들은 시간 정해서 온다니?

신애기네 집에서는 계속 고함 소리가 들려왔다. 돈, 돈, 돈…… 남의 가정사에 함부로 끼어들긴 싫었으나 공연히 걱정이 되긴 했다. 그래도 아직 어린애인데 저렇게까지.

계산을 마친 신애기가 내 쪽을 힐끗 돌아본다. 귀에 꽂은 이어폰에서 시끄러운 전자음이 새어나온다. 예상과 달리 그애는 내게 고개 숙여 인사한다. 멋쩍어하면서도 나

134

름의 예의를 차려서.

안녕하세요.

어, 어……

어영부영 인사를 받는다. 주근깨 박힌 말간 얼굴에, 숱 많은 머리를 고무줄로 질끈 묶은 그애는 편의점에서 김밥과 라면을 먹는 여느 학생들과 다를 바 없어 보인다. 나를 노려보고 야유하며 말 같지도 않은 말을 뱉던 그날과는 판이하다. 정말 저것에게 할멈이 옮겨간 게 맞을까.

바나나맛이 나지만 바나나는 아닌 우유를 마시며 나는 장수할멈을 떠올린다.

모자(母子)처럼 붙어 지낸 지 장장 삼십년. 돌이켜보면 그렇게 오랜 세월 붙어 있었는데도 할멈과 나는 각별하다기보다는 실리적인, 참으로 별난 관계였다. 괴벽한 노인네였지. 입맛뿐 아니라 취향이며 습관도 유별났고 변덕이 손바닥 뒤집듯 해 곤혹스러웠던 적도 한두번이 아니었다. 가지고 싶은 건 꼭 손에 쥐어야 하고 듣고 싶은 말은 들어야 직성이 풀리고. 어쩌다 수틀리면 일본어로 욕을 했는데 어찌나 험악한지 오금이 저릴 정도였다.

그래도 기가 막히게 영험하긴 했다. 세번에 한번꼴로 헛다리를 짚는 다른 신령들과 달리 할멈의 예측은 늘 정확히 맞아떨어졌다. 가끔은 내 속내까지 훤히 꿰뚫어 섬뜩할 때도 있었다.

기분이 좋을 때, 할멈은 내게 입버릇처럼 말하곤 했다.

문수야, 너 무형문화재 되고 싶지? 내가 그거 시켜줄까?

무형문화재는 모든 무당의 꿈이었다. 숭고하고 높은 자리. 비밀스러운 욕망. 흘려듣는 척했지만 할멈이 그렇게 은밀히 속삭일 때면 떨림을 주체할 수 없었다. 속물처럼 보일까 누구에게도 밝히지 못한 나의 속내를 할멈은 죄다 알아챘다. 내 지저분한 비밀까지도. 문화재 심의에서 번번이 떨어지던 차였다. 네번째 심의를 치르기 전 문화재위원회에 슬쩍 뒷돈을 찔러준 것, 지금이 쌍팔년도인 줄 아냐며 그 자리에서 모욕을 들은 것까지 할멈은 속속 들추어냈다.

나이 들어 야심까지 크면 사람들도 그걸 알아채고 달아나. 좋은 운도 다 황이 되는 법이다.

늙어갈수록 본심을 숨겨야 약이 된다, 그래야 추하지 않다, 조언하며 할멈은 나지막이 덧붙였다.

내가 문화재 시켜줄게. 너는 내 말만 잘 따르면 된다. 그러면 분명 노난다.

그깟 문화재 해서 무얼 하나 싶다가도 할멈이 살살 구

슬리면 금세 마음이 돌아섰다. 다른 신령들은 몰라도 할멈의 말이라면 신용이 갔다. 열이면 열, 무슨 일이건 해결하고 성사시켜주던 신통한 신이었으니.

장수할멈상에 앉은 먼지를 털어낸다. 옥수를 갈고 시들어버린 목단도 새것으로 채운다. 지화를 쓰면 수고로움이 덜하겠지만 어쩌겠나. 할멈이 생화만 좋아하는걸. 혼모노라면 환장하는걸. 이렇게라도 해서 그녀가 다시 돌아오길, 약속을 지켜주길 고대하며 줄기를 사선으로 잘라 화병에 넣는다. 오래오래 생기 있게 살아남기를 바라며.

卍

거리마다 벽보며 유세 현수막이 죽 걸려 있다. 맨 앞에 붙은 황보의 벽보 앞에 나는 잠시 멈춰 선다. 인자하게 웃고 있는 벽보 속 그는 실물보다 두배는 젊어 보인다. 보정을 했겠지. 표정은 부드러우면서도 권위 있게, 흰머리도 검버섯도 주름도 전부 지우고. 이런 노력에도 불구하고 황보의 지지율은 그보다 열살은 젊은 후보와 몇주째 앞서거니 뒤서거니 하고 있다. 황보의 애가 타는 만큼 내 속도 따라 타들어간다. 돈으로 얽힌 사이라곤 해도 함께 했던

십년 동안 신의와 우정이 돈독해지지 않았다고는 할 수 없을 것이다.

벽보 앞에 한참 서서 황보의 무운을 빈다. 나무아미타불, 나무아미타불.

무속용품 가게에 들어가 굿에 쓸 종이 신발과 새 무복을 고른다. 그 외에 필요한 것들도 망설임 없이 골라 담는다. 튼튼하고 값나가는 것들로.

이번 굿은 규모가 큰가봅니다? 나라님 굿이라도 치르는 겁니까?

은근히 떠보는 사장을 향해 싱겁게 웃고 만다. 황보는 굿판을 크게 벌이고 싶다고 했다. 굿상은 규모 있게, 악사도 여럿 두고, 제물로 바칠 육우는 본인이 직접 고르고 도축까지 맡기겠다고 했다. 경쟁자 역시 유명한 만신에게 굿을 받는다는 소문이 돈다며 그에 비견될 정도로, 아니 그보다 더 성대하게 굿을 치르고 싶다고 했다.

하지만…… 과연 잘해낼 수 있을까. 그날 이후, 칼날만 보면 심장이 뛰고 식은땀이 난다. 신들은 돌아올 기미조차 없다.

서슬 퍼런 작두를 가리키며 사장에게 묻는다.

저…… 혹시 모형은 없습니까.

사장은 어안이 벙벙한 얼굴로 나를 본다. 괜한 소리를 했나 싶어 귀가 뜨거워진다. 인터넷 쇼핑몰을 뒤지면 나올까. 심장 떨려 이 짓도 오래는 못하겠다.

굿에 쓸 짐을 양손에 들고 지하상가로 내려가다 신애기를 발견한다. 나도 모르게 그애의 뒤를 따른다. 오늘도 그애는 귀에 이어폰을 꽂고 혼자 걷고 있다. 로드숍에 들어가 립스틱을 발라보기도 하고, 의류 매장 앞에 걸린 저렴해 보이는 니트와 촌스러운 캐릭터가 그려진 티셔츠 따위를 구경하다 직원이 호객을 하러 나오자 급히 걸음을 옮긴다. 벽에 붙은 아이돌 광고판을 한참 바라보기도 하고, 델리만주 가게 앞에서 갈팡질팡하다 결국엔 돌아서기도 한다. 어쩌다보니 작정하고 뒤를 밟는 꼴이 되어 석연치 않지만 가는 방향이 같은데 어쩌겠나. 짐을 추켜든 뒤 그애의 보폭에 맞추어 느리게 걷는다.

트레이닝복 주머니에 손을 넣고 걷던 신애기가 한순간 우뚝 멈추어 선다. 혹 들킨 건가 싶어 몸을 숨기려는데 그애는 내 쪽은 돌아보지도 않고 한 프랜차이즈 카페 안으로 성큼 들어간다. 망설이다 나도 그 안으로 들어간다. 평일 낮인데도 사람이 꽉 차 있다. 노트북으로 강의를 듣는 사람, 문제집을 펴놓고 공부하는 사람, 디저트를 나누어 먹으며 시시콜콜한 대화를 나누는 사람들. 대부분 그애 또래의 학생들이다. 이 동네가 대학가와 접해 있다는 사실을 나는 자주 잊는다. 신당 근처만 맴도는 나와는 무관한 일이니까. 한때는 일부러 대학가를 피해 멀리 돌아서 다니기도 했으나 그것도 다 이십대 초, 무당 되고 얼마 안 되었을 때 얘기다. 내 생활을 부끄러워하고 별스러워할 시기는 이미 오래전에 지났지.

신애기와 두 테이블 정도 떨어진 곳에 조용히 자리를 잡는다. 노트북이나 책, 동행인을 앞에 둔 다른 이들과 달리 신애기 앞은 텅 비어 있다. 빨대로 무료하게 기포를 만들던 그애가 난데없이 소리 죽여 웃는다. 그애와 비슷한 나이대의 학생 둘이 옆 테이블에서 주고받는 유치하고도 애정 어린 대화를 엿들은 눈치다.

친구는 있을까. 있어도 일상을 공유하거나 실없는 이야기를 나누며 낄낄대기는 힘들 것이다. 우리가 받은 생은 여느 평범한 이들의 삶과는 다르니까. 저 나이에 나는 평범한 삶을 살고 범상한 몸을 가질 수 있기를 간절히 염원했는데, 한번만 살 수 있다는 것을 저주처럼 여겼는데.

저애도 비슷할까.

신애기는 음료에 기포를 만들며 오후를 보낸다. 평범하게. 나도 그것을 몰래 따라 해본다. 볼에 바람을 불어넣으며. 보글보글보글보글.

卍

유튜브를 보며 접신 연습을 한다. 과장되게 눈을 뒤집고 몸을 부르르 떨다 자괴감을 느끼고 그만두길 몇차례. 도대체 그동안은 어떻게 했던 걸까. 신의 출입이 어찌 그리 자연스러울 수 있었던 걸까. 모형 작두와 칼은 주문해놓은 지 오래다. 이제 연습만이 살길이다. 해원경(解冤經)을 크게 틀어두고 주악에 맞춰 칼춤을 춘다. 티셔츠부터 속옷까지 땀으로 젖어갈 즈음 전화가 온다. 황보인 줄 알고 얼른 받으려다 주춤한다. 보현이다. 이게 또 무슨 같잖은 소리를 하려고. 오늘의 운세 이야기를 꺼내면 바로 끊어버리겠다고 다짐하며 전화를 받는다.

왜? 오늘의 운세 때문에 전화한 거지? 나 그거 안 한대도. 다른 무당 알아봐.

퉁명스럽게 운을 떼는데 보현이 난데없이 묻는다.

자기 괜찮아?

이건 또 무슨 소리인가 싶어 황당해하는 내게 보현은
말한다.

……모르는구나?

보현은 자신이 주워들은 이야기를 빠르게 늘어놓는다.
보현의 얘기를 듣는 동안 식었던 몸이 서서히 뜨거워진
다. 귓전을 울리던 해원경 장단이 더이상 들리지 않을 정
도로 정신이 아득해진다. 보현에게 묻는다.

그거…… 진짜야?

농이겠어? 어제 기도드리러 갔다가 장광도사를 만났는
데 나한테만 얘기해주는 거라면서 슬쩍 언질하더라고. 그
이가 김 의원 맡고 있잖아.

전화 너머에서 보현은 신나게 떠든다. 전화를 끊어버린
다. 땀으로 흠뻑 젖은 옷을 갈아입을 생각도 않고 서둘러
앞집으로 뛰어간다.

신애기는 집 앞에서 담배를 태우고 있다. 내가 입을 뗄
틈도 주지 않고 그애가 먼저 선수 친다.

너 올 줄 알았다.

그애는 담뱃불을 손으로 짓눌러 끄더니 앞장서 집 안
으로 들어간다. 들어와, 말하며 문을 살짝 열어둔다. 만나

자마자 냅다 쏘아붙일 작정이었는데 막상 독대를 하니 아무 말도 나오지 않는다. 기에 눌린 걸까. 아니야, 그래선 안 되지. 정신을 바짝 차리며 신당 안으로 들어간다.

매캐한 향냄새가 훅 끼친다. 신발을 벗기도 전에 기함한다. 옥황상제와 칠성이 원색으로 그려진 탱화, 와불상과 백호를 품에 낀 장수할멈상이 나란히 장식된 제단. 그 구조가 나의 신당과 하등 다를 것이 없다.

할멈이 그러더라. 자긴 낯선 환경은 질색이라고.

그래도…… 이건 상도에 어긋나는 일 아닌가. 한 골목에서 영업하는 이들끼리 이래도 되는 것인가. 한순간 분노가 훅 들끓는다. 하지만 상대는 나보다 한참 아래인 신애기다. 투명히 속내를 비치고 윽박질러 내모는 것도 우습다. 마음을 추스르며 용건을 말한다.

내가 여기 온 이유는……

알아. 너 분해서 온 거잖아. 내가 너 대신 황보 그놈 굿을 맡게 돼서.

그애는 한마디도 지지 않는다.

그놈이 그러더라. 넌 이제 감이 다 죽은 것 같다고. 자기가 정치판에서 굴러먹은 게 몇년인데 니세모노 하나 구별 못하겠냐고.

니세모노. 그 단어에 퍼뜩 감이 온다. 할멈이 자주 쓰는 말. 저건 분명 할멈이다.

……신령님이십니까?

내 물음에 답조차 않은 채 할멈은 신애기와 둘이서만 영통한다. 나를 앞에 두고 비밀 얘기를 주고받으며 큭큭 거린다. 나를 없는 사람 취급하며 장시간 즐겁게 속닥인다. 영통이 길어질수록 안달 난다. 할멈과 신애기, 그들은 기질이 맞는 것처럼 보인다. 나와는 다르게. 나는 할멈을 모시고 받들었는데 저것은 할멈과 동등하다. 참다못해 소리친다.

신령님, 말도 없이 떠난 것도 모자라 이젠 다른 무당에게 옮겨붙어 사람 피 마르게 하십니까? 어떻게 저한테 이러실 수 있습니까?

배신감에 치가 떨리지만 한편으론 겁이 나 우두망찰한다. 저주를 퍼붓거나 악다구니를 뱉기에 할멈은 너무나 큰 존재다. 여태껏 그녀에게 대들어본 적도, 말을 물고 늘어져본 적도 없다. 할멈과의 관계에서 밑지는 건 항상 나였다. 잔뜩 잠긴 소리로 밑바닥에 고여 있던 울분을 힘겹게 토해낸다.

제가 뭘 그렇게 잘못했습니까. 하라는 건 다 했는데, 드릴 수 있는 건 다 드렸는데……

쉴 새 없이 떠들어대던 신애기가 말을 멈추고 내 쪽을 빤히 본다. 묘한 살기를 띤 눈으로, 나를 똑바로.

문수야.

신령님……

드디어 내 부름을 받으셨구나. 감격하며 할멈의 말을 기다린다. 하지만 뒤이어 들려온 말은……

할멈이 너한테 준다고 했던 거, 그거 너 대신 내게 준단다.

……뭐?

네가 그렇게 되고 싶어하던 문화재, 그거 나 하게 해준다고. 할멈이 넌 너무 늙었다네. 늙은 게 야심만 가득해 흉하다네.

신애기가 두 손으로 입을 틀어막고 웃는다. 큭큭큭큭, 큭큭큭. 손가락 사이로 기분 나쁜 웃음이 새어나온다. 온몸의 피가 머리로 쏠린다. 종아리가 풀리고 손이 저려온다. 모르겠다. 지금 나를 향해 조소하는 것이 할멈인지 저애인지, 허깨비인지 인간인지, 진짜인지 가짜인지…… 가슴속에서 불길이 일렁인다. 그 불길에 저애에게 잠시 가졌던 연민이며 동질감, 할멈을 향한 애증과 경외심도 모조리 타버린다.

신발도 제대로 신지 않고 그곳을 뛰쳐나온다.

나의 신당은 고요하다. 제단 위에 놓인 장수할멈상이 눈에 들어온다. 시들 기미 없이 여전히 생생한 목단도.

징그러울 만큼 붉은 그것을 화병째로 들어 던진다. 유리가 산산이 부서지고 튀어오른 파편에 맞아 손에 피가 맺힌다. 제단 한가운데를 점한 장수할멈상을 향해 소리친다.

이겁니까, 당신이 원하던 게?

억울한 외침에도 할멈은 초점 없는 눈으로 허공만 바라볼 뿐이다.

말씀해보세요. 말씀 좀 해보세요!

중언부언하며 악을 지르는데도 할멈은 여전히 묵묵부답이다. 계속되는 침묵에 분이 가시지 않아 할멈상을 들어올리다, 흠칫한다. 한번도 인지한 적 없었는데, 너무 가볍다. 원래 이랬던가. 이게…… 원래 이렇게 가벼웠나. 할멈상을 벽에 던진다. 텅, 하는 소리와 함께 할멈상이 바닥에 나뒹군다. 텅, 텅, 텅……

그 꼴을 보고 있자니 나도 모르게 웃음이 터져나온다.

큭, 큭큭큭큭큭. 큭큭큭. 큭큭큭. 멈춰보려 해도 딸꾹질처럼 웃음이 계속해 새어나온다.

큭큭큭, 큭큭큭큭.

卍

소만(小滿).

하늘빛이 맑고 구름 한점 없다. 미풍에 무복 밑단이 부드럽게 휘날린다. 이런 날이 일년에 몇번이나 될까 싶을 만큼 복덕(福德)이 넘치는 대길일이다.

야트막한 오르막길을 따라 필로티 구조의 단층 주택과 관리가 잘된 고급 맨션이 죽 늘어서 있다. 녹지를 품고 있어 주변은 고요하고 녹음이 넘실댄다. 챙겨온 짐을 들고 그 길을 천천히 오른다. 미약하게 들려오던 태평소 소리가 점차 커진다. 소리를 따라 다른 집들과 한 블록 떨어진 이층 주택에 다다른다. 문패에 황보의 이름이 한자로 쓰여 있다. 부지는 넓으나 사방을 담장으로 에워싸 바깥에서는 내부가 보이지 않는다. 이 부지도 내가 점찍어주었지. 명당 중 명당이라는 영구음수형 택지라 입맛 다시던 이들이 어찌나 많았는지, 그들을 다 제치고 이곳을 차지하기 위해 내가 얼마나 큰 품을 들였는지 황보도 잘 알 것이다.

지금 저 집에서는 악기 소리가 요란하다. 독경 외는 소리도 뜨문뜨문 들린다. 뭐에 홀린 사람처럼 나는 거침없이 안으로 들어선다.

다홍치마 위에 장삼을 걸치고 머리엔 흰 고깔을 쓴 신애기가 가장 먼저 눈에 들어온다. 그애 옆에서 금빛 몽두리를 입은 두명의 무당과 판수, 삼현과 육각의 갖가지 악기를 든 악사들이 굿을 돕고 있다.

굿판은 일정한 기승전결에 따라 움직이는 법이다. 막이 걷히면 긴 장정이 시작되고, 하나의 장이 끝나면 곧 다음 장이 이어진다. 지금 마당에선 불사거리가 한창이다. 신애기는 부채와 방울을 든 채 공수를 받고 있고 황보와 그의 가족은 그 앞에 꿇어앉아 기도를 드리고 있다.

나무아미타불, 나무아미타불. 비나이다, 비나이다.

옆도 뒤도 살피지 않고 불사거리에 몰입한 그들 곁으로 나는 한걸음 한걸음 다가선다. 마당에 빙 둘러서 굿을 치르던 이들이 하나둘 내 쪽으로 시선을 돌린다. 이 서사에 기어이 비집고 들어온 나를 황보도, 그의 가족도, 무당들도 당혹스러운 눈빛으로 바라보는 와중에 오직 신애기만 내가 올 줄 알았다는 듯 태연히 불사거리를 마치고 장수거리를 준비한다. 신애기가 신칼을 들자 제상이 거두어지고 성인 남자 팔뚝만 한 작두가 마당에 놓인다. 챙겨온 짐을 들고 신애기 곁으로 다가간다. 황보가 나를 막아선다.

저기, 일전에 합의 본 것으로 아는데……

황보는 며칠 전 전화를 걸어와 이해관계가 맞지 않아 굿을 물리게 되었다고 점잖게 이야기했다. 그러나 사정을 뻔히 알고 있는 내게 그것은 가식이고 우롱일 뿐이었다. 그는 더이상 나를 동생이라 친근히 부르지도 않는다. 일말의 정다운 감정들은 사라진 지 오래다.

대답 없이 가방 안에 담아온 것들을 하나씩 꺼내놓는다. 주름 한점 없이 다린 장삼, 흰 고깔, 밤새 숫돌로 날카롭게 벼린 신칼과 쌍작두. 뭐 하는 거냐 소리치는 황보를 말없이 쏘아본다. 황보는 말을 더 보태려다 말고 주춤하며 뒷걸음질을 친다.

공수를 기다리는 신애기 앞에 마주 선다. 악사들도 다른 무당들도 떨떠름한 얼굴로 나와 신애기를 번갈아 본다. 신애기는 아무렴 상관없다는 듯 칼을 들고 춤을 추기 시작한다. 나도 그애를 따라 조금씩 발동을 건다.

이것은 나와 저애의 판이다. 누구의 방해도 공작도 허용될 수 없는 무당들의 판이다.

머뭇거리던 악사들이 천천히 연주를 시작한다. 북소리에 뒤이어 피리 소리가 깔리고 태평소의 시나위가 울린다. 판수가 입을 떼어 독경을 왼다.

금일 영가 저 혼신은 혼이라도 오셨으면 만반진수 흠향을 하고 일배주로 감응을 하야.

신칼을 들고 달싹달싹 발을 뗀다. 볕이 내리쬘 때마다 칼날이 서늘히 반짝인다. 신애기가 먼저 칼을 어른 뒤 제상에 놓인 사과 한알에 날을 가져다댄다. 단단한 과실이 순식간에 토막 난다. 칼의 위력을 확인시킨 다음, 그애는 날을 들어 혓바닥이며 팔다리를 서슴없이 긋는다. 다들 숨을 죽인 채 그 광경을 지켜본다. 신애기는 아픈 기색조차 없이 태평하게 의식을 치른다. 피는커녕 피멍울조차 비치지 않는다. 이제는 내 차례다. 수박도 쩍 갈라놓을 만큼 밤새 매섭게 벼려놓은 칼날이 살갗에 닿고 신경을 지난다. 나를 보는 신애기의 표정이 일그러진다. 피가 흐르고 있겠지. 이미 입안에서도 비릿한 피비린내가 진동하니까. 하지만 중요치 않다. 아픔도 고통도 느껴지지 않는다. 신애기는 찜찜한 얼굴로 여러겹의 칼날을 겹친 사다리 작두 위에 오를 준비를 한다.

풍화환란 제쳐놓고 재수소원 생겨주고 왕생극락을 들어가서 인도환생을 하옵소서.

신애기는 무당들의 도움을 받아 가볍게 작두에 올라탄다. 이 긴 서사의 하이라이트는 장수거리다. 갑옷과 칼로 무장한 장수할멈이 작두 위에서 역신을 쫓는 대대적인 굿거리. 작두 위 공수는 어떤 공수보다 위엄 있다. 신애기는 작두에 올라 할멈을 부른다.

나무아미타불 나무아미타불 나무아미타불 나무아미타불, 오셨습니까.

마침내 할멈이 들어왔는지 신애기의 눈빛이 달라진다. 그애가 작두 위에서 천천히 발을 떼는 동안 황보와 그의 가족은 손을 모아 간절히 기도를 드린다. 비나이다, 비나이다. 그들의 안중에 나는 없겠으나 신경 쓰지 않고 작두에 오른다. 차고 저릿한 감촉이 발끝에서부터 서서히 전해져온다. 온몸의 털이 바짝 솟을 만큼 송연한 감각이다. 누구에게도 의탁하지 않고 도움을 구하지 않고 한발 한발 조심스럽게 뗀다.

판수의 독경이 점차 빨라지고 악사들의 장단도 중중모리장단에서 자진모리장단으로 바뀌기 시작한다. 그에 따라 작두 타는 몸짓도 다급해진다. 등판은 벌써 땀으로 푹 젖었다. 신애기도 매한가지다. 이제 누가 더 오래 버티나의 싸움이다. 이 서사의 주인공을 가르는 건 그것이다. 과장되게 눈을 까뒤집고 억지로 몸을 떨며 신접 흉내를 내는 것은 지금 내겐 무용한 짓이다. 자연스럽게 몸이 떨리고 눈이 뒤집힌다. 오금이 무지근하게 당겨온다. 발바닥은 뜨겁고 끈적한 피로 흥건하다. 황보가 경악하며 내 쪽을 보고 있다.

북소리가 거세진다. 하늘은 낮고 볕은 강하다. 구름의 방향이 바뀔 때마다 신애기와 내 얼굴에 번갈아 가며 그늘이 진다. 이제는 등뿐 아니라 정수리와 목덜미, 발가락까지 찐득하게 젖어든다. 피인지 땀인지 모를 것들이 뒤섞여 뚝뚝 떨어진다. 뒤로 넘어갈 듯 기진맥진한 상태로 작두를 탄다. 신애기 역시 지친 듯 보이나 둘 중 누구도 멈출 수 없다. 이를 악물고 악착스럽게 작두춤을 춘다.

휘모리장단으로 장단이 바뀌고, 장구를 치는 악사는 채를 왼쪽 오른쪽으로 번갈아 옮겨가며 빠르게 손을 움직인다.

나무아미타불 나무아미타불 나무아미타불 나무아미타불……

구름도 다 사라진 땡볕 아래, 판수도 악사들도 점점 지쳐가는 와중에 기세가 누그러지지 않는 이는 오직 나뿐이다. 피범벅에 몰골도 흉하겠으나 시야가 환하고 입가엔 미소까지 드리워진다. 신령 근처에라도 가닿은 것처럼 몸이 가뿐하고 신명이 난다. 장단이 빨라질수록 나는 고조된다.

나무아미타불 나무아미타불 나무아미타불 나무아미타불……

삼십년 박수 인생에 이런 순간이 있었던가. 누구를 위해 살을 풀고 명을 비는 것은 이제 중요치 않다. 명예도, 젊음도, 시기도, 반목도, 진짜와 가짜까지도.

가벼워진다. 모든 것에서 놓여나듯. 이제야 진짜 가짜가 된 듯.

장삼이 붉게 젖어든다. 무령을 흔든다. 잘랑거리는 무령 소리가 사방으로 퍼진다. 가볍고도 묵직하게.

땀을 뻘뻘 흘리면서도 작두에서 내려오지 않던 신애기가 아연실색하며 나가떨어진다. 그애는 바닥에 주저앉아 휘둥그런 눈으로 나를 올려다본다. 황보와 그의 가족도 기도를 멈추고 나를 올려본다. 할멈도 이 장관을 다 지켜보고 있겠지.

혼모노

어떤가. 이제 당신도 알겠는가.

하기야 존나 흉내만 내는 놈이 뭘 알겠냐만. 큭큭, 큭큭 큭큭.

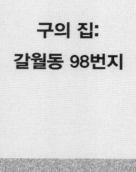

구의 집:
갈월동 98번지

일제강점기에 그 땅은 '히로나카 상공 주식회사'라는 일본 회사의 소유지였다. 갈월동 주민들은 그 땅을 금싸라기 땅이라 불렀다. 실제로 1930년 조선총독부의 금광개발정책이 실시되었을 당시 그 땅에서 금맥이 발견되기도 했으니 금싸라기 땅이라는 통칭은 어느 정도 맞아떨어지는 말이기도 했다. 금맥이 발견된 까닭일까. 그 땅에 정착한 이들에겐 전부 큰 경사가 있었다. 히로나카 상공의 공장장이었던 김상률은 쉰여섯에 늦둥이를 보았고, 소유주였던 이시다 요스츠구는 새롭게 시작한 광산 사업으로 종로에 가옥을 열채나 살 정도의 큰 이득을 보았다. 요스츠구는 회사를 정리하고 규슈로 돌아온 이후에도 종종 갈월동에서의 나날을 복기하곤 했다. '조선에 살 때는 간밤이 편안하고 아침엔 몸이 개운한 것이 그리 좋을 수가 없었다'고.

1976년 대한민국 내무부로 소유권이 이전되기 전까지도 그 땅에 살던 사람들은 크고 작은 복을 누리며 평탄히 지냈다. 사업에 성공하고, 뜻밖에 횡재하고, 명이 다할 때까지 무탈히 살며.

국유지로 전환되지 않았다면 그 땅은 유명인의 택지 혹은 풍수지리를 믿는 누군가의 묫자리가 되었을 것이다. 아래로는 한강이 흐르고 위로는 북악산과 인왕산이 덮고 있어 바람은 감추고 물을 얻는 데는 제격인 길지라고 대한민국의 내로라하는 지관들이 입을 모았으니까. 실제로 한 식품업체 회장은 그 사실을 알게 된 즉시 그 땅에 사옥을 지으려 했는데, 이미 내무부 장관 김치열의 이름으로 건물 공사가 발주되고 있어 기회를 놓쳤다.

이 명당엔 도대체 어떤 건물이 지어질까.

갈월동을 지날 때마다 회장은 생각했다. 자신의 사옥이 들어오지 못한 것은 안타까웠지만 경쟁업체가 아닌 국가에서 땅을 사들였다는 사실에 다소 안도하며 회장은 또다른 길지를 찾아 헤맸다.

건물은 일년 만에 완공되었다. 그 땅을 호시탐탐 탐내던 이들은 그곳에 지어진 건물을 보고 실망을 감추지 못했다.

'국제해양연구소'.

흑갈색 벽돌로 외벽을 촘촘히 쌓아올린 국제해양연구소는 창이 없다는 것 외에는 별다른 특색도, 눈에 띄는 점도 없었다. 고작 이따위 건물을 짓기 위해 명당을 낭비했다는 것인가. 국제해양연구소는 한동안 주민들 사이에서 흉물로 불렸다. 건물이 주변 경관을 해치고 땅의 정기를 앗아간다며 항의하던 이들도 있었다. 허나 무릇 인간이란 제가 손에 쥐지 않은 것에 대해선 차차 냉담해지는 경향이 있지 않은가. 애초에 국유지라 주민들도 어찌할 방도가 없었고 ── 님비현상이 일어날 만한 시대도 아니었다 ── 주거 단지와 떨어져 있기도 했던 터라 사람들의 관심에서 서서히 멀어졌다. 얼마 지나지 않아 국제해양연구소는 갈월동의 일상적인 풍경이 되었다.

그로부터 삼년 뒤인 1980년, 국제해양연구소와 500미터 떨어진 부지에 지상 삼층 규모의 '경동수련원'이 세워졌다. 건물은 준공식이나 고사도 없이 급히 완공되었다. 여느 수련원에 비해 창도 좁고 외부에서 내부로 들어오는 경로도 제한되어 있어 사람이 생활할 만한 공간으로는 보이지 않던 그곳은 멀리서 보면 흡사 국제해양연구소의 이

복동생 같기도 했다.

간혹 기웃대는 이들도 있었으나 다들 그저 수련하는 공간이겠거니 심상히 여겼고, 애당초 그리로 지나다니는 사람도 많지 않아 건물이 증축되었다는 것을 아는 이도 드물었다. 하지만 알 만한 사람들은 그곳이 결코 수련원의 용도로 지어지지 않았다는 것을, 공공연히 '구의 집'으로 불린다는 것을 잘 알고 있었다.

한국 근대 건축사를 심도 있게 탐구한 건축학도라면 구의 집을 익히 들어보았을 것이다. 모르는 사람이 보기에는 평범할 수 있으나 전문가의 시선으로 들여다보면 갓등 하나부터 출입문까지 치밀하게 설계된 건축물이니까.

면적이 좁고 형태도 일정치 않은 부지에 오각형 형태로 건물을 지음으로써 지면을 최대한 확보했으며, 협소한 내부에 60센티미터 너비의 나선형 철제 계단을 설치하여 효율성은 물론 입체감까지 살렸다. 가장 돋보이는 건 삼층에만 있는 좁은 수직창이다. 남향으로 나란히 난 여덟개의 창은 매일 정오, 단 십분만 빛이 들어오도록 설계되었다. 일반적으로 남향 창은 크게 만들어야 결로도 줄고 환기나 채광에도 도움이 된다는 사실을 알고 있을 것이다. 허나 이 건물의 실제 용도를 알게 된다면, 이러한 설계가 실수가 아니라 치가 떨릴 만큼 용의주도하게 계획된 것임에 놀랄 수밖에 없을 것이다.

그래서인지 구의 집의 건축가를 둘러싼 소문 역시 무성하다. 그의 재능을 질투한 스승이 그를 독살했다는 설, 폐결핵으로 서른이 되기 전 요절했다는 설, 한국 건축의 미래를 비관해 일찌감치 일본으로 떴다는 설 등 괴설이 난무하지만 그중 사실로 밝혀진 것은 하나도 없다. 건축가의 성을 따 그 건물을 '구'의 집이라 부른다는 것만이 유일하게 알려진 사실이나 이마저도 반은 맞고 반은 틀리다.

오랜 세월이 지난 지금까지도 베일에 싸인 구의 집의 설계자 구보승은 누구인가.

∞

만일 인터넷에 건축가 구보승을 검색한다면 당신은 어떤 자료도 찾을 수 없을 것이다. 흔한 이름이 아닌데도 말이다. 허나 그의 스승 여재화를 검색한다면 이야기는 달라진다. 여재화는 김수근, 김중업과 어깨를 나란히 할 만

큼 이십세기 한국 건축에 지대한 영향을 끼친 인물이니
말이다.

구보승을 논하기 전 그의 스승 여재화에 관해 이야기
해야 할 것 같다.

여재화는 1978년 K대 공과대학 겸임교수로 부임해 약
이십오년간 재직했다. 부임하던 해에 그는 뉴올리언스 엑
스포에 한국관을 설계한 공적을 인정받아 국가산업훈장
을 받았다. 그에게 그 시기는 출세 사다리를 한칸 한칸 밟
아 올라가는 황금기였으나, 그 무렵 건축계는 암흑과도
같았다. 선배인 Y가 국책을 비판하여 타국으로 추방당한
지 이년째였고, 그와 목소리를 함께한 이들 역시 반체제
인사로 분류되어 건축가로서 맥이 끊긴 상황이었다. 여재
화도 언제든 그들과 같은 처지가 될 수 있었지만 다행히
도 그는 처세에 능했고 한국관을 설계한 뒤로는 내각의
신임까지 얻고 있었다. 그가 갈월동 부지 사업의 건축가
로 위임된 것도 다 그 덕이리라. 갈월동 사업만 잘 성사시
킨다면 건축가로서 명성을 얻는 것은 물론이거니와 높은
확률로 정교수에 임용될 수도 있을 터였는데, 문제는 시
간이었다. 내무부 장관은 그에게 석달 내로 설계를 마무
리 지으라 요구했다. 석달. 길다면 길지만 대학에서 수업

과 연구를 겸하는 동시에 Y가 수주받았던 대통령 사저 개축까지 대신 맡게 된 여재화에게 석달은 턱없이 짧은 시간이었다. 깔끔히 택일할 수도 있었으나 여재화는 손에 쥔 토끼 중 하나도 놓고 싶지가 않았다.

몸이 두개였으면 좋겠네. 하다못해 잡무 봐줄 사람이라도 있으면 편하련만.

여재화는 설계를 함께할 만한 동료 몇을 떠올려보았다. 그러나 동료들은 워낙 자존심이 센 터라 누구 밑에서 일한다는 것을 꺼릴 게 분명했고, 여차하면 자리를 빼앗을 수도 있었다. 방법이 없었다. 믿음직하지는 못하더라도 제자 중에 한명을 조교 삼는 것이 나아 보였다. 재능은 있는데 야망은 없는, 주무르기 쉬운 놈이 누가 있을까. 머리를 싸매며 후보를 물색하던 여재화의 뇌리에 문득 스쳐간 사람이 있었으니, 바로 구보승이었다.

건축학부에서 눈에 띄는 학생들은 ─ 그래봐야 서넛뿐이었지만 ─ 대개 목표 지향적이었다. 그들은 교수의 눈에 들어 고명한 건축가의 사무소에 들어가거나, 추천서를 받아 동경이나 불란서로 유학 가는 것을 꿈꿨다. 그들의 들끓는 야망을 여재화는 충분히 인정하면서도 경계했다. 야망에는 수많은 불쏘시개가 필요한 법이었다. 건축가로서의 철학, 숭고한 사명은 물론이거니와 이에 더해 야망을 구현해줄 부모의 재력과 명성, 위를 향한 끝없는 열망…… 그러니 어떤 이들은 욕망의 불구덩이에 온갖 쏘시개를 던져넣다 스스로 땔감이 되기도 하는 것 아니겠나.

졸업반이었던 구보승은 그 쏘시개가 없는 학생이었다. 제출한 도면을 보면 기본기도 탄탄하고 오차 없이 정확했으며 성실함까지 돋보였는데, 정작 가장 중요한 야망이 늘 부족했다. 지난 크리틱만 해도 그랬다. 학생들의 설계안은 다 고만고만했지만 특이점이 하나씩은 있었다. 같은 건물을 설계해도 누구는 파도가 일렁이는 모양새로 외관을 구축하고 — 가우디의 '카사 밀라'를 도작한 것일지라도 — 누구는 현대 건축양식에 콜로네이드*를 결합했으며 — 비록 조화를 이루지는 못할지라도 — 누구는 칠십층 높이의 다면체 마천루를 구상해 — 시공은 어려울지라도 — 여재화의 고개를 끄덕이게 했다. 건축의 정형화된 도식이나 구조는 연차가 쌓이면 자연히 익히게 되어 있었다. 학부 시절엔 기념비적인 건축물을 모방하기도, 틀에서 벗어난 설계를 하기도 하며 자신의 개성을 찾아

---

* 그리스 로마 시대에 발달한 회랑. 고전주의 건축에서 주로 보인다.

야 마땅했다. 깨지고 부딪히기를 주저해서는 안 되었다. 여재화가 생각하는 야망이란 그런 것이었다. 건축을 향한 원대한 이상. 현실에 구애받지 않는 과감함.

한데 구보승은 정반대였다. 그가 제출한 작품은 이층 짜리 연립주택이었다. 서구의 생활 방식을 따랐으나 휴먼 스케일은 동양인의 체격에 맞추어져 층고가 높지 않았고, 신발 벗는 문화를 고려해 현관과 마루의 경계까지 제대로 잡아둔 설계였다. 계절에 따라 몇배 이상 차이 나는 태양의 고도를 유념했는지 처마의 높이와 각도도 세밀하게 계산되어 있었으며 거실과 부엌 양쪽에 적당한 너비의 여닫이창을 두어 환기와 통풍이 원활하도록 하는 것도 잊지 않았다. 깔끔하고 흠잡을 데 없었으나 그뿐이었다. 달리 할 말이 떠오르지 않았다. 그의 설계는 지극히 합리적이고 도식적일 뿐이었다. 철과 유리를 핵심 자재로 쓴 것은 미스 반데어로에의 초기작과 유사했으나 구보승의 작품은 그보다 훨씬 덜 파격적이고 더없이 안전했다. 어지간해서는 쓴소리를 삼가는 여재화도 그런 작품 앞에서는 엄혹해질 수밖에 없었다.

합리적인 것도 좋지만 결국 역사에 남는 건 대담한 사고와 발상을 지닌 작품이야. 미스 반데어로에의 판스워스

하우스만 봐도 그렇지 않나. 철과 유리 같은 실용적인 자재로 그토록 획기적인 건물을 지을지 누가 상상이나 했겠나? 한데 자네 작품에는 그런 게 없어. 가슴에 불을 지피는 무언가가 없어.

거장의 작품을 들먹이며 구보승을 자극해보아도 그는 시정하겠다고만 할 뿐이었다. 비판을 들으면 표정이 구겨지는 여느 학생들과 달리 쓴소리를 들어도 그만이라는 식으로 웃는 구보승이 여재화는 영 달갑지 않았다. 구보승의 작품에 최하점을 매기며 여재화는 속으로 생각했다. 저런 물렁한 놈 같으니.

한데 업신여겼던 그 물렁함이 쓸 데가 있을 줄이야.

종강까지 이주 남은 초여름, 여재화는 구보승을 자신의 연구실로 불렀다. 캠퍼스 중앙에 자리한 여재화의 연구실 너머에서는 그날도 어김없이 학생 데모가 펼쳐지고 있었다. 결의에 차 구호를 외치고 「농민가」나 「아침 이슬」을 부르는 소리가 연구실까지 흘러들어왔다. 얼마 전 학생 하나가 수업 중 서에 끌려간 사건을 복기하며 여재화는 구보승을 슬쩍 떠보았다.

데모다 뭐다 학교 안팎이 뒤숭숭한데, 자네는 별일

없나?

구보승이 손을 내저었다.

저는 데모엔 관심 없습니다. 그런 일에 엮이는 것도 피곤하고요.

구보승의 말에 여재화는 고개를 끄덕였다. 미리 알아봐둔 대로였다. 학내 분규와 관련된 학생들은 교수 사이에서 경계 대상으로 분류되거나 경우에 따라 제적되기도 했는데, 구보승의 학적부는 깨끗했다. '불순분자 아님' 따위의 메모를 끄적이며 여재화는 구보승에게 졸업 후 계획을 물었다. 명목상 졸업 상담을 위한 자리였으니 의례적으로나마 물어봐야 했다.

자네도 사무소에 취직할 건가?

저는 아버지 일을 도울까 합니다.

구보승의 말에 여재화는 반색했다.

오, 부친도 우리 업계에 계신가보지?

아뇨. 저희 아버지는…… 땅을 좀 보십니다.

측량기사시군. 그럼 우리 업계가 맞지.

구보승은 머뭇대다 말을 고쳤다.

저희 아버지는 지관이십니다. 풍수지리 공부를 오래 하셨어요.

아, 그래서 땅을 본다고…… 참 영예로운 일을 하시는군.

'부친: 풍수쟁이' 따위를 메모한 뒤 여재화는 인자하게 웃으며 되물었다.

후년쯤 우리 학부에 박사과정이 신설된다는데, 혹시 알고 있나?

여재화는 구보승에게 연구생으로 들어오면 어떻겠느냐고 물었다. 구보승이 고개를 갸웃했다.

제가 그럴 만한 역량이 될까요. 성적도 좋지 않고 마땅한 성과도 없는데……

자네 정도면 충분하지.

여재화는 연구생 장학제도나 졸업 후 취업 현장에 관해 설명했다. 연구생이 되면 장학금은 물론이거니와 많지는 않더라도 월급이 나올 거라 하니 떨떠름해하던 구보승도 흥미를 보였다. 어느 정도 회유를 마친 뒤 여재화는 본론을 꺼냈다.

이번 방학에는 무얼 할 예정인가? 바캉스라도 떠나나?

구보승은 극장 가는 게 유일한 취미라며 수업이 없는 날이나 방학에는 극장에서 산다고 했다. 흥에 들떠 「노스페라투」나 「루 모르그 살인사건」 같은 고전영화의 미학을 떠들어대는 구보승을 보며 여재화는 애써 지루함을 삼켰다.

그래, 좋은 취미군. 건축도 예술에 접해 있으니까.

구보승의 말을 슬그머니 끊으며 여재화는 올여름엔 자기 밑에서 일해볼 생각이 없냐 물었다.

어려운 일은 아니야. 실무는 내가 볼 거고 자네는 나를 도와 견적서나 좀 살피고 설계에 오류가 없나 분석하면 돼.

손 군과 문 양도 있는데 왜 저를……

구보승과 같은 졸업반인 손종호와 문이정은 여재화가 개중 가장 눈여겨봐온 제자들이었다. 손종호는 1학년 때 대학생배 콤페에서 대상을, 3학년 때 상공미술전람회에서 대통령상을 받은 전도유망한 학생이었고, 문이정은 성비가 한쪽으로 치우친 공과대학에서 굽힘 없이 작품을 내보이고 공공건축이라는 진보적 분야에 일찌감치 관심을 보인 영리한 학생이었다. 조수 노릇을 하기엔 포부가 클 뿐더러 뒷배도 든든했다. 손종호의 부친은 여재화와 경기고와 서울대를 거쳐 동경예대에서 석사까지 함께한 죽마고우였고, 문이정의 조부는 2공화국 시절 한자리를 역임한 거물이었다. 그들은 결코 주무르기 쉬운 상대가 아니었다. 속내를 숨긴 채 여재화는 감언이설을 보탰다.

티가 안 나서 그렇지, 내가 자네를 얼마나 귀여워하는데. 자네의 성실성도 높이 사고 말이야.

그래도 저보다는 손 군과 문 양이……

미적미적 말을 돌리는 구보승에게 여재화는 엄숙히 못 박았다.

내 생각에 적임자는 자네뿐이야. 자네에게는, 그러니까…… 가능성이 보이거든.

여재화가 말을 이었다.

자네는 건축에서 가장 중요한 게 뭐라고 생각하나?

……발상과 사고 아닙니까.

그래, 내가 가르친 건 그랬지. 하지만 건축에서 가장 중요한 건 인간이야. 우리가 설계한 공간에서 생활할 사람들이지. 자네는 그 중요성을 인지하고 있는 것 같아. 채광과 통풍에 신경 쓰고, 개구부는 물론 차양까지 배치하는 세심함에서 나는 자네의 가능성을 봤다네.

거짓이라곤 할 수 없으나 그렇다고 진심이 담긴 말도 아니었다. 허나 그 말이 가슴에 불이라도 지핀 건지 구보승의 표정이 자못 진지해졌다. 상담 막바지가 되자 그는 끝내 눈시울까지 붉히며 비장하게 말했다.

선생님, 저…… 정말 열심히 해보겠습니다.

하계 방학이 시작된 6월 하순부터 구보승은 여재화의 일을 돕기 시작했다.

구보승은 기대한 것보다도 조수로서 제격이었다. 사흘간의 현장 답사에서 여재화는 그것을 체감했다. 답사 첫날 구보승은 꼼꼼히 부지를 살피고 소지해온 지적 측량도를 펼쳐둔 채 관로를 매설할 자리와 전주가 들어설 자리를 몇번씩 점검했다. 친구에게 빌려온 카메라로 현장 사진을 찍기도 했다. 둘째 날에는 현장에 찾아온 측량기사를 붙잡고 한시간도 넘게 질문을 퍼부었는데 그런 점에선 현장 경력이 이십년 가까이 되는 여재화보다도 더 빈틈없었다. 배전 선로와 대지 사이 거리가 너무 짧지 않은가부터 시작해 이쪽은 지반이 평평하지 않아 도근점을 이동해야 할 것 같은데 어떤가, 말뚝이 이곳에 박히는 게 옳은가까지……

정도껏 해야지. 학생이 전문가야?

거듭되는 질문에 심기가 불편해진 측량기사가 화를 냈다. 자칫 험악해질 수 있는 상황에서 구보승은 특유의 물렁함을 유감없이 발휘했다.

저 같은 무지렁이가 뭘 알겠습니까. 모르니 선생님께

고견을 구하는 거죠. 처음이라 그러니 성가셔도 좀 봐주세요.

구보승이 저자세로 나오자 측량기사의 태도도 한결 누그러지며 종국엔 묻지 않은 것까지 열심히 설명해주었다. 그런 친화력에 여재화도 가탄할 수밖에 없었다.

여름이 무르익는 시기라 조금만 서 있어도 팔다리가 화끈거렸고 땀과 먼지에 피부가 끈적해졌다. 그때마다 구보승은 얼음물을 조달하고 땀에 전 여재화의 손수건을 새것으로 갈아주었다. 날씨뿐 아니라 식사도 문제가 되었는데, 가장 가까운 함바집이 족히 2킬로미터는 떨어진 거리에 있어 두 사람은 이틀간 빵으로 끼니를 때워야 했다. 여재화는 소가 적게 든 단팥빵을 먹는 둥 마는 둥 하며 웅얼거렸다.

종일 밀가루만 먹으니 속이 더부룩하네.

가볍게 흘린 말이었지만 그 말을 유념했는지 마지막 날 구보승이 도시락을 준비해 왔다. 정성껏 무친 숙주나물과 무생채, 반지르르하게 윤기 나는 우엉조림이 찬합에 가지런히 담겨 있었다.

자네가 직접 만든 건가?

저희 아버지가 만드신 겁니다. 입에 맞으십니까?

그럼, 요리 솜씨가 보통이 아니시군.

빈말은 아니었다. 간도 적당했고 밥맛도 달았으며 무엇보다 속이 편했다. 그늘에 앉아 천천히 식사하며 여재화는 슬며시 구보승의 의중을 떠보았다.

실내에서 제도나 하고 모형이나 만들 줄 알았는데 막상 현장에 나와보니 어떤가? 고생스럽지?

구보승은 너털웃음을 지으며 손을 내저었다.

저는 이런 일에 단련되어 있습니다. 어릴 때부터 아버지 따라 여기저기 다녔거든요.

지관인 아버지를 따라 동해며 서해며 동행했다고 구보승은 말했다. 이태 전 아버지가 혼자 산을 타다 낙상을 당해 허리를 크게 다치고부터는 내내 요양 중이라고 후술하기도 했는데, 덤덤하게 말하는 구보승을 보며 여재화는 잠시 숙연해졌다. 비슷한 사고로 오래 앓다 운명한 자신의 모친이 떠올라서였다.

지금은 좀 괜찮으신가?

아직 편치는 않으시지만 산보도 하고 집안일도 하면서 조금씩 회복하고 계십니다.

그래, 곧 자네랑 다시 땅 보러 다닐 만큼 쾌유하실 거야. 분명 그럴 거야.

예상했던 것보다 성숙한 청년이라고 생각하며 여재화는 구보승의 어깨를 도닥였다.

어릴 때부터 아버지를 따라다녔으면 땅도 어느 정도 볼 줄 알겠군.

아버지만큼 잘 보지는 못해도 길지인지 아닌지 정도는 구별할 수 있다고 말하는 구보승에게 여재화는 무거워진 분위기도 풀 겸 장난스레 물었다.

그래? 여긴 어떤가?

이곳은……

구보승은 눈을 가늘게 뜨고 주변을 둘러보았다. 그는 서쪽에 놓인 철로와 남쪽의 미국기지, 그리고 북쪽으로 500미터 떨어진 곳에 있는 국제해양연구소를 유심히 살핀 뒤 말했다.

두말할 나위 없는 길지죠. 좌청룡, 우백호, 명당수가 다 모여 있지 않습니까.

구보승은 인왕산과 북악산을 청룡, 백호에 빗대며 양옆으로 정기가 흐르고, 아래로는 드넓은 강이 흐르니 잉(孕)을 이루는 좋은 터라고 했다. 지관들은 임부의 배처럼 위는 솟아 있고 아래로 내려갈수록 경사가 완만한 지대를 생기가 응집된 땅이라 부르는데, 이 땅이 꼭 그렇다고 설명하기도 했다. 여재화가 보기에 갈월동은 썩 좋은 땅이 아니었다. 과거 만조천을 메우기 전까지 물이 흘러 지반이 약했다던 이 지대는 땅의 형태가 일정치 않아 설계할 때 애를 먹을 것 같았다. 그럼에도 구보승의 확신에 찬 달변에 여재화는 건축가는 보지 못하는 뭔가가 이 친구에게는 보이겠거니 생각하며 구보승의 말을 곧이들었다.

부친께 제대로 배웠군.

어깨너머로 배워 형편없습니다.

구보승은 물로 입을 한번 헹군 뒤 가볍게 덧붙였다.

저희 아버지가 보셨으면 분명 한 소리 하셨을 겁니다. 수련원 세우기엔 아까운 땅이라고요.

그 말에 여재화의 낯빛이 어두워졌다. 구보승에게는 이 땅에 수련원이 지어질 거라 언질해둔 터였다. 서류상으로는 그랬으니까. 이 자리에 건물이 완공되면 지도에도 '경동수련원'으로 표기될 예정이었다. 실상은 달랐지만.

차차 굳어지는 여재화의 표정을 살피며 구보승은 조심스럽게 물었다.

제가 뭔가 실언이라도……

최대한 말을 아끼는 게 여재화에겐 이로울 터였다. 허가도 내지 않고 완공 후 시방서를 즉각 폐기하라는 조항까지 있는 국가 기밀 사업이었다. 조수라지만 삼개월 일을 봐주는 게 고작인 구보승에게 미주알고주알 사정을 늘어놓는 건 아무래도 위험했다. 허나 인간이란 무릇 속단하는 경향이 있으며 경계가 한번 풀어지면 한없이 물러지지 않는가. 구보승이 목에 걸어준 손수건의 냉기 때문인지, 도시락의 달고 정갈한 밥맛 때문인지 여재화는 불현듯 이 청년은 신뢰해도 되지 않을까, 생각하게 되었다.

저…… 지금부터 내가 하는 말은 극비로 부쳤으면 하네. 오롯이 자네를 믿고 얘기하는 거니……

운을 뗀 여재화는 자신이 알고 있는 사실들을 모두 털어놓았다.

이 건물이 수주된 경위는 1974년 공포된 긴급조치로부터 출발했다. 전국적으로 반유신 운동이 거세지자 정부는 긴급조치를 시행하여 '불온세력'을 전부 잡아들였다. 처음에는 긴급조치를 위반한 이들을 처벌하기 위한 공간으로 내무부 치안국을 사용했지만, 긴급조치가 9호에 이르자 불온세력의 수가 급격히 증가해 치안국이 포화 상태에 이르렀고 원활한 순환을 위해서 시설을 신축해야만 했다. 민가와 떨어져 있고 서쪽으로는 열차가 다녀 비명이 새어나갈 염려가 적으며, 국가 소유지라 분쟁에서도 자유로울 만한 곳에. 국제해양연구소가 지어진 것도 그 무렵이었다.

여재화는 흐르는 땀을 손수건으로 훔친 뒤 국제해양연구소 쪽을 바라보았다.

그러니까, 저 너머에 있는 건물이 해양연구소가 아니듯 우리가 설계할 건물 역시 수련원이 아니란 거지.

고문받을 이들이 넘쳐나는 바람에 증설한 시설이자 취조를 해도 실토하지 않는 이들이 최후로 방문하는 밀실. 그것이 내무부 장관이 여재화에게 발주한 증축 공간의 실체였다.

여재화가 기밀을 밝혔음에도 구보승은 무덤덤했다. 무슨 생각을 하는지 모를 정도로 태연해 도리어 여재화가 더 당황스러울 정도였다.

혹시 손 떼고 싶다면 지금이라도 그렇게 하게.

여재화의 말에 구보승은 예상과 달리 선선히 답했다.

아닙니다. 그러고 싶지는 않습니다. 수련원이든 고문실이든……

구보승은 잠시 생각에 잠기더니 확신에 찬 어조로 말을 이었다.

인간을 위한 공간이긴 하니까요. 저는 끝까지 함께하겠

습니다. 오늘 선생님께 들은 말은 이 자리에서 다 잊고요.

구보승은 찬합을 착착 포개어 정리하고는 흙 묻은 바지를 털었다. 그러고는 진지한 표정으로 이전보다 더 꼼꼼히 현장을 둘러보고 기록했다.

7월부터 여재화는 내무부 장관의 요구를 반영해 설계도를 그리기 시작했다.

급수에 철저히 신경 쓸 것, 방음에 유용한 자재를 사용할 것, 창과 문은 되도록 적게 설계할 것…… 시공까지 약 두달가량 남아 있었다. 이제껏 호텔, 사옥, 상가, 종교 시설까지 다양하게 설계해온 여재화였지만 이 밀실은 어디서부터 손대야 할지 감도 잡히지 않았다. 현장 답사에서 모은 자료며 과거에 그려둔 시안, 심지어 알베르트 슈페어*의 건축 작품집까지 참조했으나 별 도움은 되지 않았다.

하던 대로 조경과 미감에 신경 쓰다가도 불현듯 이 공간의 본질이 떠올라 도면에 조성해둔 벤치와 퍼걸러, 수목을 전부 지워버리고 창호와 창살, 내부 벽면의 타일까

---

* 나치 독일의 건축가.

지 아기자기하게 고려하다가도 취조실에 이런 디테일이 무슨 소용일까 싶어 기껏 고안한 사항을 모조리 거두어들이기를 수일째였다.

그날도 여재화는 일이 손에 잡히지 않아 줄담배를 피우며 허무하게 시간을 죽이고 있었다. 그러다 오후 두시가 다 되어 구보승이 연구실로 돌아오자 책상 한쪽에 밀쳐둔 도면을 다급히 펼친 채 일하는 척을 했다. 그즈음 구보승은 오전에는 현장에 나가고 오후에는 연구실에서 서무를 보거나 대지 드로잉과 등고선 따위를 그린 뒤 여재화에게 확인받는 업무를 했다. 현장 파악은 대략 끝났으니 더이상 갈월동에 가지 않아도 된다고 말해두었음에도 구보승은 삼주간 꾸준히 그곳에 갔다.

아직 봐야 할 게 남아서요.

그러다보니 연필 냄새를 풍기던 뽀송한 청년이 피부가 죄 그을려 한달 만에 잡역부의 거친 외양을 띠게 되었다.

구보승이 갈월동 부지 내 소음 및 일조 분석 자료를 브리핑하는 와중에도 여재화는 집중할 수 없었다. 성과에 대한 중압감, 현실과 이상 간의 괴리가 그를 뒤덮고 있었다.

선생님, 무슨 일 있으십니까?

구보승의 걱정 어린 물음에 여재화는 별일 아니라며 고

개를 젓다 질문이 거듭되자 제 풀에 사정을 털어놓았다.

저…… 이것 좀 봐주겠나?

여재화는 그동안 그린 건축 도면 열여섯매와 구조 도면 여덟매를 책상과 바닥에 죽 펼쳐두었다. 구보승은 여재화가 바닥에 펼쳐둔 도면부터 차근히 살폈다. 지하 일층부터 지상 삼층까지, 밀실의 구조도가 세세하게 그려져 있었다.

사진실 겸 암실과 서류 창고를 배치한 지하 일층. 말단 직원들이 사용할 숙직실과 화장실, 통신 정보 분석실, 그리고 취조 받을 이들의 대기실을 배치한 지상 일층. 실장과 반장이 사용할 숙직실과 전실 외에 불순분자들을 감시할 모니터실을 배치한 지상 이층.

감리를 거쳐야 할 테지만 단기간에 설계했다는 것을 고려하면 밀도 높은 도면이었다.

여기까진 어렵지 않았어. 숙직실이며 전실 따위는 이전에도 설계해본 적 있으니.

책상으로 걸음을 옮기며 여재화는 깊은 한숨을 쉬었다.

문제는 삼층이야.

구조와 동선을 어느 정도 짜둔 다른 층들과 달리 지상 삼층은 진입로와 계단, 개구부 정도만 거칠게 설계되어 있었다.

여긴 도대체 어떻게 설계해야 할지 모르겠어.

삼층에는 여덟개의 취조실을 배치해야 했다. 공간을 설계할 때는 요령과 경험도 필요하나 그것만을 불가결이라 할 수는 없었다. 불가결은 상상력이었다. 무형의 공간에 선을 더하고 면을 채우고 종국에는 인간까지 집어넣는 일. 그곳에서 살아갈 인간을 위한 자문자답은 기본이거니와 미학과 독창성까지 살리는 일. 그것이 건축가가 갖추어야 할 불가결이었다. 한데 이 취조실은 채우면 채울수록 공허함만 커졌다. 건축의 본질이나 사명, 순수는 세월이 흐름에 따라 가라앉고 이제는 세속이나 명욕 같은 불순물만 남았다고 여겼던 여재화였지만, 이 공간과 이곳에서 머무를 이들을 상상할 때면 잊었던 초심이 저변에서 서서히 떠오르는 것 같았다. 건축 위에 사람이 있다고 믿었던 한 시기가 서서히.

내가 지금 뭘 하고 있는 건지 정말 모르겠어.

무얼 바라고 구보승에게 고민을 토로한 건 아니었다. 그저 자신의 푸념을 듣고 동조 정도 해주면 족하겠다고 여재화는 생각했다. 걱정하지 마세요, 잘하고 계세요, 따위의 말이나 해주었다면 위안이 될 수도 있었을 테지. 하지만 구보승의 대답은 예상과 전혀 달랐다.

주제넘지만 제가 도면을 조금 수정해봐도 되겠습니까?

당황한 나머지 여재화는 어, 어…… 얼버무렸는데 그것을 긍정의 표시로 받아들였는지 구보승은 지우개로 도면 속 창문을 일일이 지우기 시작했다. 구보승은 이미 수십 번을 지워 부풀부풀 일어난 종이가 찢어지지 않도록 조심하며 창문을 모조리 지운 뒤 공손한 어투로 사견을 내놓았다.

제 생각에, 이 공간엔 창을 내지 않는 게 좋을 것 같습니다. 피조사자가 유리를 깨고 밖으로 나갈 가능성도 있고 자칫 비명이 새어나갈 수도 있으니까요. 그리고 무엇보다…… 희망이 생기잖습니까.

희망?

죽고자 하는 사람도 빛 속에선 의지와 열망을 키웁니다. 살고 싶다는 마음을 품을 수도 있고 흔들렸던 신념이 굳건해질 수도 있죠.

여재화 역시 빛이 사람의 마음을 두드린다는 것을 잘 알고 있었다. 그래서 숙고 끝에 창을 넣은 것이었다. 한줌도 안 될 인간다움이나마 지킬 수 있다면 지켜야 했기에. 그것은 취조실에서 조사를 받는 이들을 위한 것일 수도 있지만 그 공간을 설계하는 여재화를 위한 것이기도 했다. 하지만 구보승은 달랐다.

취조실에 희망은 불필요하지 않나 싶습니다.

예의 바르지만 어조에 단호함이 묻어 있었다. 여재화는 생각했다.

내가 알던 구보승이 맞나. 그저 허허실실로 물렁하던 놈이?

당황했지만 냉정을 되찾고 보니 그리 놀랄 일이 아니란 생각도 들었다. 창문을 없애 빛을 막고 소음을 방지하는 건 지극히 합리적인 발상이었다. 곰곰이 되짚어보면 그것이 구보승의 특기였다. 합리성. 여재화가 생각에 잠긴 사이 구보승은 다른 의견을 더했다.

복도 천장을 좀더 높여도 좋을 것 같습니다. 천장이 높아져 잔향이 생기면 취조실에서 새어나온 비명이 복도를 울리게 될 것이고, 그 소리에 다른 이들의 공포가 극대화될 테니까요.

이 역시 여재화도 염두에 두었던 설계 방식이었다. 천장이 높아지면 공간의 위압감이 높아진다는 도식은 건축에선 일반적이었으니까. 인간적인 감정이 앞서는 통에 도저히 이를 적용할 수 없었을 뿐이었다. 고민 끝에 여재화는 결론을 내렸다. 구보승이 저렇게 거침없는 이유는 그 저 뭘 몰라서라고. 건축 위에 인간이 존재한다는 사실을 몰라서라고. 한편으로는 이런 생각도 들었다. 어쩌면 나보다 저놈이 더 잘할 수 있지 않을까. 모르는 것이 부처라고, 나와 달리 저놈은 일말의 연민이나 부채 없이 이 공간을 설계할 수 있지 않을까.

될 대로 되라는 포기였을까, 해볼 테면 해보라는 오기였을까. 생각 끝에 여재화는 구보승에게 넌지시 제안했다.

자네가 삼층 설계를 맡아볼 텐가.

여재화의 갑작스러운 제안에 구보승은 어리둥절하여 어찌할 줄 몰라 했다. 구보승의 반응을 살피며 여재화는 덧붙여 말했다.

자네 의견을 듣고 보니 일리가 있어. 현장은 자네가 나보다 더 깊이 알고 있으니 적격하다는 생각도 드네. 이 기회에 실무도 익히고 경험도 쌓아봐. 감수는 내가 볼 테니 걱정하지 말고.

나쁘지 않은 선택이라고 여재화는 생각했다. 구보승이 내놓은 것 중 쓸 만한 아이디어만 취해 자신의 공으로 갈음하면 되었다. 그렇다면 손 안 대고 코도 풀고 마음의 짐도 덜 수 있겠지. 구보승도 기회를 주었다는 것에 의의를 둘 뿐 이견을 제시하지는 않을 것이다. 물렁한 놈일뿐더러 뒷배도 없으니. 여재화는 되물었다.

어때, 해볼 텐가?

구보승은 한동안 사려하던 끝에 고개를 주억였다.

죽을힘을 다하겠습니다.

구보승이 취조실 설계를 맡는 동안 여재화는 숨도 돌릴 겸 그간 미뤄두었던 대통령 사저 개축 건을 검토했다. 본채까지 완전히 뜯어고쳐야 했기에 사저가 위치한 신당동에 서너차례 들락거리기도 했다. 신출내기에게 섣부르게 일을 맡긴 게 아닌가 꺼림칙하기도 했으나 연구실과 사저를 오가느라 정신이 없기도 했고, 구보승이 생각보다 능숙하게 일을 진행해나가자 여재화의 고민도 금세 무화되었다.

구보승은 자신의 특기를 발휘해 빈틈없이 구조를 짜고 자재를 검토했다. 피조사자들이 서로 내통하는 것을 방지하기 위해 취조실마다 출입문을 엇갈리게 설계했고, 욕조와 샤워기가 들어갈 취조실 바닥은 방수 모르타르로, 벽면은 차음을 고려해 유공흡음판으로 마감하라는 메모를 설계도에 일일이 덧붙이기도 했다. 피조사자가 전등을 깨

암전이 되거나 인질극을 도모하는 상황이 발생할 수도 있
으니 반드시 전등갓에 철제 덮개를 씌우라는 메모를 읽으
며 여재화는 혀를 내둘렀다. 이상을 뺀 지독한 합리주의
군. 이것도 재능이라면 재능이겠지만……

구보승은 착실히 실시설계를 해나갔다. 여재화는 설계
대부분을 구보승에게 위임했으나 도면에서 걸리는 지점
이 보이면 에두르지 않고 직설적으로 지적했다.

이 부분은 굵은 선이 아니라 가는 선으로 표현해야 돼.
시공 들어갈 때 헷갈릴 여지가 있으니 선의 위계를 좀더
명확히 하게.

자네 의견대로 창문을 없앤다면 환기구를 추가해야 할
것 같아. 환풍에도 신경 써주게.

여재화의 지적에 구보승의 표정이 미묘하게 일그러졌
다. 시정하겠다고 답하기는 했으나 그 말의 뉘앙스도 전
과 달랐다.

눈빛이 바뀐 것 같은데.

무언가 불길하긴 했으나 착각이라 여기며 여재화는 판
단을 애써 유보했다.

전보다는 뜸해졌으나 그래도 여재화는 구보승을 독려
하기 위해 종종 연구실에 방문했다. 밤참을 사들고 연구

실 문을 열 때마다 구보승은 여재화가 내어준 널찍한 책상에 구부정하게 앉아 도면을 그리고 있었다. 8월 중순이었다. 구식 선풍기 두대가 털털대며 돌아가는 연구실은 후덥지근했다. 잠시만 앉아 있어도 정신이 몽롱해질 정도로 무더웠는데도 구보승은 더위도 잊은 모양인지 와이셔츠를 목까지 잠근 채 목석처럼 앉아 있었다.

이것 좀 들고 하게.

여재화가 빵과 우유를 좌탁에 부리자 구보승은 그제야 고개를 들고 책상에서 일어났다. 며칠 사이 눈 밑이 거무스름해지고 살이 빠져 광대뼈의 윤곽까지 드러나 있었다.

자네, 잠은 좀 자나?

여재화의 말에 구보승은 충분히 잔다고 짧게 답했다. 얼굴이 거칠하고 혈색이 좋지 않은데도 기이하게 눈빛만은 형형했다. 구보승은 빵을 먹다 말고 설계도를 가져와 여재화에게 내밀었다.

계단 디자인을 바꾸었는데 한번만 봐주시겠습니까?

감수는 이따 받는 게 어떤가? 자네 거의 먹지도 않았잖아.

여재화의 눈총에 구보승은 엉거주춤하다 다시 빵을 먹기 시작했다. 여재화가 안부를 묻거나 사담을 늘어놓는 와

중에도 구보승의 시선은 한결같이 설계도에 향해 있었다.

자네도 참 지독해.

농담 반 진담 반 이야기하며 여재화는 마지못해 감수를 봐주었다.

애초 여재화가 설계한 것은 ㄷ자 형태로 꺾인 굴절 계단이었다. 추락을 방지하고 두 사람이 함께 올라가도 안전할 수 있도록 너비도 150센티미터로 잡아두었다. 허나 구보승은 계단의 너비를 그 반도 안 되게 줄여버리고 형태도 나선형으로 수정했다. 나선형 계단이라…… 크리틱이었다면 파격적인 발상이라 극찬하며 박수를 주었을 테지만, 이것은 실무였다. 규정에 어긋나서는 안 되었다. 나선형 계단은 공간 활용엔 용이하나 경사가 가파른 만큼 사고가 날 가능성이 컸다. 인간의 몸이 닿는 영역이었으니 더 신중해야 했다. 구보승의 설계에 동의할 수는 없으나 여재화는 이를 지적하기 전에 침착하게 물었다.

왜 내 설계를 수정한 건가?

구보승은 망설이다 자신의 소견을 터놓았다.

선생님의 설계에서는…… 공포가 느껴지지 않습니다.

뭐가…… 느껴지지 않는다고?

선생님, 피조사자들은 아마도 눈을 가린 채 계단을 오

를 겁니다. 선생님이 설계한 대로라면 여기가 몇층인지 감으로나마 알 수 있겠죠. 안심할 겁니다. 계단 수를 세며 탈출 계획을 세울지도 모르죠. 하지만 나선형 계단에는 층의 구분이 없습니다. 내가 몇층에 있는지 알 수 없죠. 방향감각이 무뎌진데다가 계단 폭이 좁고 경사가 가팔라 안정성마저 상실된다면, 그들이 느끼는 공포감은 극대화될 겁니다. 그게 제가 설계도를 수정한 이유입니다.

말문이 막혔다. 일전에도 한차례 충격을 받은 적이 있었지만 이번에는 그 강도가 더 셌다. 도대체 어떻게 이런 생각을 할 수 있지? 구보승의 독자적인 견해가 아닐 거라 부정하며 여재화는 되물었다.

……어디서 참고한 건가? 알바르 알토? 아니면 요시무라 준조인가?

아뇨. 「노스페라투」에서 영감을 받았습니다.

독일 영화에서 영향을 받았다는 구보승의 말에 여재화는 뒷골이 얼얼해지는 듯했다.

나흘 뒤 세기극장에서 그 괴수 영화를 관람한 뒤에도 마찬가지였다. 「노스페라투」는 미감이나 건축이 돌올한 작품이 결코 아니었다. 괴수의 성이 등장하기는 하나 몇 장면뿐이었다. 오히려 공간이 극도로 배제된 작품이라 여겨지기도 했다. 도대체 구보승은 이 영화에서 무얼 본 걸까. 내게는 느껴지지 않는 무언가가 구보승에게는 느껴지는 걸까.

여재화는 극장에서 나와 충무로 거리를 천천히 걸었다. 오후 여섯시가 되자 온 거리에 애국가가 울려퍼졌다. 노상에서 요기를 하거나 공중전화 부스에서 통화를 하던 이들이 일제히 멈춰 서 부동자세로 경례를 했다. 엄숙한 표정으로 꼿꼿이 선 이들 틈에서 여재화는 구보승이 말한 공포에 관해 잠시 생각했다.

그후 여재화는 한동안 연구실에 들르지 않았다. 그 무렵 사저 개축과 관련해 대통령과 연달아 자리가 있기도 했고 K대 총장에게 정교수 자리까지 약속받아 몸이 달았다. 구보승과 얽힌 찝찝한 감정이 남아 있기는 했으나 신경 쓰지 않으려 다른 작업에 더 몰두하기도 했다.

설계 마감이 일주일 남았을 무렵, 여재화는 자택에서 도면을 그리다 프리핸드 스케치를 담은 크로키북이 연구실에 있다는 것을 깨달았다. 밤 열한시였다. 통금이 시작되기 전 크로키북만 얼른 챙겨갈 요량으로 그는 열쇠를 챙겨들고 서둘러 연구실로 향했다.

통금이 가까운 시간이었는데 연구실 문틈으로 희미하게 불빛이 새어나오고 있었다. 문을 열자 열기와 더불어 퀴퀴한 냄새가 물씬 밀려왔다. 설계도가 어지럽게 널린 책상에 구보승이 홀로 앉아 있었다. 여재화는 당혹스러움을 감추지 못한 채 물었다.

자네 왜 아직 여기에 있나?

구겨진 종이 뭉치와 땀에 전 옷가지, 깎고 깎아 끝이 뭉툭해진 연필 수십자루와 연필 껍질이 바닥에 너저분하게 널려 있었다. 구보승은 그새 더 핼쑥해져 있었고 머리카락과 수염은 덥수룩했다.

집에 안 간 건가? 도대체 여기 얼마나 있었던 거야?

여재화의 물음에 답을 하는 대신 구보승은 설계도를 들고 오더니 감수를 봐달라고 했다. 구보승의 검지와 중지가 흑연으로 검게 물들어 있었다. 성실과 집념을 넘어 광기에 가까운 구보승의 태도에 질리기도 두렵기도 했으나, 여재화는 자분자분 참을성 있게 그를 타일렀다.

곧 통금이야. 얼른 집에 가게.

선생님께서 꼭 봐주셔야 합니다.

며칠 동안 풀리지 않은 문제가 있었는데 오늘에서야 드디어 풀렸다고, 선생님께서도 납득하실 거라 말하며 구보승은 설계도를 내밀었다.

설계도는 구조와 자재, 설비까지 완벽히 짜여 있었다. 취조실의 구조도 전과 비슷했으나 한가지 달라진 게 있다면 창문이었다. 취조실마다 폭이 좁은 수직창이 배치되어 있었다.

선생님, 제가 잘못 생각했습니다. 인간에게는 희망이 필요합니다.

여재화는 흠칫했다. 이제껏 구보승이 밀어붙였던 합리와 대척점에 놓인 사고였다. 드디어 인간을 고려하다니. 독학하는 과정에서 건축의 기조를 깨달은 게 아닐까, 어렴풋이 유추하며 여재화는 안도했다.

그래, 자네 말이 맞아. 인간이 생활하는 공간에 창이 없어선 안 되지.

네. 제가 선생님의 뜻을 미처 알아채지 못했습니다. 빛이 인간에게 희망뿐 아니라 두려움과 무력감을 안길 수도 있다는 것을요. 그래서 창이 필요했던 건데…… 저는 완전히 반대로 생각했으니까요.

여재화는 귀를 의심하지 않을 수 없었다. 이게 도대체 무슨 말인가. 구보승은 화색을 띤 채 말을 이었다. 빛이 공간의 형태를 드러내 조사자에게 두려움을 심고 시간의 흐름을 느끼게 해 무력감을 안길 거라고.

희망이 인간을 잠식시키는 가장 위험한 고문이라는 걸 선생님은 알고 계셨던 거죠?

여재화는 설계도를 다시 한번 세세하게 살폈다. 조사자들이 탈출할 수 없도록 일정한 모양과 간격으로 배열한 출입문, 바깥에서 안을 감시할 수 있도록 특이하게 설치한 외시경, 공포를 유발하는 급경사의 나선형 철제 계단. 그리고 단 십분만 빛이 들어오도록 치밀하게 계산해 설계한 수직 창. 여재화는 설계도를 책상에 내려두고 냉엄히 선을 그었다.

난 이런 끔찍한 생각 한 적 없다네.

여재화의 말에 구보승의 얼굴에서 화색이 가셨다.

무슨 말씀인지……

도대체 무슨 생각으로 이딴 설계를 한 건가? 두려움이니 무력감이니…… 그런 걸 건축에 왜 적용하나? 자네는 나한테 뭘 배운 거야? 괴수 영화 따위에 현혹돼 만용을 부릴 거면 당장 그만두게.

구보승의 표정이 어두워졌다. 그는 여재화를 빤히 보며 말했다.

선생님이 그러지 않으셨습니까? 건축에서 가장 중요한

건 인간이라고요. 저는 그 말을 한시도 잊은 적이 없습니다. 철저히 인간을 위해 이 공간을 설계했습니다. 다 선생님께 배운 건데……

구보승은 억울하다는 듯 여재화를 바라보았다. 확실히 눈빛이 달라져 있었다. 불이라도 삼킨 듯 매섭게. 연구실에는 여전히 열기가 감돌았으나 여재화의 손발은 차게 식어갔다. 이마에서 식은땀이 흐르고 가슴이 선득해지는 것을 느끼며 여재화는 말했다.

아니야. 여긴 인간을 위한 공간이 아니야. 난…… 그런 걸 가르친 적 없어.

∞

이년이 지났다. 타국으로 망명했던 Y는 대통령이 시해되고 몇달이 더 지난 뒤에야 고국으로 돌아올 수 있었다. Y의 환국을 기념하여 후배들이 소소하게 연회를 열었다. 오랜 타국 생활로 몸과 마음이 상한 Y를 위해 후배들은 마장동으로 가 그가 즐겨 먹던 애기보를 끊어오고 아껴두었던 고급 양주까지 개봉했다.

연회의 분위기가 무르익을 즈음 환영받지 못할 손님이

등장했다. 여재화였다. 연회장의 공기가 무겁게 가라앉았다. 싸늘한 눈길로 여재화를 바라보는 이들을 Y는 어질게 달랬다.

내가 불렀어. 재화, 어서 앉게.

여재화는 주저하다 Y의 옆에 앉았다. 연회에 모인 이들에게 여재화는 숙적과 다름없었다. Y를 제외한 누구도 여재화에게 말을 붙이지 않았고 그의 술잔이 비어도 채워주지 않았다. 밤이 가는 줄 모른 채 건축에 대해 토론하고 모친상을 당했을 때는 빈소가 차려지기도 전에 달려와주었으며 아이가 태어났을 때는 선뜻 대부가 되어주었던 교우들이 더없이 냉담해진 것을 보며 여재화는 서러워졌으나 곧 그들의 심정을 이해했다.

다 내 업보지.

말없이 술만 들이켜는 여재화에게 Y는 부드럽게 말을 붙였다.

안주도 들게. 그렇게 마시다가는 속 버려.

여재화는 Y가 권하는 애기보 전골을 조금 맛보았다. 따뜻하고 고소했다. Y가 말을 이었다.

재화가 나를 대신해 박통 사저를 개축했다고 들었어. 그간 정신이 없었을 텐데 나 때문에 일이 늘었겠구먼.

……면목이 없습니다.

대각선에 앉아 있던 동료가 여재화를 비웃기라도 하듯 중얼거렸다.

면목 없을 만하지. 군부 치하에서 설계한 건물만 몇채야.

Y가 저지하는데도 동료는 말을 끊지 않았다.

하다하다 고문실까지 설계했으니……

동료의 서슴없는 험담에 격한 감정이 일었으나 여재화는 감히 분노를 내비칠 수 없었다. 10·26 사태 이후 잠시 공사가 중단되기는 했지만 갈월동 건물은 경동수련원이라는 이름을 단 채 설계 그대로 지어졌다. 그곳이 수련원이 아닌 취조실이라는 것을 알 만한 이들은 다 알고 있었다. 그 건물을 설계함으로써 여재화가 얻은 것들에 대해서도. 허나 그곳의 설계자로 이름을 올린 사람이 여재화가 아니라 구보승이라는 사실은 아무도 몰랐다. 당장은 아니더라도 후일에는 제자에게 오욕을 뒤집어씌운 스승이라 낙인찍힐 수도 있을 것이었다. 그럼에도 여재화는 대장에 구보승의 이름을 적을 수밖에 없었다. 그곳은 인간을 위한 공간이 아니었으니까. 이 끔찍한 공간에 자신의 의도가 담기지 않았다고 여재화는 믿고 싶었다. 대장에 구보승의 이름을 새긴 건 그가 취할 수 있는 마지막 야만이었다.

칠년간 숙성한 산삼주를 개봉한다며 주변이 소란해진 틈을 타 여재화는 슬그머니 밖으로 나갔다. Y가 그를 따라 나왔다. 벌써 가느냐는 Y의 물음에 여재화는 겸연쩍게 웃어 보였다. Y가 말했다.

우리 담배 한대 태울까?

오래전 그랬듯 그들은 담배 한대를 나누어 피웠다. 밤공기가 맑고 시원했다. Y와 말없이 담배를 나누어 피우는 동안 여재화의 긴장도 한층 풀렸다. 그는 Y를 힐끗댔다. 몇년 사이 Y의 얼굴은 많이 축나 있었다. 동경하던 선배가 귀환했다는 기쁨과 그를 배반했다는 슬픔이 짝을 이루어 뒤섞였다. Y가 먼저 운을 뗐다.

이렇게 나란히 서 있으니 예전 생각 나네. 우리 같이 청운동에 있는 교회 설계했을 때 말이야.

담배 살 돈이 부족해서 늘 한대를 나눠 피웠죠.

그때 재화가 독단적인 내 장단에 맞추느라 마음고생 많이 했을 거야. 나와 다르게 재화는 품이 넓고 욕심이 없었지. 매번 저놈은 어쩜 저렇게 순할 수 있나 궁금했어.

……제가요?

여재화가 알고 있던 스스로의 모습과는 전혀 달랐다.

야심으로 가득 찬 청년. 욕망의 불구덩이에 온갖 쏘시개를 던져넣다 스스로 땔감이 된 남자. 그것이 나 아니었나. 얼떨떨한 표정을 짓는 여재화의 곁에서 Y는 담배의 마지막 모금을 빨고 연기를 깊게 내뱉었다.

그래, 재화 너는 그런 사람이었어.

∞

여기 한 남자가 있다. 서글서글한 낯이 매력적이었으나 세월이 지나며 입매가 처지고 눈두덩이 깊이 꺼져 이제 강퍅한 인상을 주는 남자. 노약자석에 앉아도 눈총받지 않을 만큼 노쇠해진 남자. 그는 남영역에서 내려 갈월동을 천천히 거닌다. 사십년 전만 해도 주변이 휑했는데 지금은 역 주변에 고층 빌딩과 아파트 단지가 우후죽순 늘어서 있다. 그는 무의식적으로 건물의 시세와 지가를 따져본다. 직업병이다. 한때는 건축가를 꿈꾸었고 부친의 뒤를 이어 지관이 되려 한 적도 있으나 지금 그는 공인중개사로 일한다. 수완이 좋고 치밀하며 합리를 중시하는 자신에게 적합한 업이라 그는 늘 생각해왔다. 공인중개사란 건축가와 지관 그 사이에 속하는 업이라 자평하기도 했고.

남자는 발 닿는 대로 정처 없이 배회하다 한 건물 앞에 멈추어 선다.

흑갈색 벽돌로 외벽을 촘촘히 쌓아올린 건물. 본래 삼층으로 설계되었으나 1983년 증축을 거쳐 오층이 된 건물.

곳곳에 경비가 깔려 있었고 출입이 허용된 이들이 하루에도 수차례 드나들던 과거와 달리 지금 이곳은 인적이 끊겨 괴괴하다. 동파에 약한 마감재 특성상 외벽은 부식되었으며 담장을 따라 심어두었던 침엽수는 고목이 되었다. 자물쇠로 굳게 잠겨 내부에 들어갈 순 없지만 굳이 육안으로 살피지 않아도 남자는 이 건물의 구조를 누구보다 정확히 알고 있다.

그는 눈을 감는다. 좁은 나선형 계단을 타고 삼층으로 올라가면 여덟개의 문이 보인다. 똑같은 모양의 문 중 하나를 열어본다. 방은 어둡다. 지금 내가 있는 곳이 어디인지, 옆에 누가 있는지도 모를 만큼 어둡다. 정오가 되면 수직창으로 빛이 희미하게 들어온다. 빛이 공간을 타고 흐를 때에야 벽면이 붉게 칠해져 있다는 것, 욕조와 샤워기, 이동식 변기, 칠성판이 숨 막힐 정도로 효율적으로 배치되어 있다는 것이 인지된다. 빛은 벽을 천천히 훑다 곧 스러지고 그는 어둠 속에 홀로 놓인다.

그가 눈을 뜬다. 철문 옆에는 건물의 연혁과 발주처 등을 음각으로 새긴 정초석이 놓여 있다. 경동수련원. 1980년 완공. 1983년 증축. 그 말미에 내무부 장관의 이름과 함께 설계자의 이름이 새겨져 있다. 구보승. 남자는 정초석에 새겨진 자신의 이름을 손바닥으로 조심스레 쓸어내린다.

어떤 이들은 이곳을 경동수련원이 아닌 구의 집으로 부른다. 건축가에 얽힌 소문 역시 여전히 무성하다. 그의 재능을 질투한 스승이 그를 독살했다는 설, 폐결핵으로 서른이 되기 전 요절했다는 설, 한국 건축의 미래를 비관해 일찌감치 일본으로 떴다는 설. 건축가의 성을 따 그 건물을 '구'의 집이라 부른다는 것도 속설 중 하나다. 이 건물이 어떻게 구의 집으로 불리게 되었는지 남자는 알지 못한다. 건물의 이름은 그의 스승인 여재화가 붙었다.

1979년 봄. 졸업식을 앞두고 여재화는 구보승을 연구실로 불렀다. 덥수룩했던 머리를 죄다 밀어버린 구보승을 보고 여재화는 흠칫했다.

머리는 왜……

곧 입대를 해서요.

데면데면하게 안부를 나눈 뒤 여재화는 구보승에게 시공 상황에 대해 간략히 전했다. 구보승은 여재화의 이야기를 잠자코 들으며 자신이 전역을 할 무렵에는 건물이 완공되어 있겠거니 짐작했다. 졸업 후 동경으로 유학을 가고자 했으나 부친의 병세가 악화되고 가계도 갈수록 어려워져 입대를 택하게 된 사정을 구보승은 여재화에게 굳이 털어놓지 않았다.

여재화는 수고했다는 말과 함께 구보승에게 두툼한 봉투 하나를 건넸다. 열어보니 안에 오십만원이 들어 있었다.

연이 이렇게 쉽게 정리되는구나.

실망 대신 감사를 표하며 구보승은 봉투를 받아들었다. 대화가 끊기고 정적이 흘렀다. 구보승이 자리를 뜨려 할 때 여재화가 느닷없이 그를 붙잡아 세웠다. 입술을 달싹이며 한참 뜸을 들이던 여재화가 나지막이 물었다.

자네는 아직도 그곳이 인간을 위한 공간이라고 생각하나?

물음에 대한 답을 헤아리며 구보승은 멀거니 서 있었다. 인간을 위한 공간. 설계할 때만 해도 확신했으나 막상 도면이 완성되고 시공에 들어가자 모든 확신이 모호해졌다. 자신이 치밀하게 설계한 것들이 무얼 위함이었는지 자신조차도 알 수 없어졌다.

허나 오기 때문인지 객기 때문인지 구보승은 여재화 앞에서 끝내 단언하고 말았다.

어떤 관점에서 보느냐에 따라 다르겠지만, 저는 인간을 위한 공간이라고 생각합니다.

이제 다 늙어버린 남자는 건물의 정초석을 손으로 쓸다 그곳을 떠난다. 구의 집의 '구'가 두려워할 구(懼)인지, 구원의 구(救)인지, 혹은 그저 자신의 성을 딴 것인지 남자는 알지 못한다. 스승은 이십년 전 별세했고, 죽기 전에 따로 만나지 못해 그 뜻을 물어볼 수도 없었다. 뜻을 되짚어보다 남자는 그만둔다. 이제 와 그게 무슨 소용이 있나.

남자는 다시 갈월동을 천천히 누빈다. 간밤에 좋은 꿈을 꾸었으니 집으로 돌아가는 길에 즉석복권을 한장 사야겠다고 생각하며.

우호적 감정

진은 방탈출 게임의 룰을 잘 이해하지 못했다. 고령자인 그를 고려해 난도가 가장 낮은 테마를 골랐는데도 소품과 장치를 조작하고 그 원리를 깨닫는 데 시간이 오래 걸렸고 뻔히 보이는 트릭마저 눈치채지 못했다. 그러면서도 열의는 앞서 말도 안 되는 의견을 내고, 풀리지 않는 자물쇠 앞에서 끙끙대며 한참 붙어 있었다. 그런 그를 지켜보던 마케팅팀 수잔이 한숨을 쉬었다.

이런 건 왜 하는 거야.

수잔의 짜증 섞인 목소리를 진이 못 들었길 바라며 나는 일부러 목소리를 한톤 높였다.

얼마나 좋아요. 남들 일할 때 우린 놀잖아요.

엄밀히 말하면 일의 연장이었지만 진의 사기를 떨어뜨리지 않기 위해 일부러 넉살 좋게 말했다.

매월 마지막 주 금요일은 사내 소통의 날이었다. 대표인 맥스의 의견에 따라 수평적이고 친밀한 조직문화를 도모하자는 취지에서 시행하게 된 행사로, 이날은 오전 근무 후 퇴근해서 다른 부서 사람들과 함께 보드게임 카페에 가거나 VR체험 등의 문화활동을 했다.

　이번 달 테마는 방탈출 게임이었다. 지난 세번의 활동은 번번이 실패로 끝났는데, 패인은 늘 진에게 있었다. 보드게임은 부루마블에서 가장 먼저 돈을 잃은 진이 부루퉁해진 채로 어색하게 끝나버렸고, VR체험은 멀미가 심한 진을 신경 쓰다 시간이 다 가버렸다.

　진은 맥스가 대기업에서 스카우트해 온 직원이었다. 진은 헤드헌터를 통해 채용되거나 면접을 보고 들어온 우리보다 족히 스무살은 많았다. 첫 출근 날, 진은 맥스에게 전에 일하던 기업에서는 직함이 부장이었는데 여기선 어떻게 불리냐고 물었다.

　우리는 직함 대신 닉네임으로 불러요. 대표가 아니라 맥스. 편하게요.

　벌써 넉달이 지났는데도 진은 스타트업의 조직문화에 통 적응하지 못했다. 사무실에 비치된 생맥주 디스펜서와 와인 셀러를 보고 뜨악해했고 자율 복장을 마다하고 타이와 셔츠를 끈질기게 고집했다. 유연한 체계를 갖춘 회사에서 일한다고 해도 사람까지 따라 유연해진다는 법은 없는지라 직원들은 연장자인 진을 알게 모르게 불편해했다. 일부러 진만 빼고 회사 지하에 있는 카페에 갈 때도 있었다. 커피를 마시며 직원들은 진의 유별난 행동에 대해 한마디씩 했다. 점심은 매번 순두부 아니면 제육이더라, 회사에서 반바지를 입어도 되냐며 은근히 질책하더라, 때때로 상황에 맞지 않는 엉뚱한 말을 해 사람을 곤혹스럽게 만들더라. 뒷담화의 끝엔 늘 이런 물음이 붙었다.

맥스는 왜 진을 스카우트한 걸까?

노하우를 흡수하기 위해 스타트업에서 대기업 직원을 스카우트해 오는 사례가 빈번하다지만, 진은 아직까지도 업무 역량을 판단할 만한 승부수를 보여준 적이 없었다. 근래 회사에 큰 프로젝트가 없기도 했지만, 있었다 해도 진은 고전했을 것이라고 모두들 예상했다. 그의 수동적인 태도와 고지식한 면모를 지켜본바 데이터가 그렇게 추려진다고.

직원들이 진을 화두로 삼을 때마다 나는 말을 아꼈다. 사람을 판단하기에 넉달은 짧다는 이유도 있었지만 그보다는 진이 안쓰러워서였다.

방탈출 게임은 탈출구에 도달하기 전 지지부진하게 끝나버렸다. 아르바이트생이 사진을 찍어준다며 폴라로이드 카메라를 들고 왔다. 수잔이 당혹스럽다는 듯 말했다.

저희 탈출 못했는데요?

필름이 한장 남아서요. 기념 삼아 찍어드릴게요.

다들 귀찮은 내색을 숨기지 않고 한줄로 서는 가운데 진이 오른쪽 맨 끝에 자리를 잡았다. 아무도 진 옆에 서지 않았다. 이럴 때 진의 옆자리는 언제나 내 차지였다. 회의를 할 때에도, 오늘 같은 날에도 당연하게. 외따로 떨어지거나 적응을 못하는 이들에게 먼저 손을 내미는 것. 그것은 내 오랜 습관이었다. 그런 나에게 가까운 친구들은 왜 네 몫도 버거워하면서 남까지 챙기느냐 핀잔을 주었지만 그럼에도 어쩔 수 없었다. 호의적인 게 나쁜 걸까, 의문이 들기도 했고.

진이라는 닉네임도 내가 지어준 것이었다. 입사 후 일주일이 다 되도록 닉네임을 정하지 못하는 그에게 나는 진이 어떻겠냐고 조심스럽게 제안했다. 그의 본명인 상진에서 한 글자를 떼어내 진.

외국인들이 부르기에도 쉬울 것 같고요.

회사 특성상 해외 업무는 극히 드물었지만 아무 말이

나 주워섬겼다. 아버지뻘의 진이 이 무리에 잘 섞이길 바라는 마음으로.

방탈출 카페에서 찍은 사진은 아무도 가져가려 하지 않아 결국 내가 챙겼다. 미소 짓는 진과 나를 제외하곤 모두가 무표정인 사진. 버리기도 뭐해 파티션에 붙여놓은 그 사진을 볼 때마다 나는 자기최면을 걸었다. 진이 이 체계에 적응만 한다면 다들 그를 긍정적으로 봐줄 거라고, 좋은 게 좋은 거라고, 나는 잘하고 있다고.

그러나 다섯번째 사내 소통의 날이 올 때까지 진과 직원들의 사이는 원만해지기는커녕 도리어 더 껄끄러워졌다. 팀 빌딩을 명목으로 사내 소통의 날을 끈질기게 고집하던 맥스도 결국 '케이팝 원데이 클래스'를 끝으로 그것을 흐지부지 종료시켰다.

*

마지막 사내 소통의 날로부터 보름쯤 지난 6월 중순, 맥스가 사내 메신저로 나를 호출했다.

[알렉스, 캘린더 시간 비어 있던데 잠깐 원온원 하시죠.]

긴장된 마음으로 맥스의 방에 찾아갔다.

맥스의 방은 미니멀하게 꾸며져 있었다. 볕이 잘 드는 창 아래 맥북과 『포브스』가 정결하게 놓인 사무용 책상이 있었고 방 한가운데에는 티 테이블이 있었다. 심플한 사무실 안에서 유독 튀는 건 구석에 있는 사이클 머신과 한눈에도 부담스러워 보이는 벤치 프레스였다. 맥스가 반년 전 실리콘밸리 출장을 다녀온 뒤 들여놓은 것들이었다. 직원들은 맥스의 '실리콘밸리 병'을 못마땅해했다. 삼층에 있는 사무실에 갈 때도 꼬박꼬박 엘리베이터를 타는 사람이 사이클 머신이라니 어이가 없다며 난색을 표했고, 일론 머스크를 따라 커피에 다이어트 코크를 섞어 마시는 취향을 두고 비아냥거렸다. 수평적 구조를 지향하는 회사에서 대표의 방이 따로 있는 것부터가 자가당착 아니냐는 말도 나왔고.

맥스와 티 테이블에 마주 앉아 그가 우려준 연잎차를 마셨다. 맥스가 물었다.

알렉스, 연잎차 마셔본 적 있어요?

아뇨.

연잎이 간에 좋대요. 이거 우리 멤버들한테도 하나씩 돌리면 어떨까요? 다들 피곤해하던데.

피로는 간 때문이 아니라 야근 때문이라는 걸 맥스는 모르는 것 같았다. 맥스는 주 52시간제를 반대했다. 그는 실리콘밸리가 인재의 요람인 이유는 근무 시간에 제약을 두지 않기 때문이라고 주장했다.

아니, 왜 테헤란로에서 실리콘밸리를 찾냐고.

직원들이 불평하는 것도 모른 채 맥스는 연잎차를 들이켜며 다음에는 대량 주문을 해야겠다고 말했다. 다른 직원들과 달리 나는 맥스의 비전을 어느 정도 옹호하는 편이었다. 나는 이 회사의 자율성과 공정성, 그리고 치열함이 좋았다. 맥스에게 메일을 보내 입사 의사를 적극적으로 피력한 것도, 스타트업 시장에 뛰어들어 일년간 밤낮없이 일한 것도 그 때문이었다. 몰입하고 열정을 쏟으며 공정한 방식으로 입지를 쌓는 것. 아직 젊어 마음이 꽃밭이라고 면박 주는 이들도 있었으나 나는 이 시행착오 끝에 무언가 존재할 거라 믿었다. 기업 상장의 장밋빛 미래나 개인의 성장 같은 것. 잦은 크런치 모드도 그래서 견딜 수 있었다.

차가 미지근하게 식어갈 즈음 맥스가 입을 뗐다.

이번에 TF를 꾸릴까 하는데, 알렉스가 리드하면 어때요?

TF요?

내가 지금 신규 프로젝트를 구상 중이거든요.

맥스가 최근 관심을 보이는 사업 아이템은 마을 커뮤니티 활성화였다. 이 회사의 기조는 지역 재생에 있었다. 초창기에는 지역별, 관심사별로 모임을 할 수 있는 온라인 플랫폼에 주력하다 현재는 오프라인으로 사업을 넓혀 쇠퇴해가는 마을을 살리는 농촌 재생 뉴딜사업에 몰두하고 있었다.

맥스는 경기도 외곽에 위치한 '소서리'라는 마을을 염두에 두고 있다고 했다. 소서리에는 열명 남짓의 농부들이 귀농해 살고 있었다. 대학 동기인 그들은 삼년 전 공동체를 이루고자 소서리로 내려왔다. 살기 좋은 마을이지만 인구가 점점 줄어 소멸 고위험 지역이 된 소서리에 새로이 활력을 불어넣고 공동체 회복을 도울 구체적인 방법을 모색하는 원대한 목표를 가진 사람들이라고 맥스는 그들을 소개했다.

들어보니 꽤 아이디얼한 분들이더라고요. 자기들끼리 합심해서 마을 학교도 만들고 지역 신문사도 만들고, 양조 사업도 작게 하고 있고요.

차를 홀짝이며 맥스는 말을 이었다.

그런데 마케팅이 부족한가봐요. 그래서 우리한테 요청한 거죠. 투자처랑 커넥팅해서 관광 사업도 서칭하고 마을 아이덴티티 담은 브랜드도 만들어주었으면 하더라고요.

맥스는 이전에 리브랜딩했던 '영림동 유리골'을 예로 들었다. 폐쇄된 성매매업소가 늘어서 있어 오랜 시간 지역의 골칫거리로 불리던 유리골을 우리는 아담한 호스텔 빌리지로 재탄생시켰다. 밀매음 업소로 쓰였던 폐가들은 게스트하우스로 개조했고, 술병과 담배꽁초가 널브러져 있던 골목은 카페 거리로 탈바꿈해 관광객을 유치했다.

마을 재생이 잘 이루어지면 소폭으로나마 인구가 유입되고 일자리도 늘었다. 그런 결과를 낼 때마다 나는 이 일을 하길 잘했다는 만족감으로 벅차오르곤 했다. 우리가 도모하는 것은 이전에 없던 이상이고, 미래라고 생각하며.

맥스는 마케팅팀에서 한명, 기획팀에서 한명을 추려 새 팀을 꾸려보자고 했다. 소서리를 지속 가능한 공동체로 만들어줄 팀을.

조인시키고 싶은 멤버 있어요?

비교적 합이 잘 맞는 내 또래의 멤버들을 속으로 떠올리는데 맥스가 선수를 쳤다.

난 수잔, 진이 알렉스랑 같이 이 TF를 맡아보면 좋을 것 같은데. 어때요?

역시 답은 정해져 있었다. 매사 회의적이고 불평이 많은 수잔, 그리고⋯⋯ 진. 싫은 내색은 못한 채 맥스를 향해 억지로 미소 지었다.

좋죠. 경험 많은 분들이어서 든든하겠네요.

그래요. 버티컬하게 가보자고요.

*

소서리에 처음 내려간 6월 말에는 하늘이 유난히 높았다. 반차라도 내고 싶을 정도로 온화한 날이었다.

면허가 없는 나와 수잔을 대신해 진이 운전대를 잡았다.

피곤하지 않으세요?

진은 괜찮다고 했지만 조수석에 앉은 나로서는 가시방석이 따로 없었다. 운전할 때는 음악이 없어야 집중이 잘된다며 진은 라디오도 틀지 않았다. 잠이 오면 허벅지를 꼬집고 시시때때로 질문을 던져가며 겨우 삼십분을 버텼다. 그러는 동안 수잔은 뒷좌석에 앉아 챙겨 온 자료들을 살피고 있었다. 멀미 안 나나? 생각하며 뒷좌석을 힐끔

댔다.

회사 초창기 멤버인 수잔은 90년생인 맥스보다 여덟살이 많았고 나와는 띠동갑이었다. 직원들 중에는 진뿐 아니라 수잔을 불편해하는 사람도 더러 있었다. 그들은 업무상 빈틈을 부드럽게 넘기지 못하는 수잔의 깐깐함이며 매사 회의적인 면모를 질색하곤 했다. 타 부서다보니 나는 그녀에 대해 잘 알지 못했다. 본명조차 몰랐다. 그저 깐깐한 수잔, 비관론자 수잔 정도로만 알고 있었다. 수잔도 나를 그렇게 알고 있겠지. 지나친 타협주의자 알렉스, 침체된 분위기를 견디지 못하는 알렉스 정도로.

점심도 때울 겸 마을 근처 휴게소에 차를 세웠다. 든든한 식사를 기대했건만 그 기대는 무참히 깨져버렸다. 휴게소 직원은 식당 카드 단말기가 고장나 현금만 가능하다고 했다. 차 안에 있던 동전까지 싹싹 긁어모아 겨우 만오천원이 모였다.

어째 초장부터…… 싸하네.

수잔의 푸념을 애써 무시하며 나는 스낵 코너를 가리켰다.

우리 저기서 뭐라도 사먹어요. 날이 따뜻하니까 바깥에서 먹어도 괜찮을 것 같아요.

각각 떡볶이, 오징어구이, 치즈 핫바를 들고 벤치에 앉았다. 볕이 강해 잠깐 앉아 있었는데도 목덜미가 따가웠다.

사원 시절에나 하던 TF를 이렇게 또 하게 되네요, 허허. 만만한 게 아니네요, 스타트업.

혼잣말 아닌 혼잣말을 하며 진은 구운 오징어를 질겅질겅 씹었다. 우리 셋 사이에는 공통점이라 할 게 없었다. 회사 이야기를 조금 하고 나니 정적이 돌았고 드라마나 영화 취향조차 제각각인지라 대화가 뚝뚝 끊겼다. 각자 핸드폰을 들여다보거나 주위를 둘러보며 아무 말 없이 음식만 먹었다. 이 회사에 다니는 동안 이들과 가까워질 수 있을까, 그러기 전에 퇴사할 수도, 생각하며 따가운 목덜미를 연신 비볐다.

가는 길에 하나로마트가 있었다. 진과 수잔이 거기 들러 답례품을 사가자고 했다. 한우나 굴비 세트가 좋겠거니 했는데 수잔은 과일 코너에서 수박을 골랐다. 두드려보기도 하고 이리저리 살펴보기도 하며 열심이었다.

수잔, 굴비 세트가 낫지 않아요?

알렉스가 아가씨라 뭘 모르네. 어른들은 이런 걸 더 좋아해요. 굴비는 굽기도 까다롭고 나누기도 뭐해서요.

진은 망고주스와 소주를 짝으로 들고 오더니 마을회관
에 뿌리면 다들 협조적으로 나올 거라고 했다. 아리송했
으나 결국 그들 말이 옳았다.

마을 입구에 들어서자마자 권도우씨가 우리를 반겼다.

환영합니다. 먼 길 오시느라 고생 많으셨네요.

한명씩 악수를 나눈 뒤 답례품을 건네자 그가 반색했다.

아이고, 뭘 이런 걸 다…… 마을회관에 드리면 좋아하
시겠어요.

권도우씨는 소서리의 이장이자 삼년 전 지인들을 한데
모아 이 마을에 귀농하도록 한 인물이었다. 소서리에 내
려오기 전 사회운동을 했다던 그는 호의적인 사람처럼 보
였다. 어투에 친절이 묻어 있었고 소소한 농담에도 호탕
하게 웃어젖혔다.

자신이 직접 만들었다는 마을 지도를 보여주며 그는
선뜻 가이드를 자청했다. 생각보다 그럴싸한 마을이었다.
자전거 전용도로가 잘 닦여 있어 온 마을을 자전거로 돌
아다닐 수 있었고 곳곳에 주민들이 운영하는 베이커리와
양조장, 지역 신문사와 슈퍼 등이 들어서 있었다.

아, 우리 마을 슈퍼는 무인으로 운영돼요.

무인이요?

난색을 표하는 수잔에게 권도우씨는 호기롭게 답했다.

우리 마을 사람들은요, 한식구예요. 식구끼린 뭘 훔치지 않잖아요.

소서리는 지대가 편평해 주민들의 생활을 둘러보기 좋았다. 이 집에는 누가 살고 이 집 화단에는 무슨 꽃이 피고 이곳은 오래전 쌀 창고로 쓰였고…… 한시간이 훌쩍 넘는 시간 동안 권도우씨의 설명을 들으며 마을 이곳저곳을 돌아다녔다. 기분 좋은 흙냄새가 짙게 풍겼고 우거진 숲이 마을을 드넓게 에워싸고 있었다. '한 아이를 기르기 위해서는 온 마을이 필요하다'라는 슬로건을 걸고 운영하는 비인가 대안학교에는 진뿐 아니라 수잔까지 관심을 보였고, 나는 지자체에서 지원금을 받아 지었다는 깨끗한 게스트하우스와 책방에 잠시 혹했다.

저긴 뭐예요?

마을을 돌던 중 수잔이 끄트머리에 있는 집을 가리키며 물었다. 깔끔하게 정비된 다른 집들과 달리 그곳은 조금 튀어 보였다. 마을을 따라 길게 이어진 자전거 도로가 그 집 앞에서 뚝 끊겨 있었고 관리가 안 된 마당에는 붉은 흙이 드문드문 드러나 있었으며 나무 계단도 반쯤 썩어가고 있었다. 그런데 아직 사람이 사는 듯 마당의 빨랫줄에

빳빳하게 마른 수건이며 티셔츠가 걸려 있었다.

강규 선배라고…… 그 선배 집이에요.

권도우씨는 그 집에 관해서는 이상할 정도로 말을 아꼈다. 한때 마을 회의소로 쓰이던 곳인데 지금은 다른 공간에서 회의를 진행한다고만 말하고 그 집 앞을 빠르게 지나쳤다. 수잔이 미심쩍다는 얼굴로 집 곳곳을 둘러보았지만 진은 별 관심이 없어 보였고 나 역시도 대수롭지 않게 여기며 그곳을 지났다.

주민과 함께한 기획회의도 원만히 진행되었다. 소서리 사람들은 단란하고 화목해 보였다. 아이를 데려온 사람도 있었고 자신이 직접 만든 레몬티를 마셔보라며 내어준 사람도 있었다. 도시에서 소서리로 내려온 사람들은 아침마다 공동 텃밭에 모여 당근 농사를 짓고 농한기에는 함께 '들뢰즈-가타리 읽기'나 요가 클래스 같은 이런저런 소모임을 하며 함께 시간을 보낸다고 했다.

소서리는 과거 대규모 곡창지대였다. 1960년대 전까지는 전국에서 가장 빠른 인구 증가율을 보였던 동네이기도 했다. 쌀 반출을 위해 마을 초입을 따라 창고와 정미소가 숱하게 지어졌는데, 시간이 흐르고 사람들이 도시로 떠남에 따라 그곳이 다 공·폐가로 남게 되었다고 했다. 권도우 씨를 비롯한 귀농인들은 소멸 위기에 처한 마을을 살리기 위해 직장도 포기하고 기꺼이 이곳으로 내려왔다.

　도시 살 때는 말라가는 것 같았는데 소서리 내려온 후로는 달라졌어요. 이제야 제대로 숨 쉬고 사는 것 같아요. 우리 마을이요, 사람을 사람답게 만드는 곳이에요. 주민들끼리 상생하고 공존하고요.

　권도우씨의 말에 주민들은 깊이 공감한다는 듯 고개를 주억였다. 그들은 주변에 널린 공가를 숙박 시설로 재탄생시키길 원했다. 공터에 벤치와 평상을 설치하고 자전거 대여 시스템을 활성화해 '탄소 없는 마을'을 꾸릴 계획까지 세우고 있었다. 주민들과 함께 인프라 구축에 대해 모의하고 소서리의 이야기 자산을 수집하며 브랜딩을 위한 큰 그림을 키워드로 정리해보았다. 회의에서 나온 굵직한 키워드들은 대략 이러했다.

　상생, 포용, 협력, 정(情), 지속 가능성.

　회의가 끝나기 전, 마을 아이들이 직접 구운 쿠키를 가져왔다. 대안학교 요리 수업에서 만든 것이라고 했다. 사람 모양을 본떠 노릇하게 구운 쿠키를 나누어 먹으며 대화를 나누는 마을 사람들을 보니 이번 사업에 대한 희망이 생겼다. 쿠키는 달지도 고소하지도 않은 밍밍한 맛이었지만 나는 그것을 웰빙푸드라 여기며 꼭꼭 씹어 먹었다.

*

소서리 마을 재생사업은 탈없이 진행되었다. 수잔은 소서리의 과거-현재-미래를 구분지어 스토리 키워드를 추출했고, 나는 그것을 선별하여 프로젝트의 뼈대를 하나하나 만들어나갔다. 주민들의 의견대로 숲이 마을을 둥글게 에워싼 소서리의 원형을 살리고, 그 테두리 안에 녹지 공간과 마을 스테이존을 조성할 예정이었다. 마을 곳곳의 점들을 하나의 선으로 잇는 것. 최종적으로 투자처에서 자금을 조달받으면 소서리는 지금의 아이덴티티를 유지한 지속 가능한 로컬이 될 터였다.

계절이 두번 바뀌고 투자처와의 프리젠테이션이 한달 남짓 남아 있을 때까지 프로젝트는 이변 없이 진행되었다. 일에 가속이 붙으며 진, 수잔과 함께 점심을 먹는 일도 잦아졌다. 순두부 아니면 제육만 고집한다던 소문과 달리 진의 식성은 편중되어 있지 않았다. 텐동이나 크림파스타 같은 느끼한 요리도 곧잘 먹었고 때로는 일이 바쁘니 피

자나 샌드위치는 어떠냐고 먼저 제안하기도 했다.

한번은 회사 근처 딤섬집에서 함께 점심식사를 했다. 새로 생긴 식당이라 웨이팅이 길었고 대기 공간이 따로 없어 바깥에서 줄을 서야 했다. 추위가 일찍 몰려온 11월이었다. 수잔이 짜증낼까 조마조마해 다른 곳에 가자고 얘기했는데, 예상과 달리 수잔은 산뜻한 톤으로 답했다.

됐어요. 나도 여기 와보고 싶었는데 조금 기다리지 뭐.

그녀는 코트 주머니 깊숙이 손을 집어넣었다. 진 역시 빨개진 손을 호호 불며 추위를 견뎠다.

식당 안은 따뜻했다. 적당히 뜨거운 자스민티를 마시며 몸을 녹였다. 조금 지나자 몸도 정신도 나른해졌다. 그래서였을까, 주문을 마치기 전 수잔이 맥주를 마시자 권한 건.

괜찮을까요?

묻는 내게 수잔은 걱정 말라고 했다.

맥주 디스펜서까지 떡하니 들여놓은 회사잖아요. 밖에서 한잔했다고 뭐라 그러면 그게 더 이상하지, 안 그래요?

비밀스러운 작당이라도 하듯 우리는 딤섬에 맥주를 곁들였다. 생각보다 잘 어울리는 조합이었다. 맥주를 마시다 말고 수잔이 내게 물었다.

알렉스, 동생 있죠?

저 외동이에요.

내 말에 수잔과 진의 눈이 휘둥그레졌다. 수잔이 말했다.

의외네. 당연히 형제 있을 줄 알았는데.

네? 왜요?

사람을 워낙 잘 챙기잖아요. 진 처음 들어왔을 때도 알렉스가 챙겼잖아. 같은 팀도 아닌데.

그 말에 진이 고개를 끄덕였다.

맞아요. 요즘 젊은 사람들 중에 그렇게 하는 사람 별로 없어요. 우리 아들놈이 그 반이라도 닮았으면 좋겠는데 말예요.

아드님이 몇 살인데요?

수잔이 물었고, 진은 씹던 것을 서둘러 삼킨 뒤 답했다.

대학생인데 철들려면 한참 멀었어요.

수잔은 자신에겐 다섯 살 난 딸이 있다고 말했다. 진에게 자녀가 있다는 것은 짐작하고 있었으나 수잔에게 딸이 있다는 건 그때 처음 알았다. 아이 얘기를 할 때 수잔은 여느 때처럼 시니컬하지도 염세적이지도 않았다. 딸의 요즘 관심사를 시시콜콜 털어놓는 수잔은 오히려 밝고 에너지가 넘쳤다.

크롱도 공룡인 거 알아요? 우리 딸이 하도 떠들어대서 난 어떤 공룡인지도 외웠잖아요.

대화를 나누는 사이 우리 사이의 공기는 점차 부드러워졌다. 맥주를 반쯤 마신 뒤 수잔이 내게 슬그머니 물어왔다.

우리 팀원들이 알렉스한테 내 뒷담화하죠?

아니라고 얼버무렸지만 표정이 숨겨지지 않았는지 수잔은 그럴 것 같았다며 웃었다.

나도 이 회사 처음 들어왔을 땐 알렉스랑 비슷했어요.

저요?

항상 해맑잖아요. 일이 많아도 웃고 사람들이랑도 잘 지내려고 하고요. 나도 그랬거든요. 근데 오래 구르다보니 찌들더라고요.

수잔은 초창기의 자신이 얼마나 열정 넘쳤는지, 아이를 어린이집 종일반에 맡기고 출근하던 길에 얼마나 자주 울었는지 털어놓았다. 살짝 오른 취기 때문인지 나는 수잔에게 이런 질문까지 했다.

근데 왜 아직 회사에 남아 있어요?

글쎄요…… 아직 이 회사에 기대를 거나?

그녀는 장난스레 덧붙였다.

에이, 상장되면 나한테 떡이라도 떨어질지 어떻게 알아요. 맥스는 나한테 정말 잘해야 돼.

한창 수잔과 대화를 나누는데 옆에서 진이 아, 하고 급히 물을 찾았다. 수잔도 나도 놀라 진을 쳐다보았다. 진은 얼굴을 붉히며 허둥지둥했다. 무언가 삼키려는 것 같기도 하고 뱉으려는 것 같기도 했다. 결국 입에 들어 있던 것을 꿀꺽 삼킨 뒤 그는 뒤늦게 나온 딤섬을 가리키며 말했다.

이거…… 안에서 뭐가 막 터져서요.

진의 엉뚱한 말에 나와 수잔은 웃음을 터뜨렸다. 우리는 얇은 피를 톡 터뜨리면 육즙이 흘러나오는 딤섬을 하나씩 나누어 먹고 맥주까지 비운 뒤 회사로 돌아갔다. 기분 좋게 취한 채로 나란히.

사업 설명회를 준비하는 동안 우리는 그렇게 자주 점심을 먹었다. 술을 곁들이는 날이면 일 얘기 대신 각자의 개인사를 조금씩 털어놓기도 했다. 이를테면 자녀의 대학 등록을 두달 앞두고 전 직장에서 퇴직 권고를 받았던 진의 후일담이나 육아 휴직을 만들어달라고 맥스와 몇차례 대치했던 수잔의 외로운 투쟁 같은 것. 내 또래와 나누기 힘든 어른의 대화를 그들과는 나눌 수 있었다. 직장 동료의 축의금 액수로는 얼마가 적당할지 묻자 수잔과 진은 인생 선배다운 태도로 조언해주었다.

속얘기 할 정도로 친하면 십만원, 점심 정도 같이 먹는 사이라면 오만원이 적당해요. 인사만 나누는 사이면 그냥 모르는 척하고요.

연어덮밥에 와인, 평양냉면에 소주, 피자에 막걸리. 어울릴 것 같지 않으면서도 묘하게 어울리는 그것들을 먹고 마시며 우리는 차츰 가까워졌다. 여전히 서로를 본명 대신 닉네임으로 부르고 회사 밖에서 사적으로 만나는 일도 없었지만, 야근할 때 커피를 나눠 마신다거나 회의할 때 시시한 농담을 주고받을 정도로 발전하기는 했다. 그런 느슨하고 편안한 관계에 나는 조금 들떴다. 그때는 파티션에 붙여놓은 단체 사진을 봐도 씁쓸함 대신 충만을 느낄 수 있었고.

큰 차질 없이 사업 설명회를 마쳤고, 예상대로 소서리마을 재생사업은 무사통과되었다. 진, 수잔과의 TF도 해체되지 않고 그대로 유지되었다. 기획을 맡은 진이 틈틈이 권도우씨와 연락을 주고받으며 관광 상품이나 브랜드 로고 시안에 대해 논의했다. 그때까지는 모든 게 무탈했다.

투자처에서 자금을 받아 본격적으로 사업을 시행해보

려던 12월의 어느 날, 권도우씨가 느닷없이 전화를 걸어와 이 프로젝트를 무산시켜달라 통보해 오기 전까지는.

*

권도우씨의 통보가 있던 날, 공교롭게도 회사에 한차례 소동이 일었다. 인사 담당자의 실수로 공문 대신 임직원 상여금 내역이 전체 메일로 송부되었고, 그 과정에서 크고 작은 잡음이 발생했다.

나 역시 메일을 확인하고 크게 놀랐다. 그 안엔 진과 수잔의 상여금 내역도 깔끔히 정리되어 있었다. 주니어인 나는 그렇다 치더라도 시니어급인 수잔의 상여금이 그다지 큰 실적도 없는 진보다 적다는 게 당황스러웠다.

늘 셋이서 먹던 점심을 처음으로 각자 해결했다. 수잔은 자리를 비웠고 진은 속이 안 좋다는 핑계를 댔다. 홀로 샌드위치를 먹으며 이 난국을 어떻게 해결할 수 있을지 궁리했다. 간식이라도 사와서 같이 먹자고 해볼까. 저녁 자리를 만들까. 아무리 머리를 싸매도 내 선에선 적절한 대안이 떠오르지 않았다.

대안이 떠오르지 않는 건 소서리 마을 재생사업 역시

마찬가지였다. 그날 점심식사를 마치고 맥스의 호출을 받아 진, 수잔과 모였다. 한차례 폭풍우가 몰아친 뒤라 분위기가 뒤숭숭했다. 평소 같으면 서로 눈인사라도 주고받았을 테지만 그날은 싸늘한 것이 춥다못해 뼈까지 시릴 지경이었다.

맥스는 전의를 상실한 듯 맥없이 차만 들이켜고 있었다. 이미 사업 기획안은 통과된 상태였고 주민들과 수익 배분 논의까지 전부 마친 뒤였다. 맥스는 이 사업이 무리 없이 진행될 것에 확신을 가지고 있었다. 나 역시 그랬다.

차만 홀짝이던 맥스가 한참 만에 입을 열었다.

여러모로 힘든 상황인 건 알고 있어요.

간에 좋다는 연잎차를 거푸 들이켜며 맥스는 말을 이었다.

그래도 어쩌겠어요. 계속 허슬해야죠. 안 그래요?

맥스는 한시라도 빨리 소서리에 내려가라고 했다. 이견을 달 여지가 없었다. 맥스의 말대로 퀸도우씨와 마을 사람들을 회유해야 했다. 지원금을 받기 전이었다면 해결해야 할 문제가 적었겠지만 이미 투자처에서 예산을 지급받은데다 그중 일부는 사용하기까지 한 상황이었다. 여기서 포기한다면 다음 사업을 진행할 때에도 걸림돌이 될 게 뻔했다.

당장 내일 아침 일찍 출발하는 것으로 하죠. 권도우씨
랑 네고시에이션 잘 부탁하고요.

맥스의 말에 진이 말했다.

그분…… 지금 소서리에 없다던데요.

예? 그럼 어디 있는데요?

서울에요. 화곡동에 있다던데……

왜…… 거기 있는 거죠?

진은 권도우씨가 한 말을 그대로 전했다. 더이상 소서
리에 있고 싶지 않아 서울로 올라왔다고, 다시는 내려가
고 싶지 않다고. 다들 어안이 벙벙해져 아무 말도 못했다.
침묵과 정적. 진은 입술을 뜯었고 수잔은 심드렁한 얼굴
로 볼펜 끝만 딱딱 튕겼다. 이제 어떻게 해야 할까, 이대로
사업을 접어야 할까 생각하고 있을 때 심각한 표정으로
입술만 뜯던 맥스가 느닷없이 비장한 투로 운을 뗐다.

우리 포지티브하게 생각합시다. 머스크가 그랬죠. 중대
한 목표 앞엔 늘 역경이 있고, 어떤 쓰나미가 닥치더라도
계속 트라이해야 한다고요.

수잔이 헛웃음을 터뜨리는데도 맥스는 아랑곳 않고 말
을 이었다.

우리 권도우씨 찾아가봅시다. 애걸을 하든 복걸을 하든 어떻게든 쇼부 봐야죠.

맥스의 시선이 진에게 향했다.

진이 또 이런 분야에선 프로잖아요. 전에 다니던 회사에서 네고시에이션 달인으로 불렸다면서요.

진이? 머릿속에 무수한 물음표가 떠다녔다. 협상이나 달인 같은 단어는 진과 잘 어울리지 않았다. 의구심이 드는 와중에 진이 고개를 끄덕이며 해봐야죠, 비장하게 답했다.

*

권도우씨와는 오후 늦게 연락이 닿았다. 화곡역 근처 협동조합 카페에서 만나기로 약속을 잡고 진, 수잔과 동행했다.

수잔은 따로 가자고 했지만 진이 한 차를 타고 이동하는 게 더 빠를 거라 부추겼다. 둘 사이를 봉합할 좋은 기회였다. 재빠르게 조수석 대신 뒷좌석에 올라탔다. 수잔은 뒷좌석에 앉은 나와 빈 조수석을 번갈아 보다 다소 어두운 표정으로 조수석에 앉았다.

이동하는 내내 수잔은 말이 없었다. 어색한 분위기를 누그러뜨리고자 그들에게 열심히 말을 붙였다. 상여금 이야기로 대화가 이어지지 않도록 조심조심하며. 하지만 어떤 말에도 수잔은 묵묵부답 내지는 짧은 답으로 응수했다. 내 말에 반응해주는 건 진뿐이었다. 두서없이 말을 하다보니 신조어에 관한 이야기로 화두가 옮겨가 내가 이 단어를 아느냐 물으면 진이 맞히는 식의 대화가 이어졌다. 뇌피셜, 내로남불, 핫플, 츤데레…… 진은 대부분의 신조어를 모르는 눈치였다.

'갑분싸'는 알아요?

말하고 나서 공연히 멋쩍어져 수잔의 눈치를 살폈다. 수잔은 자는지 미동조차 없었다. 진이 룸미러로 나를 힐끗 보며 물었다.

모르겠는데요?

뜻을 알려주자 진은 갑분싸, 갑분싸 곱씹어보다 반박자 늦게 웃음을 터뜨렸다.

재미있네. 나중에 써먹어봐야겠어요.

그러는 와중에도 수잔은 별 반응을 보이지 않았다. 수잔이 못내 걸리긴 했지만 권도우씨를 만나 일을 잘 갈무리하면 그녀도 이 대화에 동참할 것이고 우리 관계도 다시 회복될 것이라 나는 조심스레 생각했다.

몇달 만에 만난 권도우씨는 그간의 심려를 증명하듯 눈에 띄게 퀭해 보였다. 그는 화곡동에 있는 아파트에 잠시 거주 중이라고 밝혔다. 형제나 부모 집에 묵는 줄 알았는데 조금 이야기를 나누다보니 그곳이 권도우씨 소유의 집이라는 것을 알게 되었다.

이 집 없었으면 우리 가족은요, 거기서 숨도 못 쉬고 살았을 거예요.

아이스 커피를 한모금 쭉 들이켠 뒤 그는 덧붙였다.

우리뿐만이 아니에요. 강규 선배도 그래서 소서리 뜬 거라고요.

강규 선배. 어디서 들어본 이름이었다. 불현듯 소서리에서 봤던 낡은 집이 떠올랐다. 관리가 안 되어 유독 튀어 보였던 그 집. 권도우씨는 얼음을 씹으며 그동안 있었던 일을 소상히 전했다.

권도우씨와 그의 동기들이 귀농하기 전, 소서리에 먼저 내려와 터를 잡은 것이 강규 선배였다. 그와 권도우씨는 사회운동을 하며 친해진 사이라고 했다.

선배가 정말 열심이었어요. 마을 살리기 운동도 오래

했고요. 서울서 교직 생활하던 사람이 소서리 내려온 것도 다 그것 때문이었죠. 뜻 있는 사람들끼리 모여서 공동체니 뭐니 만들자고 설득한 것도 선배예요.

강규 선배가 다른 곳이 아닌 소서리에 터를 잡은 건 그곳에 물려받은 땅과 네트워크가 있었기 때문이라고 했다.

귀농도요, 그냥은 못해요. 미래가 있어야 하는 거예요. 농사지을 터 없이 내려와봐요. 융자 받고 빚으로 시작해야 하는 건데 그게 좋겠어요? 마트에 뭐 하나 납품하려고 해도 다 줄이 있어야 되는 거예요. 판로 못 뚫으면 미래가 없어요.

다행히도 강규 선배는 선친에게 소서리 땅을 물려받았고 지역 주민들과도 사이가 좋았다. 권도우씨를 비롯해 귀농을 염두에 두던 후배들은 강규 선배의 제안에 소서리 땅을 헐값에 샀다고 했다.

그 선배가 좀 무른 데가 있어서, 제값에 팔아야 하는데 후배들이라고 그걸 다 염가에 내놓은 거죠. 거기서부터 시작이었어요.

그렇게 그의 땅은 6등분으로 나뉘어 후배들에게 분배되었다. 공평한 분배였고 처음에는 모두 그에 만족했다. 사람 손이 닿지 않은 부지를 깨끗이 정비하고 도에서 지원을 받아 베이커리와 슈퍼, 지역 신문사와 양조장을 세우고…… 그건 우리도 익히 아는 내용이었다. 권도우씨가 말을 이었다.

그때부터 다들 돈맛 본 거죠. 많지 않아도 알음알음 관광도 하러 오고 지원금도 들어오고 돈 될 게 많았으니까요. 그렇게 판 키우다 우리가 자전거 도로까지 깔게 됐어요.

귀농인들과 달리 소서리의 원주민들은 자전거 도로 포장을 반대했다. 이 시골에 자전거 도로가 웬 말이냐는 게 그들의 의견이었다. 멈춰 있던 정미소를 다시 운영하거나 쌀 가공식품을 연구해보는 쪽으로 사업을 추진하면 어떻겠냐고 원주민들은 입을 모았다. 그 과정에서 편이 갈렸고 강규 선배는 원주민 편에 섰다.

싸우고 난리가 났죠. 마을 회의 소집해야 된다, 워크숍을 열자, 의견은 분분했는데요. 결국엔 보셨다시피 자전거 도로를 깔았어요. 저희가 땅을 6등분했잖아요. 땅 가진 사람들 결정권이 더 컸던 거죠.

그렇게 자전거 도로는 강규 선배의 부지를 뺀 나머지 땅에 깔리게 되었고 그 과정에서 배신감을 느낀 선배는 마을을 떠났다.

강규 선배가 떠난 이후 갈등은 흐지부지 종결되었다. 그것도 잠깐이었지만. 다시 갈등이 불거진 건 소서리 마을 재생사업을 추진하면서부터였다.

그래도 저희 여섯명끼리는 합이 맞을 줄 알았거든요. 마을 재생사업도 그래서 시작해본 거고요. 이번에는 원주민들하고 합의도 봤어요. 그런데……

투자처에서는 수익을 6대 4로 분배하길 원했다. 주민에게 돌아갈 몫이 4였는데, 그것을 어떻게 나눌지 상의하다 감정의 골이 깊어졌다. 6등분한 땅 때문이었다. 정미소와 쌀 창고가 들어선 부지의 소유주들은 커미션을 요구했고 자신들의 이익이 크지 않을 경우 숙박 시설을 짓지 않겠다고 선언했다. 정미소를 경계로 파가 갈렸다. 그 파에 속하지 않은 권도우씨는 발언권을 잃었고.

강규 선배가 공정하게 나눈 땅이 도리어 관계를 악화시켰다고 권도우씨는 주장했다.

이젠 아주 이골이 나요. 겉으로는 좋아 보여도 속은 다 썩어 있어요. 저는요, 이제 그 동네 사람들이 제일 불편해요.

권도우씨는 그들과 다신 얽히고 싶지 않다고 했다. 벌써 이런 일을 두번이나 겪었는데 또다른 문제가 생기지

않을 리 없다며 격앙된 어조로 말을 쏟아냈다. 우리는 권
도우씨의 이야기를 그저 듣고만 있었다. 우호적으로 보
였던 소서리 사람들 간에 그런 갈등이 있었다는 사실이
나는 좀 떨떠름했다. 한쪽 얘기만 듣고 다른 쪽을 비판할
수 있는지, 이 사달을 우리 선에서 어떻게 처리할 수 있을
지에 대해서도 곰곰이 생각했다. 방도가 보이지 않았다.

카페 안에 무겁게 감돌던 침묵을 깬 사람은 진이었다.

도우씨, 우리 열 좀 식힐 겸 나가서 담배 한대 피우고
올까요?

권도우씨는 망설이다 그러자고 했다. 두 사람이 겉옷을
챙겨 밖으로 나가고 카페 안에는 나와 수잔만 남았다. 수
잔은 무표정한 얼굴로 챙겨온 자료를 살피고 있었다. 혹
상여금 문제로 여전히 기분 상해 있는 것은 아닌지 눈치
가 보였지만, 최대한 아무렇지 않은 척 수잔에게 말을 붙
였다.

권도우씨 말예요, 괜찮을까요?

뭐가요?

소서리 사람들끼리 가족 같다고 했잖아요. 그런데 이렇
게 사이가 벌어져서……

수잔은 자료에 시선을 고정한 채 차갑게 말했다.

그런 관계가 어디 있겠어요. 다 환상이죠.

조금 뒤 권도우씨와 진이 돌아왔다. 권도우씨의 표정은 아까와 달리 한결 밝아져 있었다. 그는 진을 향해 이것 저것 물어보았다. 계약서에 명시된 조항이나 수익 분배에 관해 특히 끈질기게 질문했다.

형님, 그럼 그쪽에 수익을 더 나눠주지 않아도 된다는 거죠?

그럼, 여기 계약서를 보면……

그 짧은 사이 무슨 이야기를 나눈 건지 두 사람은 어느새 형 동생 하는 사이가 되어 있었다. 진은 계약서 항목을 일일이 짚으며 지분을 어떻게 더 가져올지 설명했다. 수잔과 내가 끼어들 틈도 없었다.

대화가 어느 정도 마무리되어갈 무렵 진이 말했다.

자, 그럼 사업은 다시 진행하기로 한 거고, 오늘은 이쯤에서 정리할까? 필요한 것 있으면 언제든 연락하고. 내 명함 받았지?

권도우씨가 짐을 챙기며 물었다.

네. 근데…… 형님, 전에도 물어보고 싶던 건데요. 명함에 직급이 안 적혀 있던데 이 회사는 직급이 따로 없나요?

우리는 직급 대신 서로를 닉네임으로 부른다고, 수평적

체계를 따른다고 말하려는데 진이 아무렇지 않게 권도우씨의 말을 받았다.

아, 이쪽은 과장, 저쪽은 사원, 나는 부장이라고 보면 돼.

그 말에 아연실색해졌다. 진의 한마디에 직급이 정해지고 서열이 나뉘었다. 수잔이 어처구니없다는 얼굴로 진을 보았다.

무슨 소리예요?

진이 조용히 넘겨달라는 듯 눈짓했지만 수잔은 그것을 깡그리 무시하고 말을 이었다.

진, 아까부터 얘기하고 싶었는데요. 왜 일을 이런 식으로 처리해요?

예상외의 상황이었다. 권도우씨도 어리둥절해 보였다. 진은 허허, 웃음 지으며 상황을 무마하려 했지만 수잔은 결코 굽히지 않았다. 그녀는 다른 대안을 찾을 수 있는데 왜 갈등을 부추기고 마을 사람들을 갈라놓는 거냐고 쏘아붙였다.

이게 진이 잘한다는 협상이에요? 진, 일을 이런 식으로 처리하면 안 되죠.

수잔은 소서리 사람들을 모아 입장을 듣고 제대로 수익을 분배해야 한다고 주장했다. 수잔의 말을 가만히 듣다 진이 한마디 했다.

저기, 김여진씨. 혹시 상여금 때문에 그러는 거예요? 그것 때문에 감정 쌓인 거예요?

수잔의 얼굴이 붉어지고 목소리가 높아졌다.

그게 아니잖아요. 여기서 그 말이 왜 나와요.

진이 한숨을 쉬었다. 침묵이 흘렀다. 이럴 때 나는 누구의 편에 서야 하는 걸까. 어떤 태도를 취해야 하는 걸까. 어색함과 불편함이 흐르는 가운데 진이 나지막이 중얼거렸다.

갑분싸네, 이거.

그보다 몇주 전, 아니 며칠 전 같았으면 진의 생뚱맞은 반응에 누구라도 웃음을 터뜨렸을 텐데, 그날은 아무도 웃지 못했다.

*

여섯번째 사내 소통의 날은 그로부터 한달 뒤에 열렸다. 맥스는 새해가 되었으니 간소하게 신년회 겸 전체 회식을 하자고 했다. 전직원이 회사 앞 딤섬집으로 향했다. 예전에 진, 수잔과 함께 간 적이 있는 그 딤섬집이었다.

맥스는 지난 한해 수고가 많았다며 오늘만큼은 마음껏 먹고 마시라고 했다. 상여금 문제로 뒤숭숭했던 지난날은 잊은 듯 사람들은 회전 테이블에 삼삼오오 둘러앉아 술과 음식을 시켰다. 내가 앉은 테이블엔 진과 맥스가 있었다. 두 사람은 화기애애하게 웃으며 소서리 건에 대해 이야기를 나누었다.

단기간에 이렇게 폭발적으로 성장한 팀은 없었던 것 같아요. 특히 진에게 크레디트를 드리고 싶어요. 다들 박수 보내주세요.

진은 맥스의 술을 받아 마시며 허허, 웃었다. 90년생인 맥스와 그보다 족히 스무살은 많은 진. 그 둘을 보고 있자니 기분이 묘해졌다. 서글퍼지기도 했다. 그러한 감정은 이 자리에 없는 수잔 때문에 비롯된 것 같기도 했다.

수잔은 소서리 일을 갈무리하기 전 퇴사했다. 육아 때문이라고 듣기는 했지만 정말 그런지는 확실치 않았다. 수잔이 퇴사하기 전, 그녀에게 같이 커피를 마시지 않겠냐고 권한 적이 있었다. 이전에 벌어진 일들에 대해 허심탄회하게 이야기하며 마음에 뭉쳐 있는 것을 풀고 싶었다. 다시 잘 지내보는 건 어떠냐고 묻고 싶기도 했다. 하지만 수잔은 고개를 저었다. 그녀는 나에게만 들릴 정도로 조용히 속삭였다.

알렉스, 너무 애쓰지 마요. 애쓰면 더 멀어져.

술이 나오고 맥스가 건배를 제안했다. 잔을 부딪치려던 순간, 진이 그래도 건배사는 해야 하지 않겠냐고 말했다. 주저하는 직원들 틈에서 진이 얼마 전 재미있는 건배사를 알아왔다며 같이 해보자 권유했다.

소통과 화합이 제일이다! 줄여서 소화제, 어때요?

……그럴까요?

맥스도, 직원들도 영 내키지 않는 기색이었지만 진의 추진으로 함께 그 낡은 멘트를 외쳤다. 소화……제. 잔 부 딪치는 소리가 났다. 가게 안은 지나치게 따뜻했고 맥주는 이가 시릴 만큼 차가웠다.

사람들과 섞여 시시한 이야기를 나누다 딤섬을 입에 넣었다. 입안에서 얇은 피가 터지며 뜨거운 육즙이 흘러나왔다. 화들짝 놀라 주변을 둘러보았다. 다들 서로의 그릇에 음식을 덜어주고 술잔을 채워주며 소리 내어 웃고 있었다.

정이 흘러넘치고 우호적인 분위기가 감도는 그 안에서, 나는 뜨거운 딤섬을 차마 삼키지도 뱉지도 못한 채, 그대로 머금고 있었다.

잉태기

스파숍 직원이 아로마 오일을 듬뿍 바른 손으로 서진의 목과 어깨, 쇄골을 부드럽게 매만진다. 그 옆에서 발 마사지를 받으며 서진의 기분과 안색을 살핀다.

아프니?

내 물음에 서진은 불편해, 볼멘소리를 한다. 간만에 바로 누우니 숨이 차고 피가 역류하는 것 같다며. 직원이 보디필로우를 가져와 서진의 다리 사이에 끼운 뒤 그애를 모로 눕힌다. 그제야 편해진 듯 서진은 깊은 숨을 내쉰다. 이십오주차에 접어들었지만 서진의 몸은 임부라 보기 어려울 정도로 호리호리하다. 무용을 오래 해 그런가. 만삭까지도 배부른 티가 안 나는 사람이 있다던데 서진이 그런 것 같다. 서진을 뱄을 때 나는 온몸에 군살이 붙고 남들의 곱절은 배가 불러 서기도, 앉기도 힘겨웠는데 다행히 서진은 그런 결함을 물려받지 않은 듯하다.

서진은 다음 주에 브라질리언 왁싱을 받는다며 조잘조잘 떠든다. 보통은 분만 전에 간호사가 면도를 해주는데 그게 썩 유쾌한 경험은 아니라더라, 한번 해본 사람은 출산 후에도 주기적으로 왁싱을 한다더라, 생리 중에도 그렇게 편할 수가 없다더라.

근데 엄마, 나 임신한 뒤로 보지 털이 더 두꺼워지는 것 같애.

서진의 말에 질겁한다.

얘가! 배 속에서 애가 전부 들어. 나는 너 뱄을 때 말도 음식도 얼마나 가렸는데. 단어 하나도 신중히 골라야 돼.

내 말에 서진은 유난이라며 웃고 만다.

발바닥에 가해지는 지압이 강해진다. 내 발을 주무르는 직원의 어깨를 톡톡 친다. 직원은 화들짝 놀라며 어디 불편한 곳이 있으시냐 묻는다.

난 그만하고 우리 애나 잘 봐줘요. 중요한 시기니까 근육 놀라지 않게 조심하고요.

직원 둘이 붙어 서진의 몸을 조심스럽게 두드리고 문지른다. 직원의 손이 닿을 때마다 서진은 옅은 신음을 쏟아낸다.

거기 말고 가슴 아래, 아니 그렇게 힘주지 말고 반원 그리면서 살살.

직원에게 훈수를 두며 나는 서진의 반응을 살핀다. 내 아이는 만족스러워 보인다.

백화점 팔층 스파숍에서 나와 십층 수입 아동복 매장을 천천히 돈다. 베이비 디올의 앙증맞은 배내옷이나 손바닥보다 작은 운동화를 발견할 때마다 서진은 탄성을 내지르며 이것저것 담는다. 나는 걱정스레 묻는다.

곧 다녀와서 사도 늦지 않을 것 같은데.

엄마, 사주기 싫어서 그래?

서진은 태그도 확인하지 않고 당장 필요하지 않은 것들까지 골라 담는다. 신생아 옷뿐 아니라 삼세 여아용 원피스까지 눈독 들이다 그중 하나를 고민 없이 사달라고 한다.

애들은 금방 크잖아. 그치, 엄마?

미안해하지도 겸연쩍어하지도 않고 내 돈을 거리낌 없이 쓰는 아이. 나는 이것을 사치라 생각지 않는다. 이욕도 아니지. 이 아이는 그저 자신에게 주어진 것을 누릴 뿐이다. 자연스럽고 기껍게.

태아의 국적을 미국으로 정해주고 괌에 있는 병원을 알아보겠다 전했을 때에도 서진은 기껍게 받아들였다. 말끝에 사족을 붙이긴 했지만.

괌도 괜찮은데, 뉴욕은 진짜 안 되는 거야? 오랜만에 센트럴파크도 가고 쇼핑도 하고 싶은데.

거긴 심사가 복잡해. 단속도 심하고.

9·11테러 이후 심사가 엄격해져 뉴욕 같은 대도심으로의 출산 원정은 어려웠다. 삼십년 전만 해도 돈만 있으면 누구나 가능했는데. 그때 뉴욕으로 원정을 가지 못한 게 내 천추의 한이었다. 시부가 충주 지씨 대손을 양키 만들 셈이냐며 매섭게 반대하고, 한푼도 보태주지 않을 거라 못박는 바람에 일을 그르쳤다. 그때 무리를 해서라도 뉴욕행 비행기에 탔어야 했는데. 본적을 바꾸어선 안 된다는 시부의 그 이상한 고집 때문에 서진의 조기 유학과 대입 때 안 해도 될 고생을 해야 했다.

석달만 지나면 서진은 잘 짜인 절차와 수속을 밟고 괌으로 출산하러 갈 것이다. 내가 깔아둔 매끈하고 부드러운 판에 그애는 무사히 안착하기만 하면 되었다. 자연스럽고 기껍게.

서진이 자기 취향에 맞추어 고른 육아용품들이 계산대

에 차곡차곡 쌓인다. 신생아용 보디슈트부터 아동용 수영복까지. 변덕도 심하고 유행에 민감한 서진은 아이가 태어나면 다시 새것을 살 것이다. 입지도 쓰지도 않은 채 버려질 물건들이 벌써부터 아깝지만 가타부타 말을 보태는 대신 나는 그것을 일시불로 계산해준다.

고마워요, 엄마.

기다렸다는 듯 서진이 내 팔짱을 낀다. 평소엔 쓰지 않는 경어까지 섞으며 눈웃음친다. 이런 귀염성 때문에 나는 늘 이애의 결점을 눈감아주고, 그만 주어야지 되새기면서도 재차 퍼주는 건지도 모른다.

저녁은 집에서 먹을 거지?

내 물음에 서진은 당연하다는 듯 고개를 끄덕인다. 저녁 메뉴로 육류가 좋을지 해물이 좋을지 고민하며 지하 식품관으로 내려가는데 서진의 핸드폰이 울린다. 서진은 발신자를 확인하더니 신이 나서 영상통화를 받는다.

지지!

그 사람이다.

우리 복이 잘 지냈어요? 두복이도 잘 크고 있지요?

귀에 익은 목소리. 금세 거북해진다. 제멋대로 서진을 '복'이라 부르는 사람. 서진의 아이에게까지 '두복'이라는 조야한 호칭을 붙이는 사람. 서진은 엄마와 백화점에 왔다며 화면에 나를 비춘다. 내키지 않지만 표정을 고치고 고상하게 인사를 건넨다.

안녕하셨어요, 아버님.

화면 속 시부의 얼굴이 삽시간에 굳는다. 당황한 듯 시부는 겨우 한마디를 뱉는다.

어어…… 나야 뭐, 안녕하다만.

오는 게 있으면 가는 것도 있어야 하는 법인데 이 사람은 참 박하다. 내 안부는 묻지도 않고 떫은 얼굴로 복이 좀 바뀌봐라, 한다. 카트를 끌고 식품관을 누비는 동안에도 서진과 시부의 영상통화는 이어진다.

얘, 채끝이 좋니, 등심이 좋니?

물어도 건성으로 답하며 통화 삼매경이다. 이제 그만 끊으라는 뜻으로 서진에게 따갑게 눈치를 준다.

지지, 나중에 다시 전화할게.

서진이 그제야 통화를 마친다. 그 사람 소식 따윈 듣고 싶지 않은데 서진은 눈치 없이 지지가 여름 감기에 걸려 며칠을 앓았다고 조잘댄다. 삼년 전 시모와 사별한 뒤 시부는 서진에게 수시로 연락하여 평창동에는 언제 올 거냐, 요즘엔 안 쑤시는 데가 없다, 언제 죽을지 모르겠다 앓는 소리를 늘어놓곤 했다. 그런 식으로 아이를 성가시게 하는 것이 싫어 집안일도 덜고 말동무도 하시라고 가사도우미까지 붙여주었는데 여전히 사흘에 한번 꼴로 서진에게 전화를 거는 것 같다.

감기는 나았는데 기침은 아직 심하대. 결핵 아닐까 걱정하더라.

요즘 세상에 결핵 걸리는 사람이 어디 있니? 네 할아버지 건강 염려증 있잖아. 기침 몇번 한 걸로 오버는.

아니야, 피도 토했대. 지지 목소리가 안 좋던데……

실소가 터져나온다. 새벽마다 약수터 다니는 사람이 각혈은 무슨. 지지가 어쩌고저쩌고하는 말들을 흘려듣다 서진에게 묻는다.

너, 네 할아버지한테 그 얘기 한 거 아니지?

뭐?

너 캠 가는 거.

아니. 지지 알면 쓰러지게?

그 사람에게는 절대 새어들어가면 안 된다고 으름장을 놓는다. 구태의연한 사고방식을 지닌 그 사람은 또 온갖 궤변을 늘어놓으며 반대할 것이 분명하다.

엄마, 내가 언제 엄마 말 어긴 적 있어? 말 안 해.

서진이 단언하지만 미덥지 않다. 나와도, 제 할아버지
와도 막역히 지내는 아이이기에 더욱 그렇다. 가끔은……
내가 아닌 시부를 더 살갑게 여기는 것도 같고.

서진이 콩나물 넣은 미더덕찜이 먹고 싶다기에 함께
해산물 코너로 향하는데 또 전화가 걸려온다. 서진은 난
처해하다 결국 전화를 받는다. 아이는 목소리를 낮추고
비밀스럽게 무슨 말인가 주고받다 전화를 끊는다. 서진이
연갈색 눈을 이리저리 굴린다. 불안하거나 난처할 때마다
은연중에 튀어나오는 아이의 습관이다. 서진에게 묻는다.

왜?

엄마 있잖아…… 지지가 기침을 심하게 하나봐. 약 좀
사다달라고 하네.

도우미 아줌마에게 맡기지 왜 홑몸도 아닌 네게 그런
잔심부름을 시키느냐 불평하자 서진은 그애다운 천진한
태도로 말한다.

엄마도 같이 안 갈래? 엄마도 지지 안 본 지 오래됐잖아.
가서 저녁도 먹고 두복이 초음파 사진도 보여주고……

됐어. 너나 갔다 와.

서운함이 밀려온다. 불쾌가 얼굴에도 역력히 드러났는
지 서진은 내 팔뚝을 만지작대며 애교를 부린다.

아픈 사람을 어떻게 모른 체해. 오늘만 다녀올게요, 응?

서진의 간지러운 아양에도 상한 마음은 풀리지 않는다. 서진은 내 눈치를 보다 시간을 확인하고는 먼저 가야겠다며 주차장으로 향한다. 결국 장은 나 혼자 본다.

미더덕을 집어들다 멈칫한다. 콩나물 미더덕찜은 시부도 즐기는 요리였다. 칠순이 넘으면 여린 풀 넘기는 것조차 어렵다던데, 그 질긴 늙은이는 틀니도 없이 단단한 미더덕을 오독오독 씹어 삼키곤 했다.

우리 두복이 대학 들어가는 것까지 보고 가야지. 지지 소원은 그거 하나뿐이에요.

건치를 드러내며 저주에 가까운 덕담을 늘어놓던 사람.

그런 사람이 결핵이라니, 웃기지도 않다. 서진을 옆에 붙여놓으려 이제 제 몸까지 무기 삼는 거지. 서진이 태어나던 해부터 장장 이십칠년. 이쯤 되면 내 삶에, 아니 내 아이의 삶에 그만 들러붙을 때도 됐는데, 왜 그 사람은 우리 모녀 사이에 끈질기게 엉겨붙는 걸까.

∞

지지. 나는 그 말이 끔찍이 싫었다.

250

서진을 낳고 육개월이 지났을 때, 아이의 말문이 트이길 바라며 나는 이런저런 단어를 가르쳤다. '길'과 '승' 같은 단음절부터, 혀와 입술에 근육이 붙는다는 속설에 '차' '집' 같은 구개음까지 일러주었다. 가장 열심히 가르친 단어는 '엄마'였다. 내 아이가 최초로 호명할 사람이 나이길 바랐으니까. 맘마, 암마 비슷한 말이라도 웅얼대길 기대했으나 아이는 눈만 좌우로 굴릴 뿐 입을 뗄 기미조차 보이지 않았다. 반년이 더 지나서야 서진은 옹알이를 시작했다. 그애가 처음 발음한 단어는 엄마가 아니었다.

지지.

서진이 말간 얼굴로 지지, 하는 곳에 시부가 서 있었다. '지지'가 할아버지를 뜻하는 일본어라는 것, '지씨 할아버지'의 준말이라는 것은 후에야 알게 되었다. 내가 집안일을 하거나 잠깐 눈을 붙일 때마다 시부가 서진을 앉혀두고 지지 해봐라, 지지, 했다는 것도.

지지야, 지지.

더럽고 부정한 것을 볼 때마다 나는 슬며시 말하곤 했다. 시부가 지어낸 그 기괴한 애칭을 서진이 더이상 쓰지 않길 바랐지만 내 바람과 달리 아이는 지지를 긍정어로 받아들였다. 시부를 볼 때면 언제나 지지! 외치며 품에 안

겼고 이유식도 시부가 떠먹여주어야 겨우 먹었다. 발을 헛디뎌 넘어지거나 곤란을 겪을 때 서진이 먼저 찾던 사람도 내가 아닌 그 사람이었다.

그래, 내 새끼, 우리 복이. 이리 와요. 지지한테 다 말해 봐요.

두벌자식이 더 곱다더니 옛말이 맞다며 시부는 아이를 품에서 떼놓지 않았다. 서진의 돌, 유치원 입학식, 학예회…… 중요한 순간마다 시부는 아이를 제 옆에 세웠다. 서진의 사립초등학교 추첨일에도 그랬다. 굳이 동행해 내가 제비를 뽑겠다, 내 손이 미다스다, 어찌나 고집이던지 결국 그에게 추첨 기회를 넘겨야 했다. 내가 원하는 건 리라초등학교였다. 서진은 무용에 재능이 있어 특기 적성 프로그램이 잘 구축되어 있는 학교에 들어가야 했다. 리라, 리라…… 되뇌며 시부가 제비 뽑는 것을 지켜보았다.

경기초등학교.

원치 않는 결과였다. 서진의 운명을 꼰 건 시부였으나 그 사람에게 뭘 바라겠는가. 내 아이의 운명을 바꿀 수 있는 건 오직 나뿐이었다. 마침 옆자리에 경기초를 희망하는 학부모가 있어 그와 몰래 제비를 바꾸려던 찰나, 시부가 제비를 휙 채갔다.

252

저기 어떤 엄마가 중대부초랑 바꾸자고 하더라. 우리 집안은 무조건 중대부다. 네 남편도 거기 나왔고 학구열도 거기가 제일이야.

누구보다 서진을 지지할 사람은 나인데도 그 사람은 늘 내 자리를 앗아가고 내 계획을 어그러뜨렸다. 악착스럽게.

서진을 뱄을 때, 나보다 더 분주했던 건 시부였다. 임신 소식을 전해 듣자마자 그 사람은 묵정동에 있는 유명 산부인과의 일인실을 예약해두었고, 신통한 한의사가 있다며 경주까지 내려가 산전 보약을 열재나 지어 왔다. 태교에 좋다는 클래식을 직접 선별하고 테이프에 녹음해 들려준 적도 있었다.

미뉴에트 G단조란다. 헨델의 소곡 중 내가 가장 아끼는 곡이지.

호르몬으로 인한 감정 기복 때문인지, 생전 처음 누리는 따뜻한 부성에 마음이 녹아서인지 미뉴에트를 듣고 있는데 돌연 눈물이 흘렀다. 시부는 손수건을 건네며 나를 다독였다.

얘, 울지 마라. 네 근심이 다 애한테 가는 법이다. 중요한 시기인데 마음 잘 다스려야지.

　내 울음이 멎을 때까지 시부는 곁을 지키며 함께 심호흡을 해주고 호언을 이었다. 참 살뜰하다고 여겼다. 참 다정한 시아버지라 생각하기도 했다. 일평생 내게 무신경했고 돈 몇푼으로 환심을 사는 법밖에 몰랐던 친정아버지와 달리 그 사람은 내 감정까지 세심히 돌봐주었으니까. 그 자상한 보살핌이 나를 위한 것이 아니라 제 혈육을 향한 집요한 애정이라는 사실은 머지않아 알게 되었지만.

　출산 예정일을 삼주 앞두고 부엌 천장에 누수가 생겨 공사를 해야 했던 적이 있었다. 밥그릇 위로 물방울이 뚝뚝 떨어지는데도 시부는 산달에 부엌을 고치면 아이가 결구로 태어난다며 공사를 막았다. 결국 한동안 온 가족이 거실에서 밥을 먹고, 누수로 가득 찬 양동이를 때마다 비워야 했다. 그뿐인가. 오리고기 먹으면 아이 손가락이 붙어서 나온다, 돼지고기는 부스럼 일으킨다, 달걀은 종기의 원인이다, 께름칙한 금기를 줄줄이 늘어놓으며 시부는 구미 당기는 음식조차 못 먹게 했다. 태아를 총명하게 한다는 이유로 가물치는 입에서 비린내가 날 때까지 고아먹였는데, 그때 단단히 질린 탓인지 이십칠년이 지난 지금까지 생선은 잘 먹지 못한다.

12월생인 서진의 출생신고를 한달 늦추어 1월에 한 것
도 시부의 독단이었다.

　　키워보면 알 거다. 세밑에 태어난 우리 복이가 또래에
비해 발육도 학습 능력도 한참 뒤진다는 걸. 이게 다 복이
를 위해서다.

　　나도 내 아이가 최선만 취하길 바랐다. 가장 좋은 것
만 먹고 입고 누리기를, 구김이나 그늘은 영영 모르고 자
라기를. 회사를 퇴직한 것도 그 때문이었다. 일에 욕심이
없던 건 아니었지만 그보다는 아이가 자라는 과정을 전
부 지켜보고 싶다는 열망이 더 컸다. 내가 받지 못한 사랑
을 내 아이에겐 듬뿍 주고 싶다는 마음도 간절했다. 서진
을 품은 열달간 나는 아이의 장래를 차곡차곡 설계했다.
아이의 이름을 두고서도 수개월을 고심했다. 나의 부모
는 출생신고를 하던 날 부랴부랴 내 이름을 지었다. 큰 고
민 없이 지은 이름이라 호적에 병기된 한자도 엉터리여서
나는 성인이 되어 개명을 해야 했다. 내 아이의 시작은 이
와 달랐으면 했다. 뜻이 좋은 이름, 성과 조화롭게 어울리
며 부르기도 쉬운 이름. 무엇보다 아이를 향한 나의 기원
이 이름에 담겼으면 해 몇날 며칠 옥편을 뒤져가며 신중
히 지었다.

펼 서(舒)에 나아갈 진(進).

나는 아이가 나를 닮았기를 내심 바랐다. 물에 물 탄 듯 주견 없는 남편을 닮기보다는 나처럼 강단 있기를, 제 주관을 마음껏 펼치며 살기를, 이 아이의 기원은 그러하기를 바랐다.

그러니 시부가 성명학자에게 길한 이름을 받아왔다며 '경복'으로 출생신고를 하자고 했을 때 뜨악할 수밖에 없었다. 아이의 사주에 불이 많으니 이름으로 눌러주어야 한단다, 복 복(福) 자를 쓰면 장차 거부가 된단다, 항렬자가 '경'이니 '경복'이 딱이다. 시부의 변에 시모는 물론이고 남편까지 혀를 내둘렀지만 그 사람의 고집을 잘 아는지라 누구 하나 반기를 들지 못했다. 참다못해 반론을 펼친 건 나였다.

아버님, 여자애 이름이 지경복이 뭐예요. 그리고 성명학은 일본에서 온 폐단이에요. 요즘 시대에 누가 그런 걸 믿어요?

……폐단?

시부의 눈이 커지더니 얼굴부터 귀, 목까지 차례로 붉어졌고, 끝내 화를 주체 못해 숨까지 식식댔다.

돈백 들여 손주 이름 지어다 줬더니, 고작 한다는 말

이…… 폐단?

그동안은 문제를 만들기 싫어 울며 겨자 먹기로 시부의 말을 따라왔으나 아이의 장래에까지 마수를 뻗치는 건 도저히 참을 수 없었다.

그렇게 아이의 이름은 한달간 출생신고서에 미정(未定)으로 남아 있다 추후보완신고를 할 때에야 서진으로 확정되었다. 제 뜻이 꺾인 것이 분했는지 시부는 기회만 생기면 서진의 이름에 쓰인 획수와 오행을 짚으며 쓰면 안 될 불용한자가 두개나 들어가 있다고 빈정댔다.

부모랑 연이 없는 이름이란다. 특히 엄마랑 불화하게 된다더라.

∞

서진의 아파트는 우리집에서 차로 오분 거리에 있다. 서진이 이혼하고 거처를 구할 때 내가 얻어준 것이다. 가까운 곳에 사는 만큼 우리는 자주 왕래한다. 호텔 라운지에서 서진이 좋아하는 망고 빙수를 먹거나 쇼핑을 하며 시간을 보내다 집으로 돌아와 같이 저녁을 먹는 게 요즘의 루틴이다. 남편보다 서진과 붙어 있는 시간이 더 길기에 이럴 거면 본가에 들어오는 게 어떠냐 물은 적도 있다. 결혼하기 전까지 서진은 자취는커녕 기숙조차 해본 적 없었다. 달걀프라이 하나도 남의 손을 빌려서 하는 아이. 세탁기에 넣으면 뒤집어진 빨래도 바로 개어져 나온다고 여기는 아이. 내 아이는 그랬다. 하지만 서진은 내 제안을 단칼에 거절했다.

엄마, 나 애 아니야. 나도 이제 독립해야지.

독립이라는 말에 기분이 묘해졌다. 발레 강사로 일하며 잠깐 돈을 벌기도 했지만 그때나 지금이나 서진은 제 아빠에게 다달이 생활비를 받고 있었다. 그러니 경제적 독립은 못한 것이나 마찬가지고, 정서적 독립은…… 글쎄. 물론 이혼까지 한 아이에게 너도 이제 홀로서기 해야지, 매몰차게 말할 생각은 없었다. 성인이 되자마자 자립을 요구하는 건 부모로서 바람직하지 않다고 나는 늘 생각해왔다. 어떤 아이에게는 그런 가혹함이 필요할 수 있겠지만 적어도 서진에게는 아니었다. 서진은 나 없이는 아무것도 못했고 내가 연출한 독무대에서 더 힘차게 활보하는 아이였다. 해서 격주에 한번은 서진의 집에 들러 청소를 해주고 반찬도 채워주었고, 임부를 위한 바레(Barre) 강습이나 클래식 태교 모임을 알아보고 참여하게끔 했다.

서진도 싫다는 말 없이,

엄마, 다음에는 돼지 말고 소고기 장조림 해줘.

청소는 안 해도 돼. 일주일에 한번씩 이모님 부르는데 엄마가 왜 해. 그냥 쉬다 가.

클래식 모임은 너무 지루하더라. 바레 수업만 들을래.
하며 내 케어를 기꺼이 받아들였다.

임신한 뒤로 서진은 제 집보다 내 집에서 더 오래 머문다. 함께 디저트를 먹으며 「유리 동물원」이나 「달콤한 인생」 같은 고전영화를 보다 한 침대에서 까무룩 잠들 때도 많다. 그 큰 신혼집에서 저 혼자 지내긴 헛헛하겠지. 품도 많이 들 테고. 아무래도 나와 같이 사는 게 낫지 싶지만 속내는 숨긴다. 아이를 낳고 나면 또 자연스레 내 곁으로 돌아올 거라 예견하며.

오늘도 서진은 겨울옷이 없다는 핑계로 우리집에 들러 내 코트와 퍼를 차례로 걸쳐본다. 엄마는 유행 타지 않는 옷들을 참 잘 사, 안목도 좋아. 이런 말까지 보태니 밉살스럽기보다는 그저 사랑스러울 뿐이다.

엄마, 나 어때? 이 옷 어울려?

내가 서진의 나이쯤 샀던 아르마니 코트는 이제 나보다 서진에게 더 멋스럽게 어울린다. 가져가라는 말에 서진은 드레스룸 한편에 걸려 있던 샤넬 트위드 원피스까지 슬그머니 집어든다.

그럼 이것도 나 주라.

갓 마흔이 되었을 때 시모가 백화점에서 사준 원피스였다. 쇼윈도에 걸린 것을 보고 저런 옷 한벌쯤은 있어야 한다며 덜컥 사주셨더랬지. 정작 본인은 보풀이 일고 목이 늘어난 옷을 몇년째 입으면서 내게는 주저없이 지갑을 여는 분이셨다. 아끼는 원피스였지만 이것 역시 나보다는 서진에게 더 잘 어울릴 것 같아 가지라는 뜻으로 고개를 끄덕인다. 서진은 콧노래를 흥얼대며 입고 있던 옷을 홀렁 벗고 원피스로 갈아입는다. 자식의 맨몸을 보는 게 못내 민망한데, 부끄럽지 않냐고 묻자 서진은 대수롭지 않게 말한다.

부끄러울 게 뭐 있어, 가족인데.

지퍼가 잘 올라가지 않는지 서진은 손을 등 뒤로 한 채 한참을 끙끙댄다. 서진의 긴 머리칼을 쓸어넘기고 지퍼를 올려준다. 아이의 목에 처음 보는 은목걸이가 걸려 있다. 이게 뭐냐 묻자 서진은 뜸을 들이다 답한다.

지지가 준 거야.

쇳독이 올라 목덜미가 붉게 달아올랐는데도 순한 내

아이는 또 그 사람을 변호하기 급급하다.

임산부한테 은이 좋대. 예쁘지?

시부 나이대의 어른들이 자식과 관련된 미신이라면 사족을 못 쓴다는 것은 나도 어느 정도 겪어 알고 있다. 시부야 더 말할 것도 없고, 친정어머니조차 내 나이가 서른이 넘어가자 딸이 혼기를 놓칠까 불안해 무당집에 드나들곤 했다. 부적도 쓰고 나중에는 굿까지 벌이려 했는데, 그런 합리적이지도 효율적이지도 않은 속신이 자식에게 어떤 도움을 주는지 나로선 이해되지 않았다. 주도면밀한 계획이면 몰라도. 시부도 부적을 붙여라, 보약을 먹어라 아이를 괴롭히지 않을까 걱정스럽다. 어서 목걸이를 풀라고 서진에게 쏘아붙인다.

네 할아버지가 너희 집에 부적 붙이고 그러는 건 아니지? 아니, 네 할아버지는 너희 집 비밀번호 모르는 거지? 그거 엄마한테만 알려준 거 맞지?

서진은 모르쇠 하며 화제를 돌린다.

맞다, 오전에 산부인과에 갔다왔는데⋯⋯

서진이 핸드폰을 꺼내 초음파 동영상을 보여준다. 숨기는 게 있는 것 같아 꺼림칙한 것도 잠시, 동영상 속 태아를 보자 이내 미소가 번진다. 출산을 두달 반 남겨둔 태아는 이전보다 더 또렷한 형태를 지니고 있다. 동영상을 연달아 돌려보며 귀와 코는 어디 붙어 있는지, 손가락은 몇 개인지 살핀다. 이제야 인간다운 빛을 띠는 아이의 피부와 감긴 눈꺼풀을 바라본다.

우리 딸 얼굴도 보이고 엄마 얼굴도 보이네, 그치?

내 말에 서진이 어깨를 으쓱한다.

장기석은 안 닮았어?

……개를 왜 닮니? 네 앤데.

기석 이야기만 나오면 열불이 난다. 서진의 배필을 구할 때 내가 얼마나 신중했던가. 불면 날아갈까 쥐면 터질까 애지중지 키운 아이인데, 이왕이면 조건이 맞는 상대와 맺어주고 싶어 모임이며 업체를 번질나게 드나들며 깐깐하게 사윗감을 골랐다. 인고 끝에 찾은 기석은 서진의 짝으로 걸맞았다. 외모며 학력, 재력까지 서진과 견주어 무엇 하나 떨어지는 데가 없었다. 전무한 가족력 ─ 부친의 탈모 유전자가 거슬리긴 했지만 ─ 도, 미국 시민권자라는 것도 마음에 들었다. 그렇게 구한 배필이었는데 시부는 첫 만남부터 기석을 마음에 차지 않아했다.

관상이 영 별로다.

시부가 나 모르게 서진의 짝을 물색 중이라는 걸 알고

있었다. 호승심 때문에라도 재고 따질 것 없이 기석과의 혼약을 빠르게 성사시켰다. 그것이 문제였을까. 서진이 기석과 이년도 못 살고 성격 차이로 이혼했을 때 시부는 아이를 달래면서도 은근히 이죽거렸다.

복이 네 잘못 아니니 기죽을 거 없다. 난 애당초 이럴 줄 알았다. 그놈 관상이 썩 좋지 않더라. 누가 골라준 짝인지, 참.

해서 괜한 열패감도 들고 죄책감도 들고.

기석 이야기는 꺼내지도 말라고 서진을 단속한다. 서진은 고개를 끄덕인 뒤 슬쩍 덧붙인다.

엄마, 의사가 파란색 옷 준비하라더라.

서진의 언질에 탄성을 터뜨린다. 환희에 가득 찬 나와 달리 서진은 심경이 조금 복잡해 보인다. 동영상 속 태아를 보며 서진이 조심스레 묻는다.

엄마, 나 잘 키울 수 있을까?

걱정되겠지. 혼자 키워야 하니 더 막막하고 불안하겠지. 서진의 배를 어루만지며 나는 고민한다. 서진에게 가장 필요한 말이 무얼지, 이 아이가 가장 듣고 싶어할 말이 무얼지.

걱정 마, 우리 아가. 엄마가 다 키워줄게.

서진의 배는 따뜻하다. 이제 준비할 게 많겠구나. 내가 손자에게 주어야 할 것들을 하나씩 꼽아본다. 어렵사리 예약한 원정 출산 대행업체에는 계약금까지 지불해둔 상태였다. 남자아이면 복수 국적이 더 필요할 테지. 브로커가 뒤를 다 봐주니 너는 아이만 신경 써라, 절차만 따르면 큰 문제 없다, 서진에게 이른다.

애 이름은 미리 지어두자. 거긴 낳자마자 출생증명서 떼니까.

이안, 율, 재이…… 영문과 국문을 혼용해 쓸 수 있는 이름을 몇개 대본다.

요즘엔 '드림'도 많이 쓴다더라.

흥에 들떠 말하는데 서진의 얼굴이 점점 어두워진다. 잘 키울 수 있을지 걱정돼서 그러냐, 그런 거라면 걱정 마라, 엄마가 키우다 버거우면 시터를 구하면 된다, 재차 강조해도 서진은 어딘지 모르게 꺼림칙해 보인다. 눈을 이리저리 굴리며 주저하는 서진의 태도에 직감한다.

너…… 네 할아버지한테 얘기했구나.

서진이 몸을 배배 꼬며 말한다.

엄마, 나 그냥 여기서 낳으면 안 될까?

왜?

264

지지가 묵정동에 있는 산부인과 예약해뒀대서……

그건 취소하면 돼.

아니…… 그게 좀……

왜? 뭐 때문에 그러는데?

재차 캐묻자 서진은 머뭇대다 실토한다.

사실 있잖아…… 지지가 그러는데, 원정 그게 범죄래. 지지가 범법자로 살면 안 된대서……

범죄라고?

기가 차다못해 헛웃음만 나온다. 범죄? 과외 금지령 선포되었을 때 제 아들 승용차 과외 시켜 대학 보낸 사람이, 거래처에 술값 하라며 찔러준 뒷돈만 돈천은 될 사람이 범죄 운운하다니. 손주를 위한 계획과 희생을 그런 말로 오염시키는 게 나로서는 도저히 이해되지 않는다. 서진은 시부의 말을 토씨 하나 빼놓지 않고 전한다.

한국에 국제학교도 널렸는데 왜 굳이 외국까지 가서 범죄자가 되려느냐고 그러더라구. 그 말 들으니까 무섭기도 하구……

속이 갑갑해진다. 무구한 내 아이를 어떻게 구워삶았기에 이토록 겁을 먹었는가. 아이 앞에서 나를 얼마나 깎아내렸을지, 내 선택과 애정을 어떻게 폄하했을지 안 봐도 빤하다. 서진에게 묻는다.

애, 네 할아버지랑 엄마 중에 널 더 위하는 사람이 누구겠니?

유치한 이분법이라는 걸 안다. 하지만 서진은 간혹 잊는 것 같다. 내가 제 엄마라는 것을. 자신을 위해 모든 것을 내던질 수 있는 사람은 시부가 아닌 나라는 것을.

내가 너 잘못되라고 미국 보내겠니? 범죄자 만들고 싶어서 돈 쓰고 시간 들이겠어? 네 할아버지가 뭔 소릴 했는지는 몰라도, 서진아, 그거 너 위한 거 아니야. 노인네가 뭘 몰라서 하는 소리지.

잠자코 내 이야기를 듣던 서진이 한숨을 쉰다.

엄마 말도 맞는데, 지지 말 들으면 또 그게 맞는 거 같기도 하구…… 지지가 그러는데 적발되면 감옥도 갈 수 있대. 나 감옥 가기 싫어, 엄마.

위험한 일이 아니라고, 네 아이를 위한 일이라고 아무리 설명해도 서진은 자꾸 갈팡질팡한다. 이쯤 되니 의구심이 든다. 서진이 흔들리는 게 단지 시부의 협박 때문일까, 혹시 돈 때문에 저러는 것 아닐까 하는 생각. 시부는 증여세가 오르기 전에 은평구의 꼬마빌딩을 물려주겠노라 서진에게 입버릇처럼 이야기해왔다. 그 건물에 무용학

원도 차리고 월세 굴려 용돈으로 쓰라며. 서진이 결혼하면 주겠다 약조했지만 상대가 기석인 것을 알고 파투를 냈고 그후엔 이렇다 말 한마디 없이 입을 씻었다. 내색하진 않지만 서진도 내심 아쉬웠던 게 아닐까. 해서 지금도 그 사람을 따르려는 게 아닐까.

너 혹시…… 돈 때문에 그러니?

내 물음에 서진은 어리둥절한 표정을 짓는다.

응? 무슨 말이야?

네 할아버지가 준다던 건물 때문에 이러는 거냐고 묻는 거야. 그런 거면 엄마도 이해하지만, 네 할아버지가 뱉은 말을 다 지키는 사람도 아니고 엄마는 네가 그런 기약 없는 소리에 너무 연연하지 않았으면 하는데……

서진의 얼굴이 일그러진다.

내가 건물 때문에 이런다고?

시비를 가리는 건 여기까지면 족하다, 이쯤 해두자, 생각하면서도 말은 마음과 다르게 뻗어나간다.

그게 아니면 뭔데? 네 할아버지가 돈으로 꾀지 않았으면 네가 범죄니 뭐니 하는 헛소리를 곧이들었겠니? 무시하고 말았겠지.

뭐?

엄마 말이 틀려? 가만 보면 너나 네 아빠나 똑같아. 그 인간이 쥐고 흔들면 정신을 못 차려서……

안 해도 좋을 말까지 주워섬긴 뒤에야 정신을 차린다. 서진이 온기 한점 없는 얼굴로 나를 쏘아보고 있다. 서진이 중얼댄다.

맞네…… 속물.

뭐라고?

지지가 엄마 두고 뭐라는지 알아? 속물이래. 그동안은 다 흘려들었는데, 지지 말이 맞아. 엄마 진짜 속물이야.

서진은 내 원피스를 벗고 입고 온 옷을 그대로 걸친 뒤 집을 나선다. 아이가 떠난 자리를 한참 바라본다. 애자지정은 계산을 요하는 문제가 아니건만 시부와 얽힌 문제에서 나는 항상 판단력을 잃고 무너진다. 추하게, 몹시도 추하게.

∞

시부와의 갈등은 서진이 자랄수록 깊어졌다.

한집에서 오래 살을 맞대고 지냈으니 더욱 그럴 수밖에 없었다. 우리 식구는 서진이 중학교에 입학할 때까지 평창동 시가에 얹혀살았다. 신혼집으로 대치동 진달래아파트를 계약해두었는데, 준공이 끝날 때까지만 시댁에서 잠시 지내자고 한 것이 미뤄지고 미뤄지다 십오년간 그 집에서 지내게 되었다.

방도 많은데 그 집은 세 주고 여기서 지내거라. 구세동거라고, 가족끼리 모여 살면 적적할 틈도 없고 얼마나 좋냐.

그때 시부의 제안을 딱 잘라 거절해야 했는데, 투미한 남편은 오히려 반색했다.

그럴까?

이웃들은 평창동 시댁을 '연리목집'이라 불렀다. 남편이 태어나던 해에 시부는 마당에 음나무와 느티나무를 나란히 심었다. 상생하기 어렵다는 두 나무는 뿌리부터 서로 끌어안는 형태로 조금씩 얽히며 자랐고 시댁은 이후 귀한 연리목이 자라는 집, 사랑이 가득한 집이라 불렸다. 이웃들은 모르겠지만 시댁 마당의 그 나무는 실상 시부가 인위적으로 매만진 연리였다. 치목 두그루를 한쪽 너비로 심은 뒤 줄기 부분을 긁어내고 비닐 끈으로 단단히 묶어 서로 얽히게 만든 연리.

시부모에게 인사드리기 위해 처음 그 집에 갔던 날이 선연하다.

채광과 전망이 근사한 이층 주택. 스프링클러가 잔잔히 돌아가는 마당엔 작은 무지개가 떠 있었고 깔끔히 전지된 연리목이 두폭 너비의 그늘을 만들었다. 그늘진 덱에 한가로이 앉아 음악을 듣던 시부.

헨델이네요.

알은체하자 시부가 환히 웃으며 회답했다.

난 바흐보다 헨델이 더 좋아요.

저도요. 음악의 어머니잖아요.

저녁을 먹는 동안 나와 시부는 클래식에 관한 대화를 이어갔다. 시부와 나는 접점이 많았다. 클래식 애호가인 점, 루이스 부뉴엘의 영화를 좋아한다는 점, 보수당을 지지한다는 점, 입이 짧고 미식을 즐긴다는 점.

미식가답게 시부는 친정에서 들려 보낸 정과와 다식을 맛보며 찬사를 아끼지 않았다.

모양새도 맛도 참 훌륭하네요.

사람 좋은 시부를 보며 나는 그 집에 가기 전 친정어머니가 상기시킨 이야기들을 대수롭지 않게 넘겼다.

너 가서 잘해야 한다. 그 집 어른이 여간 괴벽한 게 아니라더라.

아들 중매에 사사건건 개입하여 수십번 파투를 냈다는

어른, 그악스러운 물밑 작업에 중매인조차 연락을 피한다는 어른, 백년 묵은 구렁이 같다는 어른. 그때까지만 해도 나는 그 '어른'이 시모인 줄 알았다.

결혼 전에는 몰랐지만 남편은 제 아버지에게 꽉 잡혀 사는 사람이었다. 시부 밑에서 일하며 그 사람 말이라면 군말 없이 따랐다. 시부가 운영하던 제지회사를 이어받은 뒤에도 마찬가지였다. 실권을 쥔 사람이 자신임에도 남편은 제 아버지 입맛에 맞추어 경영을 이어갔다. 서진의 육아라고 달랐던가. 양육 방식의 차이로 시부와 내가 대립할 때도 남편은 내게 힘을 실어주기는커녕 속없이 우왕좌왕할 뿐이었다.

그건 우리 아빠 말이 맞는 것 같은데……… 아닌가?

그 집에서 내가 감정적으로 기댈 수 있었던 건 그나마 시모뿐이었다. 그녀 역시 줏대 없는 외아들과 독단적인 남편에게 질릴 대로 질려 있었다.

일생 콩을 팥이라고 우기는 양반인데 저 고집을 누가 꺾겠니. 네 남편은 맹해빠져서 저 양반 말이라면 껌뻑 죽고.

함께 구성진 험담을 나눌 때에는 의지가 되어도 시부 앞에서의 시모는 전혀 기댈 수 없는 존재였다. 시부와 나 사이에 시비가 붙을 때면 시모는 방에 숨어 있다 갈등이 종식된 뒤에야 슬그머니 나오곤 했다. 그녀는 누구의 편에 서거나 누구를 대신해 목소리를 내주지 않았다. 그래도 방관만 하는 게 미안했는지 가끔은 내 기분을 풀어준답시고 패물함을 꺼내 마음에 드는 것을 골라보라 종용하기도 했다. 한사코 거절했는데도 시부와 혼인할 때 받았다던 금반지를 내 검지에 끼워주기도 했다.

딸 낳으면 주려고 했는데, 난 딸이 없잖니. 너 해라.

아니에요. 제 손가락엔 맞지도 않아요.

금은방에 팔아 용돈이라도 하라는 시모의 말에도 나는 쉬이 그러겠다고 할 수 없었다. 가져라, 됐다 긴 실랑이를 벌이다 시모가 제 풀에 지쳐 그럼 서진이 크면 줘라, 했을 때에야 그것을 받아들었다. 그런 내게 시모는 말했다.

가만 보면 저 양반이나 너나 꼭 닮았어.

뭐가요?

사랑에 갈급해서 제가 받지 못한 걸 죄 자식에게 쥐여주려고 하잖니.

시모는 시부의 사연을 들려주었다. 여섯살 때 만석꾼인 큰아버지 댁에 양자로 팔려간 이야기, 삼년 뒤 그 집에 자식이 생겨 파양되었다가 아들 아닌 딸이 태어나자 다시

272

돌아가게 된 이야기, 친부모가 보고 싶어 오십리를 꼬박 걸어 집에 도착했는데 아무도 반겨주지 않고 외려 매정히 내쳐졌다는 이야기까지.

저 양반도 일생 부모 정 못 받고 살아온 사람이야. 너도 그랬다고 하지 않았니? 아가, 난 말이다, 결핍이 집착이 되면 안 된다고 생각한다. 애정도 적절히 내어줄 줄 알아야 해.

그러니 이 반지는 서진이 말고 네가 가지라고, 그랬으면 한다고 시모는 말했다.

아가, 넌 저 양반처럼 살지 마라. 저 양반은 안 닮았으면 좋겠어.

시모의 말처럼 가끔은 시부와 내가 정말 닮아 있는 것 같기도 했다. 철저히 수직적인 그 사람이 아이 앞에서는 혀 짧은 소리를 내며 몸을 굽힐 때, 팔이 저린데도 팔베개를 풀지 않고 아이의 잠자리를 지켜줄 때, 강퍅하고 완고한 그 사람의 얼굴에 문득 쓸쓸한 표정이 스칠 때. 간혹 그를 향한 인간적인 감정이 피어날 때도 있었지만 그보다 더 자주 적개심이 솟았다. 서진의 교육 문제를 두고 의견이 갈릴 때마다 그 사람은 절충안을 찾기보다 강북에서 학교 나온 애가 뭘 알겠느냐며 나를 비방하기 바빴고, 남편 때나 먹혔을 케케묵은 입시 전략에 기초하여 서진을 제 식대로 굴리려 했다. 그럴 때마다 나와 저 사람은 닮은 구석이 하나도 없다고 단언하며 시모의 말을 부정했다. 남편은 내 영역 밖에 있었으나 내 아이까지 그렇게 두고 싶진 않았다.

서진이 만으로 열네살 되던 해에야 조기 유학을 명목으로 연리목집에서 나왔다. 처음 아이를 데리고 미국에 가겠다 선언했을 때 시부는 크게 노했다. 재외국민 특별전형과 조기 교육을 명분 삼아 회유해도 한국에서 학교 잘 다니는 애를 왜 데려가냐, 나랑 영영 떨어뜨려놓을 셈이냐, 미국 간 사람들 도박에 마약에 다 망해서 오는 건 아냐, 머리까지 싸매고 앓아눕는 통에 뭘 어찌할 도리가 없었다. 남편과 시모도 나를 비호해주기는커녕 뒤에 숨어 될 대로 돼라 했고. 이대로 막히나 싶었는데 한날은 내가 만든 미더덕찜을 먹다 말고 시부가 시원스레 말했다.

그래, 네 뜻 알았다. 우리 복이 위한 거라면 유학 보내보는 것도 괜찮겠지.

드디어 내 말을 들어주는구나. 그 순간에는 시부를 향한 억하심정도, 미움도 모두 사그라들었다. 뉴욕행 비행기에 오르기 전까지 시부가 좋아하는 미더덕찜을 몇번이

나 해 바쳤는지, 그 비위를 맞추느라 얼마나 고생했는지 모른다. 그 사람 속셈에 크게 델 줄도 모르고.

미국에 도착하고 육개월 정도는 속이 편했다. ESL 과정을 제공하는 주니어하이에 서진을 입학시키고 다른 한인 엄마들과 낯을 익히며 면학 분위기가 좋은 스쿨과 믿음직한 튜터에 대한 정보를 속속들이 모았다. 교육의 일환으로 주말이면 아이와 함께 메트로폴리탄 미술관에 가고 브로드웨이에서 공연을 봤다. 평화로운 나날이었다. 그날 전까지는.

서진의 발레 수업이 있던 날이었다. 아이를 픽업해 돌아오는데 그날따라 싸했다. 아니나 다를까. 렌트하우스 앞에 낯선 차가 세워져 있었고, 곧 캐리어를 끌고 마당으로 들어서는 낯익은 뒤통수가 보였다.

지지!

서진이 시부에게 달려가 안겼다. 당혹스러움을 감추지 못한 채 여긴 왜 오셨느냐 묻자 그 사람은 태연히 대답했다.

관광하러 왔다.

말은 그렇게 했지만 시부는 타임스스퀘어나 브루클린 브리지에는 가볼 생각조차 하지 않은 채 서진의 수업에 참관하고 어쭙잖은 영어 실력으로 아이의 과제를 봐주며 일거수일투족 따라붙었다. 뜻하지 않게 주말 일과가 틀어졌고, 서진이 나보다 시부와 붙어 있는 시간이 길어졌다. 호텔을 잡아준다고 해도 그는 헛돈 쓰지 말라며 굳이 우리 모녀가 묵는 렌트하우스의 방 한칸을 차지했다.

애, 나는 밥 말고 빵 줘라. 서양식이 내 입에 딱 맞다.

방 안에서 신발 신는 게 영 불편했는데 적응하니 이렇게 편할 수가 없다.

그 사람의 한마디 한마디에 나는 경악을 감출 수 없었다. 튜터 면접을 볼 때도 마찬가지였다. 코넬대학 출신 한인 튜터와 기분 좋게 면접을 마치고 시간당 얼마를 주어야 할지 고민하고 있을 때 시부가 나를 슬쩍 방으로 불러냈다.

아까 그이는 어째 발음이 좀 새더라. 너무 어려서 자질이 충분한지도 모르겠고. 차라리 아이비리그 학생으로 다시 구하면 어떠냐?

시부의 말을 듣다 한마디 얹었다.

전 괜찮던데요? 그리고 코넬이 아이비리그예요, 아버님.

시부의 얼굴이 확 붉어졌다.

넌 그 토 다는 버릇 좀 고쳐라. 어디 가서 뒷말 듣기 딱 좋게.

토 다는 게 아니라 사실을 말하는 거잖아요.

그에겐 한마디도 지고 싶지 않았다. 내 자리를 빼앗기기 싫어 그랬던 걸까, 아니면 시모 말대로 그에게서 나와 닮은 모습을 엿보았기 때문일까. 미국에 머무는 동안 그와 나는 걸핏하면 부딪치고 별것 아닌 문제에도 날을 세웠다. 서진을 떠올리며 꾹 참아보려 해도 결국 격한 감정이 일었다. 하루라도 빨리 귀국하기를 바랐건만 시부는 관광 비자를 꽉 채운 뒤에야 한국으로 돌아갔다.

서진이 9학년을 마칠 때까지 시부는 분기마다 꾸준히 미국에 들렀다. 남편보다도 더 잦은 빈도로. 한인 엄마들이 나를 그 사람의 트로피 와이프로 오인하고 있었다는 사실은 한국으로 입국할 즈음에야 알게 되었다.

육아는 남편이 아닌 시부와 하는 것 같았다. 겨루듯 치열히.

∞

삼십이주차에 다다랐는데도 서진의 배는 부를 기미가 보이지 않는다. 영양 결핍인가 싶어 엽산도 먹이고 철분

수액도 맞히지만 그대로다.

너 요즘도 끼니 거르니?

서진에게 묻는다. 나는 지난 반평생 서진의 체중을 엄격히 관리해왔다. 서진이 무용과 입시를 준비하던 때와 콩쿠르에 출전하던 때에는 더더욱 엄격히. 그때 서진에게는 체계적인 관리가 필요했고, 아침마다 아이의 허리 사이즈를 재고 변비약을 먹여가며 0.1킬로그램이라도 감량시키려 애썼지만, 지금은 다르다.

딸, 이제는 그러면 안 돼. 네가 먹은 게 다 애한테 가.

내 염려가 기우라는 듯 서진은 밥도 잘 먹고 잠도 충분히 잔다고 전한다. 요즘 들어 태동이 잦다고 말을 보태기도 한다.

남자애라 그런지 기운이 넘쳐, 엄마.

아이가 하루에도 수십번씩 발길질한다는 말에 비로소 안심한다. 배부른 티가 안 나니 출국 수속 밟을 때 의심받을 일은 없겠다는 속된 생각도 한다.

서진의 출국을 이주 남겨두고 나는 아이가 산전에 묵을 콘도를 고르고 산후조리원의 관리 매뉴얼까지 꼼꼼히 살핀다. 어떤 영양식이 제공되는지, 산후관리사나 시터는 보장된 사람인지, 신생아 배꼽 소독과 젖병 소독은 제때 이루어지는지.

착오 없이 진행되어가는 계획에 이제 서진만 동조하면 되는데 아이의 태도는 여전히 모호하다. 일전의 다툼은 서진이 아무 일 없었다는 듯 먼저 연락을 해오며 흐지부지되었지만 앙금까지 완전히 사라진 건 아니다. 우리 모녀 사이엔 여전히 서먹함이 흐른다.

뭐 먹고 싶은 건 없니?

침묵을 깨고 서진에게 묻는다. 서진은 전에 먹지 못한 미더덕찜이 당긴다고 말한다. 속일 수 없구나, 네 피는. 가슴이 또 갑갑해지지만 최대한 이성적으로 생각해보려 애쓴다. 서진은 임부고, 이건 피가 아닌 식욕의 문제라고. 그렇게 되뇌어도 나와 아이의 삶에 시부의 그림자가 들러붙어 있는 것 같아 석연치 않다. 언짢은 마음을 떨쳐내며 냉동고에서 미더덕을 꺼낸다. 꽝꽝 언 미더덕을 찬물에 씻으려는데 서진이 다가와 내 허리를 감싸안는다. 아이가 속삭인다.

엄마, 지지가 폐렴이라더라.

멈칫하다 묻는다.

진짜? 확인해봤어?

병원 가니까 그렇다고 했대. 몸이 많이 상했대.

서진의 살짝 부푼 배가 내 등에 닿는다. 특유의 비음 섞인 목소리로 서진은 사근사근 말한다.

엄마, 나도 미국 가고 싶어. 두복이 때문이라도 그게 좋겠지. 근데…… 미국 간다니까 지지가 울더라구. 앞으로 얼마나 더 살지 모르는데 꼭 가야 하냐고 그러더라. 시민권 받는다고 끝나는 게 아니잖아. 못해도 십년은 거기서 살아야 할 텐데 지지는 이제 비행기 타는 것도 어렵고 몸도 안 좋잖아. 그렇게 우는 모습 보니까 나도 마음이 약해지더라구.

시부와 대면하지 않은 지도 꽤 오래. 서진의 이혼을 내 탓으로 돌리며 빈정대는 꼴이 사나워 일부러 발길을 끊었다. 내가 기억하는 시부는 혈색이 좋고 찔러도 피 한방울 안 나올 것 같은 사람이었는데, 그 사람도 이제 늙은 걸까. 얼어 있던 미더덕이 물에 닿으며 녹진해진다. 한때는 이게 그렇게도 징그러웠지. 저 오톨도톨한 돌기도, 잘린 손가락을 연상케 하는 몸체도, 암수가 한몸으로 이루어져 있다는 것도. 닿기만 해도 몸서리치던 때가 있었는데 무뎌진 건지 익숙해진 건지 이제는 담담하다. 핏줄에게 가장 좋은 것만 쥐여주고 싶다는 욕심. 아이 앞에서 한없이 연약해지는 마음. 그런 면에서 시부와 나는 떼려야 뗄 수 없는 관계 아닐까. 애정으로 집요하게 얽혀 한몸이 되어가는 관계. 그 사람을 향한 염오도 언젠가는 무뎌질까. 언젠가는 이 사랑을 서로 담백하게 공유할 수 있을까. 잠시 생각에 잠기다 서진에게 이른다.

엄마가 할아버지 만나볼게. 그럼 되지?

서진은 고개를 끄덕이며 다시금 내 허리에 매달린다.

엄마, 지지한테 너무 매정해지지 마. 가족이잖아.

어떤 가족은 가까운 적 같기도 하다는 속엣말은 흘려보낸다. 서진의 말이 맞다. 온 힘을 다해 미워할 필요는 없겠지. 그래도 내 아이의 할아버지니.

그래, 노력해볼게.

∞

연리목집 마당은 늘 그렇듯 정결하다. 시부가 격주로 사람을 불러 다듬는 잔디는 반질반질하고 마사토를 깔아놓은 화단 주위엔 조경수 시장에서 고가로 사들인 향나무, 매화나무, 구상나무 같은 관목들이 죽 심겨 있다. 단풍이 고르게 진 나무 중에 단연 이목을 끄는 건 연리목이다. 내가 이 집에 처음 들어왔을 때만 해도 줄기 아래쪽만 붙어 있었는데 지금은 줄기 위뿐 아니라 가지까지 한데 엉켜 둘레가 한아름도 넘을 만큼 거대해졌다. 연리목이 드리운 너른 그늘 아래서 시부는 음악을 듣고 있다. 전주만 들어도 알 수 있다. 헨델의 미뉴에트 G단조. 빌헬름 켐프가 연주한 헨델이 얼마나 쓸쓸하고 처연한지, 기교 없이 담백한지 눈을 빛내며 늘어놓던 지난날과는 달리 저기 저 덱에서 눈을 지그시 감고 음악을 듣는 시부는 어쩐지 쇠약하고 가련해 보인다.

아버님, 저 왔어요.

내 부름에 그 사람이 게슴츠레 눈을 뜬다. 쾡하게 꺼진 눈두덩, 쑥 들어간 볼. 안 본 새에 시부는 눈에 띄게 노쇠해져 있다. 당신도 많이 늙었구나. 약해졌구나. 피로 얽히지는 않았어도 서진의 말마따나 한 가족인데 그간 너무 악감정만 품었던 건 아닐까. 오늘은 서로를 향한 오해도 풀고 미움도 떨쳐내고…… 그래야지. 그래야겠지.

왔니, 오랜만이구나, 하는 인사도 없이 시부는 내 주변만 두리번댄다.

복이는?

서진이는 안 왔어요. 혼자 들르겠다고 말씀드렸는데……

그랬나. 기억 안 난다.

분명 말을 해두었는데 그는 처음 듣는다는 양 생경한 태도를 취한다. 날선 감정이 비어져나오지만 최대한 곰살 궂게 말을 잇는다.

쌀쌀한데 왜 나와 계셔요? 몸도 안 좋은데 들어가시지.

시부가 밭은기침을 쏟아낸다.

나 죽었나 확인하러 왔냐? 평소엔 연락도 안 하면서……

왜 그렇게 말씀하세요, 섭섭하게. 제가 아버님 드리려 고 도라지 정과도 만들어왔어요. 도라지가 폐에 좋다고 하더라고요. 안으로 들어가서……

난 여기가 편하다. 할 말 있으면 여기서 해라. 요 며칠 청소를 못해 집 안도 너저분하고.

내 말을 뚝 자른 뒤 그는 무릎에 덮은 담요를 가슴팍까 지 끌어올린다. 매서운 바람이 목덜미를 스친다. 정과를 들고 어정쩡하게 서 있는 내게 시부는 퉁명스레 말한다.

애, 네가 붙여준 도우미 아줌마 도벽 있더라. 고춧가루 니 휴지니 야금야금 없어질 때 알아봤어야 했는데.

그 아줌마 손버릇 고약하더라. 침대 밑에 둔 금두꺼비 가 없어졌는데 아무리 생각해도 그 아줌마가 훔친 게 분 명하다. 내쫓기야 했는데 그 아줌마 때문에 이제 사람을 좀체 믿을 수가 없다. 돼먹지 못한 인간이 마지막 일급까지 받고 청소도 않고 나가 집 안 꼴이 말이 아니다…… 그가 퍼붓는 험담을 듣다 조심스레 되묻는다.

잘 확인해보셨어요? 아버님이 착각하셨을 수도 있잖아요……

너 내 말 못 믿냐? 온 집 안을 이 잡듯 뒤져도 없는데 그 아줌마가 가져간 게 뻔하지.

말끝에 그는 한소리 덧붙인다.

대체 어디서 그런 사람을 구해서…… 쯧.

들으라는 듯 일부러 말꼬리를 길게 빼는 저 고질적인 버릇. 상대를 주눅들게 하는 저 고약한 언사. 시부에게 잠시 간 품은 측은지심이 다 헛되어진다. 그래, 저게 내가 아는 시부지. 도무지 정을 붙일 수 없고 면역조차 생기지 않는 저 괴벽스러움. 상대의 입장이나 감정 따윈 고려 않고 제 말만 옳다고 밀어붙이는 저 독선. 뚱한 얼굴로 흔들의자에 늪듯 앉아 있는 시부에게 나는 말한다.

아버님은 제가 하는 건 뭐든 마음에 안 차시죠?

뭐?

그래요. 여기서 용건만 말씀드릴게요. 서진이 곧 미국 가요. 아이도 그렇게 하겠다고 했고 저도 보낼 거고요.

그건 내가 안 된다고 벌써 몇번이나……

왜요? 범죄라서요? 아니면 본적 때문에요? 아버님, 말도 안 되는 소리 마세요.

시부가 허리를 곧추세우고 나를 본다. 시부의 안색은 좋지 않지만 아랑곳 않고 마음 깊은 곳에 들러붙어 있던 노여움을 끄집어낸다.

못마땅하신 거겠죠. 뭐든 당신 뜻대로 주물러야 하는데 그게 안 되니까요. 서진 아빠면 족하지 왜 우리 서진이한테까지 그러세요? 범죄니 뭐니 헛소리까지 하면서 왜 제자식 앞날을 망치려고 하세요?

망쳐? 누가? 내가?

건치를 드러내며 시부는 나를 비웃는다.

망치는 건 내가 아니라 너지. 네 욕심 채우자고 아무것도 모르는 우리 복이 이용하고. 넌 국적만 사면 다 되는 줄 알지? 만리타국에서 복이가 얼마나 힘들지는 생각도 않고. 아무리 식견이 좁아도……

시부의 말에 적의가 들끓는다. 가라앉히려는 노력조차 않고 쏘아붙인다.

제발! 그렇게 좀 부르지 마세요. 복이가 아니라 서진이라고요.

뭐라고?

이 사람과 나는 섞일 수 없다. 서로의 애정을 공유할 수도, 신념을 나눌 수도 없다.

복이라고 부르지 말라고요! 제 아이예요. 아버님 아이가 아니라 제 아이예요!

시부의 눈이 커진다. 입이 벌어진다.

미쳤구나, 너.

미쳤어, 네가 드디어 미쳐서…… 중얼대는 시부를 뒤로하고 그 집을 박차고 나온다.

격앙된 감정은 차에 시동을 걸 때에서야 서서히 가라앉는다. 길게 심호흡을 한다. 룸미러에 비친 나를 본다. 앞머리는 다 헝클어지고 얼굴은 상기되어 있다.

시부의 말처럼 나 정말 미친 게 아닐까. 미쳐서 손윗사람에게 부려서는 안 될 표독을 부린 게 아닐까. 도에 어긋난 행동을 한 게 아닐까. 그의 말처럼 나조차 감당하기 어려운 짐을 내 아이에게 지게 한 건 아닐까. 그런데…… 내가 미쳤다면, 정말 미쳤다면 무엇이 나를 미치게 한 걸까.

그제 밤부터 도라지를 삶아 꿀에 절이고 말리며 정성껏 만든 정과가 조수석에 놓여 있다. 다시 분노가 들끓는다.

내 행동은 지당하다. 자식 가진 엄마라면 누구나 이럴

테지. 누구나 미치겠지. 미치지 않고는 못 배겨. 미치지 않고는……

정과를 차창 밖으로 내던진다. 그것이 바퀴에 밟혀 우그러지는 소리를 들으며 연리목집을 빠르게 벗어난다.

∞

공항 대기석에 앉아 서진의 짐을 몇번이고 체크한다.

복대 찼지?

서진은 고개를 끄덕인다. 예정일이 가까워졌는데도 배가 많이 부르지 않아 복대를 차나 안 차나 비슷하지만 혹시 몰라 연신 당부한다.

거긴 한국인 관광객이 많아서 심사가 까다롭진 않을 텐데……

엄마, 나 애 아니야. 걱정하지 마.

서진의 말에도 자꾸 조바심이 든다. 마음 같아선 동반 출국하고 싶지만 하나도 아니고 둘씩이나 단기 체류하는 게 쉽지 않기도 하고, 업체 측에서도 보호자가 동행하면 심사에 차질이 생길 수도 있을 거라 만류해 포기했다. 체크인을 하러 가기 전, 서진이 내게 묻는다.

엄마, 지지랑은 얘기 잘 끝낸 거지?

애써 묻어두었던 요 며칠간의 일들이 떠오른다. 연리목 집을 그렇게 떠나온 뒤 시부에게 전화를 할까 말까 수일을 고민했다. 내가 너무 심했던 걸까, 지금이라도 잘 풀 수 있지 않을까 핸드폰을 들었다 놓았다 하며 잘 못 마시는 위스키를 홀짝이기도 했다. 취기가 오르고 속이 델 듯 뜨거워지자 느닷없이 오래전 일이 떠올랐다. 저변에 묻어두었던, 시부와 내가 한편이었던 날이.

서진이 일곱살 때였나. 아이가 떡을 먹고 탈이 나 응급실에 간 적이 있었다. 그날따라 응급 환자가 많아 한시간 넘게 기다려도 차례가 오지 않았다. 창백하게 질린 아이를 품에 안고 언제 진료를 볼 수 있냐 채근하다 언성이 높아졌다. 그런 내게 부끄러우니 그만하라던 남편과 대기실 의자에 앉아 손을 모으고 기도만 하던 시모. 아무도 도와주지 않는 그 막막한 상황에서 홀로 미친 사람처럼 울부짖는데 저 멀리서 누가 나보다 더 큰 소리로 고래고래 악을 지르며 응급실 안으로 들어왔다.

누구야! 누가 내 새끼를 기다리게 해!

의사 나오라며 포악을 부리는 시부 옆에서 나 역시 함께 목소리를 높였다. 우리 애 죽을지도 모른다고! 빨리 들여보내줘! 학을 떼고 기겁하던 남편도, 슬며시 자리를 피하던 시모도, 웅성대는 구경꾼들도 그 순간엔 전혀 신경 쓰이지 않았다. 시부도 나처럼 바닥에 주저앉고 발을 구르며 외쳤다. 내 새끼 다 죽어간다, 니들 때문에 내 새끼 죽는다. 미친 사람들처럼, 그렇게.

그런 일도 있었지, 또 이런 일도 있었는데, 그리고 또…… 몽롱한 의식을 부여잡으며 시부와 내가 한편이었던 순간들을 떠올리다 그만두었다. 기억이라는 건 쉽게 미화되고 변질되며 사람의 연약한 부분을 건드려 여지를 만든다는 것을, 그 가능성을 믿고 다가갔다간 금세 후회한다는 것을 일전의 경험을 통해 배웠다. 시부는 몇마디 말에 바뀔 사람이 아니었다. 그렇게 믿고 싶었다.

응, 잘 끝냈어. 너는 신경 안 써도 돼.

내 말에 서진은 다행이라며 비즈니스 체크인 라인에 선다. 티켓 하나 끊는데도 우왕좌왕하는 아이, 팔 힘이 약해 수하물을 저울에 올리는 데도 한참 끙끙대는 아이. 저런 아이를 혼자 보내도 괜찮을까. 한달하고도 이주. 서진과 이렇게 오래 떨어지기는 처음이었다. 내 도움 없이 홀로 출국을 준비하는 아이를 보니 금세 눈시울이 붉어진다.

엄마 울어? 왜 울어? 나 잘 갔다 올게요. 울지 마.

서진이 달려와 내 어깨를 어루만진다. 이런 상황을 대비해 안정제도 먹어두었는데 속절없이 눈물이 흐른다. 언제까지고 품 안의 아이일 줄 알았던 네가 이제 엄마가 되는구나. 자식을 길러봐야 부모 사랑을 알 수 있다던데, 내가 너를 얼마나 사랑하는지 너도 곧 알게 될까. 눈에 넣어도 아프지 않은 내 아이. 이 말이 비단 관용어가 아니라 들끓는 진심과 순애를 녹여낸 말이라는 것을, 말로 다 할 수 없는 절절한 애정 표현이라는 것을 너도 알게 될까.

복아.

서진을 붙잡고 울먹이는데 뒤에서 귀에 익은 목소리가 들려온다. 복아. 차오르던 눈물이 일순 마른다. 서진은 시부를 반기다 내 눈치를 보고는 겸연쩍게 손을 숨긴다. 서진의 연갈색 눈이 흔들린다. 시부는 우물쭈물 변명하려는 서진을 제지하고 내 얼굴을 쓱 훑는다. 경직된 입꼬리를 억지로 올린다.

……아버님도 오셨네요.

지난 일은 덮어둔 채 최대한 스스럽게 말을 붙인다. 시부의 회답을 기다리지만 역시나 나를 본 체 만 체 서진에게만 잇따라 질문한다.

우리 복이, 짐은 다 부쳤고? 비행기는 언제 뜨나?

출국까지 한시간 반이 남아 있고 이제 들어가기만 하면 된다는 서진의 말에 시부는 고개를 끄덕이더니 커피 한잔하자며 아이를 카페로 끌고 간다. 시부에게서 서진을 떼놓고 싶지만 그들은 이미 두 발 멀어져 있다. 가뜩이나 정신 사나울 아이 앞에서 얼굴을 붉히고 싶지 않다. 나도 잰걸음으로 뒤를 따른다.

내가 커피를 받아 오는 동안 시부는 얼른 서진의 옆자리를 차지한다. 어쩔 수 없이 서진의 맞은편에 앉는다. 창밖으로 비행기 한대가 이륙하는 것이 보인다. 하늘빛이 탁하다. 낮게 내려앉은 구름이 해를 가리자 한줄기 들어오던 빛도 사라진다.

궂네, 궂어.

심통맞게 말하며 시부는 주머니에서 두툼한 봉투 하나를 꺼내 서진에게 건넨다.

우리 복이, 가서 굶지 말고 먹고 싶은 거 있으면 사먹어라.

고마워, 지지.

서진은 마다 않고 봉투를 받아 핸드백에 넣는다. 겸양도, 저어하는 기색도 없이 자신에게 주어진 몫을 기껍게 받아들이는 아이. 서진의 그런 면이 늘 사랑스러웠는데

이 순간만큼은 좀처럼 예뻐 보이지 않는다.

여비는 있어야지. 누가 챙겨줬을 리도 없고.

일전의 노여움이 가시지 않았는지 시부는 또 은근하게 앙갚음을 한다. 졸렬한 노인네. 시부는 시종일관 나를 투명 인간 취급하며 서진에게만 말을 붙인다. 나 역시도 서진과 나 둘만 아는 이야기를 늘어놓는다. 그 사이에서 서진은 잠자코 눈알을 굴린다.

엄마, 지지. 괌에서는 하파데이,라고 인사를 한대. 꼭 사투리 같지 않아? 하파데이.

냉랭한 분위기를 풀어보려는 듯 서진은 엄지와 새끼를 쭉 편 채 괌식으로 인사한다. 시부가 눈두덩을 꾹꾹 누르며 시큰둥하게 말한다.

거기서 살 것도 아닌데 뭐 인사까지 익히고 그러냐.

시부는 서진이 출국할 때까지 자리를 지킬 모양인지 비가 와서 비행기가 뜰지 모르겠다, 곧 폭풍우가 칠 것 같다, 따위의 불길한 말들만 늘어놓는다. 서진이 슬그머니 화제를 돌린다.

지지, 몸은 괜찮아?

서진의 물음에 잔기침 한번 안 하던 시부가 갑자기 쿨럭거리기 시작한다. 피라도 토할 듯 거세게. 다 아이의 연민을 끌어내기 위한 연기 아닌가 싶을 정도로 눈썹은 드라마틱하게 내려가고 입꼬리도 따라 축 처진다. 의뭉스러운 늙은이. 한차례 기침을 쏟아내다 시부는 서진의 손을 꼭 부여잡고 말을 잇는다.

복아, 꼭 가야겠냐? 꿈자리가 뒤숭숭한 게 무슨 사달이 날 것 같다. 지금이라도 비행기 표 취소하고……

그럼 그렇지. 역시 당신은 끝까지 내 자식 발목을 붙잡는구나. 더 들을 것도 없이 그들 틈에 끼어든다.

서진, 우리 딸, 시간 다 됐는데 이제 들어가야지.

떠나는 순간까지 아이와 최대한 붙어 있으려 했지만 별수 없다. 이렇게라도 끊어낼 수밖에.

뭐 하고 있어? 얼른 가래도?

주저하는 서진을 다그친다. 시부의 미간이 찌푸려진다. 불만 가득한 얼굴로 나를 보는 시부에게 졸렬하게, 들릴 듯 말 듯 중얼댄다. 저 사람이 늘 그래왔던 것처럼.

그러니까 왜 공항까지 따라와서는…… 사람 불편하게.

시부의 얼굴이 단번에 붉어진다. 경기라도 하듯 아랫입술이 부르르 떨린다.

야!

카페 안에 있던 사람들이 돌아볼 만큼 큰소리로 그는

고함을 내지른다.

너 저번부터 아주 막 나간다? 내가 온 게 그리 고깝냐?

고깝기만 하겠어요? 아주 넌더리가 나요. 저번에 제가 한 말 제대로 듣긴 하셨어요? 왜 여기까지 와서 애를 또 괴롭혀요?

괴롭혀? 할애비가 손주 배웅하는 게 괴롭히는 거냐?

정말 배웅하러 온 거 맞아요? 애 발목 잡으러 온 거 아니고요?

너 하다 하다 이제 모함까지 하냐?

고성이 오가고 얼굴은 터질 듯 달아오르고 서로를 향한 악감정이 봇물 터지듯 쏟아진다. 서진이 난처한 얼굴로 나와 시부를 말린다.

엄마 그만해. 사람들 보잖아.

서진은 주위를 둘러보며 속삭인다.

지지도 그만해, 제발.

그 말에 속이 뒤집힌다.

너 내가 그렇게 부르지 말랬지.

응?

지지인가 뭔가 하지 말라고! 저 사람 좀 그렇게 부르지 마!

너를 지지해줄 사람은 난데, 왜 너는…… 너는. 불똥이 왜 복이 쪽으로 튀냐며 시부가 윽박지른다. 지지 않고 소리친다. 다 당신 때문인 것 모르냐고, 당신이 내 자리를 탐해서, 내 사랑까지 앗아가서…… 논쟁은 금세 폭언으로 뒤바뀐다. 그때는 그랬고, 이때는 이랬고. 오랜 과거사까지 빠짐없이 끄집어내어 그와 나는 번갈아 가며 서로를 찌른다. 치졸하게, 아주 치졸하게.

내가 너 처음 만나던 때부터 알았다. 젊은 애가 이만저만 표독스러운 게 아니었는데……

표독스러운 건 내가 아니라 당신이지. 그 성격에 나만 질렸게? 서진 아빠도, 어머니도……

나는 아버님 대신 '당신'이라는 비칭으로 그를 부르고, 그는 '야'와 '너'를 섞어가며 나를 헐뜯는다. 체통도 교양도 없이, 주변 시선 따위 개의치 않은 채 시부와 삿된 언쟁을 벌인다. 시부의 톤이 높아지면 나도 똑같이 톤을 높이고, 내가 삿대질을 하면 시부도 나를 향해 똑같이 손가락을 내지른다. 정신이 반쯤 나간 사람들처럼. 미친 사람들처럼. 그렇게 야멸차게 약점을 건드리고 흠집을 내는 와중에 시부가 말한다.

야, 복이, 복이 어디 갔냐?

그제야 정신이 돌아온다. 시야가 또렷해진다.

정신이 들자 어디서 웅성거리는 소리가 들리는 것 같다. 소리가 나는 방향으로 뛰어간다. 카페에서 조금 떨어진 구석진 곳에서 트위드 원피스를 입은 서진이 배를 부여잡은 채 웅크리고 있다. 무슨 일이야, 뭐야, 술렁이는 사람들을 비집고 아이 곁에 쭈그려 앉는다. 서진의 몸에서 비릿한 냄새가 옅게 풍긴다. 다리 사이로 맑은 물이 주르륵 흐르고 있다. 정신이 아득하고 등골이 서늘해진다. 왜 벌써…… 엉거주춤하는 나를 밀치고 시부가 서진에게 다가선다.

복아, 복아, 우리 병원 가자.

이제 출국인데, 정말 얼마 안 남았는데. 왜 저 사람은 또 서진의 곁을 차지하는가…… 시부는 서진을 부축해 공항 밖으로 나가려 한다. 더이상은 안 된다. 급한 대로 핸드백에서 티슈를 꺼내 서진의 뒤를 닦는다.

서진아, 딸. 이렇게 하면 티도 안 나. 조금만 버티면 돼. 우리 비행기만 타자. 비행기 탈 때까지만……

너…… 너 미쳐 돌았구나. 이것도 엄마라고.

나를 향해 거세게 쏘아붙이며 시부는 서진의 오른팔을 끌어당긴다.

저런 헛소리 신경 쓸 필요 없다. 할애비랑 묵정동으로 가자. 택시 타면 금방이다.

아이의 왼팔을 붙잡고 나는 간청한다.

서진아, 일어나야지. 비행기 타러 가자. 그게 너를 위한 거야.

시부가 말한다.

복아, 저 말 들을 필요 없다. 묵정동으로 가자. 우리집은 다 거기서 낳았다. 거기서 낳는 게 맞아.

서진의 양팔을 잡고 시부와 나는 제각기 외친다.

복아, 서진아, 어서 가자, 정신 차려, 여기서 나가자, 참을 수 있어, 네가 미쳤구나, 미친 건 당신이지, 네가 부모냐, 그럼 당신은, 여기서, 여긴 안 돼, 돼, 안 돼, 돼, 안 돼, 돼, 안 돼……

괴성이 오간다. 오가고 오가다 끝에는 누구 것인지도 모르게 섞여버린다. 나의 목소리인지 시부의 목소리인지도 모르게. 우리가 지금 무슨 말을 하고 있는지도 모르게.

괌행 비행기 출국 알림 방송이 들려온다. 시부와 나 사이에서 서진은 무슨 말인가 한다. 연갈색 눈을 굴리며, 아주 작게, 기운이 다 빠진 소리로, 힘겹게. 하지만 나는,

그 말을 제대로 듣지 못한다. 그리고 당신도.

메탈

우린 시대를 잘못 탔어. 80년대에 젊음을 누렸어야 했는데. 백두산, 시나위, 블랙홀에 모두 열광하던 시대에.

*

그들은 람슈타인이 결성된 1994년에 태어났다. 동독에서 약 8,500킬로미터 떨어진 대한민국의 어촌에서.

열일곱이 되던 해 그들은 밴드부실에서 처음 낯을 익혔다. 밴드부 선배들은 흡음 스펀지가 벽에 덕지덕지 붙은 밴드부실에 과자와 음료를 부려두고 열명 남짓한 신입생들을 맞았다. 신입생들은 꼿꼿이 앉아 선배들의 말을 경청했다.

너넨 무슨 밴드 좋아하냐?

한 선배의 질문에 후배들은 너나없이 외쳤다. 라디오헤드, 비틀스, 뮤즈…… 록 좀 아는 사람이면 누구나 익히 들었을 만한 이름들이 튀어나왔고 선배는 흐뭇하게 신입생들을 바라보았다. 이제 우림의 차례였다. 선배가 우림에게 물었다.

너는 어떤 밴드 좋아해? 자우림?

람슈타인이요.

람슈타인……? 처음 들어보는데.

당황하는 선배와 다르게 맞은편에 앉아 있는 조현과 시우의 얼굴에는 화색이 돌았다.

자식 뭘 좀 아네.

하고 생각하는 표정으로. 그도 그럴 것이 고교 밴드부에 메탈을 좋아하는 사람은 드물었다. 잘 아는 사람은 더더욱 없었고.

우림, 조현, 시우. 입학하기 전까지 일면식도 없던 그들은 자연스레 한 팀이 되었고 그해 여름 첫 합주를 했다. 람슈타인의 「Ich Will」은 세 친구가 처음 합을 맞추어본 곡이었다.

우림은 기타와 보컬을, 조현은 베이스를, 시우는 드럼을 맡았다. 디스토션을 잔뜩 먹여 거친 쇳소리를 내는 기타와 광폭한 드럼, 강세가 강한 베이스. 그들의 첫 공연에서 관객의 호응은 크지 않았다. 친구 몇명이 격려를 보냈지만 나머지 관객들은 쟤넨 뭐야, 하는 얼굴로 냉담한 반응을 보였다.

우리는 너희를 이해할 수 없어.

그들이 내뱉는 「Ich Will」의 독일어 가사는 관객에게 이질감을 느끼게 했으나, 그들을 '우리'라는 이름으로 묶는 데에는 충분했다.

첫 합주가 끝나고부터 세 사람은 방과 후마다 합주실에 모여 취향을 나누고 서로의 내력을 알아가기 시작했다.

만화광이었던 시우는 와카스기 키미노리의 『디트로이트 메탈 시티』를 읽고 순식간에 메탈에 빠져들었다. 메탈의 반사회적이고 파괴적인 메시지가 자신이 지향하는 바와 닮아 있다고 시우는 말했지만 주말마다 동네 해수욕장에서 쓰레기를 줍는 그의 대외적인 이미지와는 영 맞지 않는 이야기였다.

조현은 퀸의 「Stone Cold Crazy」를 듣고 그와 비슷한 장르의 음악을 찾다 메탈을 알게 되었다. 조현의 아버지는 교육열이 남달랐고 ─ 조현은 초등학생 때부터 학원을 다섯군데씩 다녔다──아들이 음악에 빠지는 것을 염려했지만 유일하게 퀸의 노래만큼은 듣도록 허락했다. 어디선가 멤버 전원이 명문대 출신이라는 이야기를 들었기 때문이다.

이제 퀸은 안 들어.

조현이 눈치를 보며 덧붙였고 우림은 맞장구를 쳤다.

당연히 그래야지. 그런 짜치는 밴드를 왜 듣냐.

우림에겐 열살 터울의 형이 있었다. 우림의 형은 메탈을 즐겨 들었다. 형이 독립한 뒤 그의 방을 우림이 쓰게 되었고, 우림은 그가 두고 간 모터헤드의 CD를 질릴 때까지 듣다 메탈에 맛을 들였다.

형님이 메탈 좀 들을 줄 아시네.

시우는 모터헤드의 노래를 재생했다. 우림의 형은 취업을 한 뒤 더이상 음악을 듣지 않았지만──우림은 형이 왜 그런 시시한 어른이 되었는지 이해할 수 없었다──그 말은 삼킨 채 우림은 모터헤드의 노래를 따라 불렀다. 조현은 베이스를 튕기고 시우도 드럼의 트윈페달을 밟으며 어설픈 연주를 이어갔다.

서로의 성향이나 기질을 한데 묶어줄──이를테면 MBTI 같은──수단조차 마땅치 않던 시기였으나 그들은 서로가 비슷한 결을 가졌다고 믿어 의심치 않았다.

그들은 서해의 어촌에서 나고 자랐다. 볼만한 것이라곤 누렇고 탁한 바다와 촌스러운 간판을 단 횟집, 갈매기뿐인 지루한 동네. 아주 망하지는 않겠지만 더 나아질 것도 없는 동네. 부모는 대개 어업이나 요식업, 숙박업에 종사했고 고교를 졸업하면 자녀들이 그 뒤를 이어 민박을 운영하거나 식당 일을 도맡았다.

우림의 부모 역시 그 동네에서 작은 펜션을 운영했다. 할아버지 때부터 2대째 영업해온 그곳은 이름만 펜션이지 실상 여인숙이나 다름없었다. 술이 잔뜩 올라 청결에 개의치 않는 관광객이나 주머니 사정이 넉넉지 않은 대학생들만이 그 남루한 펜션에 묵었다 가곤 했다.

피서철이 되면 우림은 퇴실을 마친 방에 몰래 들어가 투숙객이 두고 간 맥주를 챙겼다. 김이 빠졌건 미지근하건 가리지 않고 전부. 그렇게 챙긴 술을 백팩에 넣고 해변으로 가면 시우와 조현이 오토바이의 전조등을 밝힌 채 자신을 기다리고 있었다.

조수가 다 빠진 새벽의 해안은 고즈넉했다. 세 사람은 오토바이에 차례로 올랐고 바닷물이 밀려나가 해면이 낮아진 도로를 천천히 달렸다. 돌이켜보면 터무니없이 무모한 일이었다. 가로등 하나 없는 도로에선 해안의 경계를 분간할 수 없었고 배기량 125cc의 작은 오토바이는 그들이 몸을 틀 때마다 위태롭게 휘청거렸다. 연석에 부딪힐 가능성도 있었고 때를 놓쳐 만조가 되면 오도 가도 못한 채 길 한가운데서 잠길 수도 있을 터였다. 하지만 그들에게 그런 것은 문제가 되지 않았다.

아침이여, 나를 데려가지 말아요.

주다스 프리스트의 「Before The Dawn」을 목청껏 부르며 그들은 미지근한 맥주를 마시고 기분 좋게 취해갔다. 의지할 것이라곤 희미한 전조등과 친구들의 웃음뿐이었지만 그들과 함께 달리면 우림은 더 나아질 것도 망할 것도 없는 현실에 가능성이 부여되는 것만 같았다. 녹슬지도 썩지도 않는 꿈을 영원히 꿀 수 있을 것만 같은, 그런.

주다스 프리스트도 몰락한 동네에서 메탈이라는 꿈을 꾸던 사람들이었으니까.

짜고 시원한 바닷바람이 머리칼을 흩뜨리고 모든 것을 엉망으로 만들 때까지 그들은 험한 도로를 마음껏 내달렸다.

　학년이 올라간 뒤에도 세 사람은 여전히 새벽이면 오토바이를 타고 해안도로를 달리거나 합주실에 모여 메탈밴드의 음악을 합주하곤 했다. 달라진 것이 있다면 시우와 조현은 이과, 우림은 문과로 반이 나뉘었고 그해 여름 세 사람 모두 밴드부에서 퇴출당했다는 것이었다.

　밴드부 정기공연이 발단이었다. 지난 공연의 수모를 잊기 위해 그들은 람슈타인의 「Ich Will」을 다시 부르기로 했다. 작년엔 고전했지만 올해는 시선을 사로잡을 강력한 '한방'을 선보이겠다 다짐하며 그들은 무대에 올랐다.

　그러나 관객의 반응은 전과 다를 바 없었다. 간주가 흐르는 중 우림이 객석으로 난입해 스캥킹*을 시도했지만 학생들의 시큰둥한 반응 때문에 팔다리를 흔들다 말고 도로 무대로 올라가기도 했고, 마이크를 넘겨 떼창을 유도해도 묵묵부답이라 뻘쭘해지기도 했다.

　노래가 클라이맥스에 다다를 즈음 시우가 드럼 스틱을 던지고 자리에서 일어났다. 그의 손에는 가스 토치와 라

＊팔다리를 교차해 흔들며 춤을 추는 행위.

이터가 들려 있었다.

강력한 '한방'을 위해 세 사람은 몇주 전부터 작당모의를 했다.

키스처럼 가짜 피 뿌리면 어떠냐?

재미없을 것 같은데. 애들도 옷에 피 묻는 거 싫어할 거고.

그럼 기타 부술까?

야, 안 돼. 할 거면 베이스 부수든가. 내 건 산 지 얼마 안 됐어.

박쥐라도…… 뜯어 먹어야 되나. 오지 오스본 형님처럼.

시우가 말했고 우림과 조현이 그를 쥐어박았다. 무엇이 좋을지 한참 궁리하다 그들은 매 공연마다 화염방사기로 불쇼를 벌이는 람슈타인을 떠올렸다. 그 정도라면 충분히 해볼 만했다.

내가 할래.

시우가 호기롭게 선언했다. 조현과 우림도 동의했다. 드럼 세션은 늘 뒤로 빠져 있으니 한번쯤 나설 기회를 주어야 한다며.

그렇게 그날, 무대 앞까지 뛰어나간 시우는 토치의 점화 버튼을 누르고 불을 붙였다. 모든 것이 순조로울 줄 알

앗으나 조준 방향을 잘못 잡았는지 불길이 시우의 안면으로 치솟았다. 시우는 날카로운 비명을 지르며 그대로 쓰러졌다.

이후부터는 세 사람 모두 기억이 흐릿하다. 깡, 소리를 내며 바닥으로 떨어지던 토치, 얼어붙은 학생들, 서둘러 뛰어오던 교사, 앰뷸런스 사이렌 소리, 해산을 알리던 교내 방송…… 그런 것들만 띄엄띄엄 떠오를 뿐.

이 사건으로 시우는 각막에 화상을 입어 한동안 병원에 입원해야 했다. 다행히 회복하긴 했으나 후유증으로 직사광이 강한 곳에서는 눈을 잘 뜨지 못하게 되었다. 습관적으로 눈살을 찌푸리다보니 일년 정도 지나자 미간에 주름이 깊게 파였는데, 시우는 오히려 전보다 더 반항적인 인상을 지니게 되었다며 만족해했다.

시우가 입원해 있는 동안 조현과 우림은 수시로 교무실에 불려가 질책받았다. 동아리 담당 교사는 교내 봉사로 끝난 것을 다행으로 여기라며 밴드부 탈퇴를 권고했다.

너희는 뭉쳐 있으면 안 되겠다. 또 무슨 사고를 벌일지 어떻게 알아.

그들에게는 부모가 학교로 소환되거나 일주일간 화장실 청소를 도맡는 것보다 밴드부 퇴출이 더 절망적이었다. 당장 합주를 할 공간도, 따로 모일 만한 장소도 마땅치 않았으니까.

절망이 체념으로 바뀔 무렵, 보름 만에 학교로 돌아온 시우가 묘안을 내놓았다.

이참에 아예 아지트 하나 만들자. 우리 아빠 낚시 창고 있잖아.

컨테이너 임대업을 하는 시우의 아버지는 이태 전 낚시에 빠졌는데, 몰입의 정도가 지나쳤는지 낚싯대와 찌 등을 어마어마하게 사들이다 종내엔 이동식 컨테이너 하나를 해변에 옮겨 낚시용품 두는 용도로 사용했다. 하지만 그는 금세 낚시에 흥미를 잃었고 판매하기도 무엇하고 관리조차 안 되는 컨테이너는 해변 한편에 덩그러니 방치되어 있었다.

그거 우리가 먹자.

들키면?

들키면…… 몰라. 어떻게든 되겠지.

시우는 메탈리카도 창고에서 첫 데모를 녹음하지 않았냐며 위대한 밴드는 모두 창고에서 탄생했다고 말했고, 조현과 우림은 그 말에 깊이 동조했다.

세 사람은 짬날 때마다 컨테이너에 들러 그곳을 청소하고 꾸몄다. 분류배출장에서 책꽂이를 주워 와 주다스 프리스트, 데빈 타운센드, 블랙 사바스의 음반을 채워넣었고 곰팡이 슨 벽에는 흡음 스펀지를 붙이고 들창은 온갖 포스터들로 가렸다. 앰프와 이펙터, 시우의 집에 있던 드럼 세트까지 옮겨두자 낚시 창고는 세 사람의 그럴싸한 아지트가 되었다.

아지트에서 보낸 시간의 팔할은 합주를 하거나 라이브 실황 영상을 보는 데에 할애되었다. 머리를 맞대고 밴드 이름을 짓기도 했다. 레드 제플린, 딥 퍼플처럼 색깔을 쓰는 건 어떠냐, AC/DC처럼 유니크한 이름은 어떠냐, 몇주를 설왕설래했지만 무엇 하나 마음에 차지 않았다.

하루는 화학 수업을 듣고 온 조현이 끝내주는 밴드명을 찾았다며 그들을 아지트로 불러모았다.

코발트 어때?

코발트. 그림의 안료로 쓰이지만 어마어마한 화력의 폭발물을 만들어내기도 하는 금속. 강한 자성을 띠어 자력 없는 물체를 끌어당기기도 하는, 위험하지만 아름다운 원소. 코발트는 그들의 마음을 단번에 끌어당겼다.

세 사람은 주저 없이 컨테이너의 외벽부터 코발트블루

색으로 칠했다. 방과 후, 푸르고 짙은 빛이 감도는 아지트의 외벽이 멀리서 희미하게 보이면 우림은 누구보다 먼저 그곳으로 뛰어들어갔다. 세 사람은 가방을 던져둔 채 굉장한 곡을 찾았다며 음감회를 벌이고, 자기들만 아는 농담과 서브컬처를 나누며 킥킥댔다. 아지트에 모여 친구들과 합주를 할 때마다 우림은 남모르게 그들과 한 무대에 설 미래를 그리곤 했다. 관중으로 꽉 찬 스타디움에서 함께 연주할 자작곡. 불기둥이 터지고 수많은 관객들이 떼창과 환호를 쏟아내는…… 찬란한 미래. 그런 상상을 할 때면 아지트의 쿰쿰한 냄새와 습기도 견딜 만해졌다.

물론 아지트가 늘 유쾌했던 건 아니었다. 사소한 말다툼이나 주먹다짐이 오갈 때도 있었다. 세 사람은 공회전하는 대화를 즐기지 않았고 직설적으로 말을 뱉곤 했는데, 이따금 정제되지 않은 말이 누군가에게 상처를 입히기도 했다.

겨울방학이 시작되자 조현은 아지트에 베이스 대신 수능 문제집을 들고 왔다. 친구들이 유튜브로 콘의 라이브 영상을 보고 코드를 따는 동안 조현은 이어폰을 낀 채 영어 듣기를 하고 미적분 문제를 풀었다. 저거 얼마나 가겠냐며 대수롭지 않게 생각하던 우림도 조현이 겨울 내내 수능 공부에만 몰두하자 차차 날이 섰다.

한번은 바닥에 엎드려 모의고사 문제지를 채점하는 조현에게 우림이 소리쳤다.

야, 언제까지 할 건데? 합주 안 해?

이것만 맞춰보고.

여기가 독서실이냐? 작작 좀 해.

우림이 문제지를 발로 툭 찼고 그 바람에 종이가 구겨졌다. 씨발. 조현이 나직이 중얼댔다.

뭐 이 새끼야?

씨발. 하라는 대로 다 맞춰주니까 내가 우습냐? 안 그래도 성적 안 오른다고 아빠가 지랄해서 기분 엿 같은데.

그만하라고 중재하는 시우를 아랑곳 않고 조현은 날선 말을 뇌까렸다. 그러다 끝내 마음에 없는 말까지 튀어나오고 말았다.

하긴, 대학 갈 성적도 안 되는 게 뭘 알겠냐. 그래, 되도 않는 음악이나 평생 해라.

우림이 조현에게 주먹을 날렸다. 순식간이었다. 조현의 안경이 날아갔고 코에서는 코피가 흘렀다. 피가 뚝뚝 떨어지는 코를 잡고 조현은 우림을 한참 쏘아보았다.

개새끼.

문을 박차고 나가는 조현을 시우가 따라나섰다. 정적이 감도는 아지트에 남아 우림은 홀로 울분을 삭였다. 평생 되도 않는 음악이나 해라. 그런 말을 조현에게 들었다는 게 도저히 믿기지 않았다. 비겁한 새끼. 분에 못 이겨 발에 걸리는 것마다 걷어차다 조현이 두고 간 문제지까지 찼다. 구겨진 문제지 귀퉁이에 작은 낙서가 있었다. '공부하기 싫어' '수능 좆까' 흘려 쓴 속마음, 조잡하게 따라 그린 메탈리카의 로고와 합주하는 세 친구의 캐리커처가.

그렇게 우림 혼자 낙서를 확인하고 있는데 문밖에서 엔진 소리가 들려왔다. 시우가 문틈으로 고개를 들이밀었다.

야, 뭐 하냐. 밤바리나 가자.

우림은 쭈뼛대며 밖으로 나갔다. 휴지로 코를 막은 조현이 오토바이 위에 걸터앉아 있었다. 열없이 사과하고 화해하는 대신 우림은 조현 뒤에 자리를 잡았다. 시우가 맨 앞에 올라 시동을 걸었다.

출발한다. 꽉 잡아라.

주다스 프리스트의 음악을 들으며 바닷바람을 맞다보면 서로를 향한 미움도 서서히 흩어졌다.

아침이여, 나를 데려가지 말아요.

냉기에 뺨이며 손등이 얼얼해졌지만 가슴만큼은 뜨겁게 부풀었다. 메탈의 열기는 귓가로 흘러들어와 온몸을 한바퀴 훑고서도 빠져나가지 않았다. 부도체 같은 그들에게 열정이 흐름을 알 수 있게 해준 음악. 이 시절이 영원할 것처럼 그들은 짙푸른 밤을 내달렸다.

*

조현은 아버지의 바람대로 서울권 대학의 전기공학과에 진학했다. 인서울이라지만 명문과는 거리가 먼 대학이었다. 실망감에 졸업식에도 오지 않은 조현의 아버지를 대신해 시우와 우림은 두배 더 기뻐해주었다.

이 동네는 형들이 꽉 잡고 있을 테니까, 너는 서울에서 딱 기다려라.

동네에 남은 시우와 우림은 각자의 몫을 하며 지냈다. 일년간 재수학원에 다녔던 시우는 이듬해 모든 대학에서 낙방한 뒤 아버지 밑에서 일을 배우기 시작했고 우림은 부모의 펜션 일을 도우며 음악에 전념했다. 아지트에 틀어박혀 온종일 크로매틱*을 반복하기도, 작곡을 한답시고 핸드폰 녹음 어플을 켜고 허밍을 하기도 했다. 지금도 우림은 그때 녹음한 곡들을 들어보곤 한다. 조악하기 그지없지만 가만히 듣고 있으면, 가슴속에서 무언가 뜨겁게 일렁이곤 한다. 한 시절의 열정, 투지. 그리고 어렴풋한 희망. 그 때문에 반도 못 듣고 꺼버리지만.

독실한 기독교 신자인 우림의 어머니는 아들이 메탈에 빠져 있는 것을 달갑지 않아했다. 우림 몰래 방에 걸린 포스터와 CD를 버렸고 ── 우림이 길길이 날뛰며 그것들을 다시 주워 왔지만 ── 부지런히 철야 기도를 다니며 우리 둘째가 사탄의 유혹에서 빠져나오도록 도와주시옵소서, 간절히 빌었다. 때때로 우림에게 교회 동행을 권하기도 했다.

아들, 교회 안 갈래? 목사님이 너도 꼭 좀 오라셔.

엄마, 나 무신론자야.

그럼에도 어머니는 우림을 각근히 교화시키려 했다.

목사님한테 들었는데, 저번에 미국에서 총으로 사람 쏴 죽인 애들도 메탈인가 뭔가 들었다더라. 사탄 숭배도 하고.

---

* 메트로놈에 맞춰 반음계를 기계적으로 오르내리며 연주하는 손가락 훈련.

엄마, 그거 다 비약이고 억측이야. 왜 그런 무논리에 현혹되세요?

회유를 야멸차게 받아치는 아들이 못마땅했지만 그녀는 참을 인을 새기며 완곡히 말을 이었다.

가요나 클래식 같은 걸 듣지. 왜 좋은 걸 놔두고 너는……

이게 내가 좋아하는 건데? 엄마는 왜 다양성을 인정하지 못해?

우림의 대구에 그녀는 잠시 멍해 있다 얼굴을 붉히며 중얼댔다.

네가 사탄에게 단단히 빠졌구나. 우리 아들이 사탄의 노리개가 되었어.

질세라 우림도 말을 보탰다.

그런 편협한 사고 때문에 메탈이 부흥하지 못하는 거야. 백날 찬송가 듣는 것보다 건스 앤 로지스 한번 듣는 게 사회에 이로울걸요.

말은 그렇게 했지만 아지트에서 혼자 기타를 치고 아무도 들어주지 않는 데모 곡을 녹음하다보면 불현듯 근심에 잠길 수밖에 없었다.

청춘의 가장 푸른 시간을 이렇게 흘려보내도 될까.

긍지와 소신이 무위가 되고 무용이 되어버리는 순간. 그럴 때 우림이 기댈 곳은 친구들뿐이었다. 전화 한통이면 시우는 일을 하다가도 아지트로 달려왔고 ─ 비록 볼멘소리를 늘어놓곤 했지만 ─ 조현도 방학이 되면 내려와 집보다 아지트에서 더 많은 시간을 보냈다. 그들은 낮이면 우림이 작곡한 곡을 함께 연주했고 밤에는 맥주와 소주를 섞어 마시며 회포를 풀었다.

대학은 어떠냐?

시우의 말에 조현이 답했다.

따분하지. 강의도 재미없고 동기들은 짜치고. 너는? 아버지 밑에서 일할 만하냐?

할 만하겠냐. 얼마나 갈구는지, 이게 육체노동인지 감정노동인지 모르겠다. 그래도 우리 중에 우림이 팔자가 제일 폈다. 이 새끼는 아직도 곡 쓰고 음악도 계속하고.

어디로 흘러갈지 모르는 현실은 저 너머로 밀어둔 채 그들은 혀가 꼬일 때까지 과거의 무용담을 늘추고 스피커 볼륨을 최대로 높여 메탈을 들었다. 블랙 사바스, 슬레이어, 그리고 모터헤드.

레미 형은 아직도 건재하시네.

레미 킬미스터가 무슨 형이냐. 할아버지뻘인데.

야, 메탈에선 다 형이고 동생이야.

영양가 없는 이야길 주고받다 누군가 잔뜩 취해 먼저 쓰러지면 기다렸다는 듯 한 사람씩 양옆에 몸을 포갰다.

야, 좁아, 옆으로 좀 가.

지금도 벽인데 어디로 더 가라고.

차가운 바닥, 먼 데서 들려오는 파도 소리, 예나 지금이나 여전한 친구들. 몽롱한 눈으로 천장을 보며 우림은 좋다, 중얼댔다. 비좁은 아지트에 나란히 누워 서로 몸을 겹치고 온기를 나누다보면, 무위처럼 느껴지는 청춘이 더는 아깝지 않았다.

스물두살이 되던 신년, 세 사람은 처음으로 함께 홍대에 갔다. 계획과는 거리가 먼 그들이었지만 그날만큼은 철저히 짜놓은 루트대로 움직였다. 서울 땅을 밟는 것도, 지하철을 타는 것도 우림에겐 전부 처음이었다. 친구들보다 한발 늦게 움직이고 이곳저곳 두리번대며 그는 빠르고 정신없는 도시를 구경했다.

어이 촌놈, 빨리 좀 와라.

친구들이 먼발치서 소리쳤고 우림은 잰걸음으로 그들을 뒤따랐다. 기세 좋게 앞서 걷는 친구들이 더없이 든든하면서도 한편으론 묘한 거리감이 느껴지기도 했다.

그날 세 사람은 홍대에 있는 타투숍에서 우정 타투를 새겼다. '우정'이라는 단어가 낯간지럽기는 했지만, 막상 팔꿈치 위에 같은 문양의 타투를 새기고 나니 서로 이어진 듯한 느낌이 들어 흡족했다. 팔을 들 때마다 언뜻 드러나는 위치라는 것도 마음에 들었다. 한껏 들뜬 채 그들은 서로의 타투를 구경했다.

코발트블루색으로 새긴 원소 기호 Co.

그것은 그들만이 공유할 수 있는 과거이자 현재이고, 미래였다.

상기된 기분으로 팔뚝을 만지작대며 그들은 홍대 앞을 누볐다. 거리는 새해를 기념하기 위해 모인 인파로 가득했다. 세 사람은 라이브 클럽에서 좋아하는 헤비메탈 밴드의 공연을 보고 그다음에는 조현이 잘 아는 펍에 가서 밤새 취할 작정이었다. 거리가 이렇게 붐비는데 클럽은 또 얼마나 성황일까. 대중적이지는 않지만 메탈 판에서 입지를 탄탄히 다진 밴드였고 정규앨범을 낸 지도 얼마 안 되어 관객이 많을 것 같았다.

예매할걸. 자리 없으면 어쩌냐?

기대 반 걱정 반으로 그들은 지하에 있는 클럽으로 향

했다.

그러나 열기로 들끓을 줄 알았던 클럽은 우려가 무색할 정도로 한산했다. 채 열명도 안 되는 관객 사이에 세 사람은 띄엄띄엄 섰다. 곧이어 얼굴에 희고 검은 콥스 페인팅을 한 밴드가 스테이지로 나왔다. 세 사람은 열렬히 환호했다. 그 정도로 열띤 반응을 보이는 게 자신들뿐이라 금세 겸연쩍어졌지만.

첫 곡이 시작되고 얼마 지나지 않아 관객 두명이 슬그머니 빠져나갔다. 신경 쓰지 않으려 해도 어쩔 수 없이 빈 자리가 체감되었다. 남은 이들끼리 열심히 곡을 따라 부르며 모싱도 하고 슬램도 했으나 분위기는 좀처럼 달아오르지 않았다. 목소리를 긁으며 포효하던 보컬도 시간이 지나자 점점 기가 죽었고 '불바다'나 '지옥' 같은 살벌한 노랫말들은 어색함 속에 묻혔다.

우림은 울적한 마음으로 스테이지를 올려다보았다. 밴드의 마지막 곡은 애석하게도 매릴린 맨슨의 「Rock Is Dead」였다. 절정에 다다르자 기타리스트가 기타 줄을 거칠게 물어뜯었는데 그 회심의 퍼포먼스에도 불구하고 공연은 앙코르나 여흥 없이 끝나버렸다.

지상에 올라오자마자 세 사람은 아무 말 없이 담배를

연달아 태웠다. 침묵 외에 달리 공유할 만한 게 없었다. 좌절이나 실망, 슬픔을 나누고 싶진 않았으니까.

술이나 마시러 가자.

친구들의 말에 우림은 고개를 끄덕였다. 진탕 취하면 지금의 우울도 옅어질 것 같았다. 그전에 담배를 사오겠다며 조현과 시우가 잠시 자리를 비운 사이, 우림은 아까의 밴드가 클럽을 빠져나오는 것을 보았다. 짙은 콥스 페인팅을 지우고 민낯이 된 그들과 눈이 마주쳤을 때, 우림은 자신도 모르게 시선을 피했다.

공연 잘 봤다고 넉살 좋게 말을 건넸다면, 다음 앨범도 기다리겠다고 격려라도 했다면 어땠을까, 가끔 우림은 생각하지만 그때는 그저 그들이 시야에서 사라질 때까지 못 본 척 고개를 떨궜다. 밴드는 그후 크고 작은 무대에 몇차례 서다 홀연히 해체했다.

친구들은 한참이 지나서야 돌아왔다. 펍을 안내하라는 우림에게 조현은 난처한 얼굴로 말했다.

저기…… 내 동기들 불러도 되냐? 지금 이 근처라는데.

뭔 소리야? 우리끼리 마시는 거 아니었어?

그렇긴 한데, 같이 놀면 재밌을 거 같아서.

설상가상으로 시우는 새벽에 아버지를 따라 외근을 가

야 한다며 막차를 타겠다고 했다. 습관적으로 파투를 내고 내키는 대로 계획을 변경하는 건 그들의 고질이었지만 그래도 오늘은…… 우림은 첫 서울 나들이에 들떠 새 옷을 사고 왁스로 머리를 매만지던 자신을 떠올렸다. 근사한 펍에서 술을 마시고 친구의 자취방에 드러누워 밤을 지새우길 고대하던 자신을.

조현이 물었다.

어떻게 할래? 불러도 돼?

끓어오르는 감정을 가라앉히며 우림은 그러라고 했다. 이 밤을 불쾌하게 마무리하고 싶지는 않았다.

조현의 동기들은 살가웠다. 우림과 술잔을 부딪쳐주고 공통분모를 찾으려 이런저런 말을 주워섬기기도 했다.

우림씨는 어디 대학에 다녀요?

저는 대학 안 다녀요.

아…… 그럼 무슨 일 해요?

전 음악 해요. 메탈이요.

아…… 그렇구나.

자주 끊기는 대화, 빠르게 말끝을 돌리는 이들. 정작 우림은 무감했는데 조현의 동기들은 결례라도 저지른 것처럼 어쩔 줄 몰라하다 후에는 그들만 아는 이야기를 나누었다. 안주로 나온 눅눅한 감자칩을 주워 먹으며 우림은 조현과 그의 동기들 틈에 서먹하게 앉아 있었다.

모두 적당히 취해갈 즈음 동기 하나가 조현에게 물었다.

편입 준비는 잘돼가?

응, 뭐…… 그럭저럭.

조현은 답을 피하고 싶어하는 눈치였지만 동기는 속속들이 사정을 들추었다. 조현이 재작년부터 편입을 준비하고 있으며 벌써 두번이나 떨어졌다는 것. 우림은 미처 몰랐던 이야기였다. 신경을 거스르는 말들이 이어짐에도 조현은 이보 전진을 위한 일보 후퇴라며 웃음으로 상황을 눙쳤다. 그날 술자리 내내 조현은 나긋했다. 직설적으로 말을 뱉고 자존심을 굽히지 않던 지난날의 그와는 사뭇 달랐다.

첫차 시간이 가까워지자 우림은 슬그머니 펍을 나섰고 인적 드문 역사에서 기차를 기다리며 펍에서 있었던 일들을 반추했다. 인파로 어지럽던 홍대 앞, 밴드의 처연한 뒷모습, 친구의 낯선 모습들. 그 밤에는 조현과 제대로 된 대화도 나누지 못했다.

허탈함을 누르며 우림은 팔뚝을 매만졌다. 바늘이 지난

자리가 홧홧하게 아려왔다.

*

  2015년 12월 28일.

  레미 킬미스터가 타계했다. 갑작스러운 부고가 믿기지 않아 우림은 멍하니 포털 창을 바라보았다.

  우리의 한 시절이 저물었구나.

  허망함을 품은 채 그는 친구들에게 메시지를 보냈다. 야, 레미 형 죽었대. 한참 뒤에야 답이 왔다.

  나도 봤어.

  함께 애도하며 마음을 추스르고 싶어 우림은 몇마디를 더 보태봤지만 돌아오는 답은 'ㅜㅜ', 짤막한 이모티콘이 전부였다. 얼마 지나지 않아 연애를 시작한 시우의 이야기로 화두가 옮겨갔고 레미 킬미스터의 부고는 순식간에 묻혔다.

  해가 바뀌고 그들은 차례차례 입대했다. 대체복무를 노리며 늑장 부리던 조현이 먼저 현역병이 되었고 우림도 반년 뒤 그를 뒤따랐다. 고교 시절 각막에 화상을 입은 시우는 약시 판정을 받고 사회복무요원으로 일하게 되었다.

우림이 백일 휴가를 나오던 날, 그들은 일정을 맞춰 모처럼 아지트에 모였다. 군기가 바짝 든 이병 우림과 그런 우림 앞에서 기강을 잡는 일병 조현, 반삭의 친구들을 비웃는 장발의 시우. 군대와 취업, 요즘 활약하는 걸그룹에 대해 시우와 조현은 열띠게 토론했다. 그 틈에서 우림은 할 말을 고르다 넌지시 이야기했다.

요즘 내가 만들고 있는 곡 들어볼래? 아직 리프 다 짜진 못했는데……

요즘도 작곡하냐? 군대에서도 그게 돼?

친구들은 우림의 자작곡을 반쯤 듣고 감상을 들려주었다. 좋네, 괜찮네. 그게 끝이었다. 우림이 메탈을 논하거나 과거를 들출 때마다 친구들은 슬며시 화제를 돌렸다. 훈련소에서의 일화나 개인 정비 시간마다 틈틈이 하는 자격증 공부, 관물대에 붙여놓은 트와이스 사진. 트와이스 좋지, 공감을 표하면서도 우림은 친구들의 대화에 온전히 녹아들지 못했다.

술이 떨어져갈 즈음 우림이 말했다.

간만에 밤바리나 뛸까.

돌았냐. 군복 입고 운전하면 영창이야.

조현과 시우는 손을 내저었지만 술이 더 오르자 들키

메탈

면 영창 가지 싶은 마음으로 오토바이에 올랐다.

늘 그랬듯 그들은 해안도로를 달렸다. 가을이라 밤공기가 찼다. 거센 해풍이 얼굴을 때리고 옷깃을 거칠게 잡아끌었다. 한때는 동네 사람들을 다 깨울 것처럼 비명을 내지르고 핸들을 이리저리 꺾으며 반동을 즐기던 그들이었으나 이젠 누구도 그에 감흥을 느끼지 않았다. 몸을 사리며 슬렁슬렁 도로를 누빌 뿐이었다.

만조가 가까워지자 세 사람은 방파제에 자리를 잡고 미지근한 맥주를 마셨다. 졸업하고 삼년이 지났는데도 마을은 그대로였다. 촌스러운 간판을 단 횟집과 누렇고 탁한 바다, 살 오른 갈매기. 그 불변이 반갑다기보다는 쓸쓸하고 초라하게 느껴졌다.

여긴 아직도 이 모양이네. 발전도 없고.

조현이 맥주 캔을 우그러뜨리며 말했다.

너네 계속 여기서 살 거냐?

도태, 퇴화 같은 단어를 섞으며 조현은 쇠락해가는 동네를 신랄하게 비난했다. 다 때려치우고 서울로 올라오라 말하기도 했다.

야, 니들도 서울 올라와서 뭐라도 해라. 여기 무슨 미래가 있냐. 곧 망할 거 같은데.

속없이 웃는 시우와 달리 우림의 마음은 끝도 없이 곤두박질쳤다. 조현의 말에 묻은 비관이 자신을 건드리는 것 같았다. 너한테 무슨 미래가 있냐. 되도 않는 음악이나 하면서 평생 살아. 조현의 말을 곡해하다 우림은 쏘아붙였다.

그러는 넌? 서울 가서 뭐 대단한 거라도 했나봐?

뭔 소리야?

우림은 조현의 동기들이 했던 이야기를 들추었다. 조현이 편입을 준비했다는 이야기, 번번이 떨어졌다는 이야기까지 기어이. 시우는 어안이 벙벙해진 채 두 사람을 번갈아 보았다. 조현의 얼굴이 일그러지는데도 우림은 거침없이 말을 쏟아냈다.

왜 우리한테는 얘기 안 했냐? 쪽팔렸냐?

금방이라도 주먹이 오갈 것 같았다. 일촉즉발의 상황에서 먼저 몸을 뺀 건 조현이었다. 꽉 쥐고 있던 주먹을 풀고 그는 어이없다는 듯 웃었다.

이럴 줄 알고 말 안 한 거야. 등신아.

조현은 한심하다는 얼굴로 우림을 바라보다 등을 돌렸다. 대강 상황을 파악한 시우가 한숨을 쉬었다.

니들은 무슨 만날 때마다 이러냐. 난 이제 모르겠다. 둘이 알아서 해라.

시우도 자리를 뜨고 우림만 남았다. 가로등 없는 도로를 홀로 걷다 우림은 아지트에 다다랐다. 먼지 쌓인 드럼 세트, 군데군데 떨어져나간 흡음 스펀지, 곰팡이 냄새. 동이 틀 때까지 사사로운 이야기를 나누고 메탈을 듣고 나른한 희열을 느끼던 지난날이 문득 떠올랐다.

우림은 조현에게 전화를 걸었다. 한동안 신호음이 이어졌다. 조현이 전화를 받고 시큰둥한 목소리로 할 말 없냐? 물으면 이 일도 대수롭지 않게 넘길 수 있을 것 같았다. 다시 안 볼 것처럼 치고받다가도 반나절이면 무슨 일 있었냐는 듯 변죽 좋게 농담을 주고받곤 했으니까. 우리는 그런 사이였으니까. 우림은 생각했다.

하지만 조현은 우림의 전화를 받지 않았다.

*

우림은 제대 후 이년간 낮에는 펜션 청소를 하고, 밤에는 사이버대학에 다니며 경영학 학위를 취득했다. 데모 앨범을 음반사에 뿌렸다가 매몰차게 거절당한 뒤론 작곡을 하지 않았고 음악도 거의 듣지 않았다. 더이상 기타도

치지 않았지만 간혹 어머니의 간곡한 권유에 못 이겨 교회 밴드부에 불려가기는 했다.

아드님이신가? 무슨 일 하시나?

어머니는 그럴 때마다 우림을 촉망받는 경영학도라고 소개했다. 어느 대학을 졸업했냐 물으면 저기 어디 있어, 하며 어물쩍댔고.

사업가 되시겠네.

사족을 없는 신도들에게 어머니는 소곤소곤 일렀다.

안 그래도 얘가 요즘 사업 준비를 하고 있잖아.

가업을 이어받을 요량으로 학위를 땄으니 영 틀린 말은 아니었지만 십자가 앞에서 눈 하나 깜짝 않고 낭설을 퍼뜨리는 어머니를 보고 있으면 우림은 괜히 죄책감이 들었다.

헤비메탈을 연주하던 기타로 우림은 복음성가를 연주했다. '사랑은 허구'*라 내지르는 대신 '사랑은 오래 참고 사랑은 온유하며' 읊조리다보면 과거의 자신이 허상처럼 느껴졌다. 코발트빛 꿈을 꾸던 소년들도, 그들이 수시로 드나들던 아지트도 전부 허구 같았다.

---

* 모션리스 인 화이트의 곡 「Another Life」.

외벽이 녹슨 아지트는 이제 시우의 낚시 창고로 사용되고 있었다. 기타 스탠드엔 낚싯대가 걸렸고 앨범을 꽂아두던 책꽂이는 릴과 찌를 보관하는 용도로 쓰였다. 낚싯대 좀 치우라고 핀잔하던 우림도 언젠가부터 그러려니 했고 할 일 없는 주말이면 시우와 바다낚시를 가기도 했다.

방파제 한편에 자리를 잡고 시우와 우림은 해수의 흐름이 잔잔해지길 기다렸다. 만조였다. 검고 어두운 바다에 채비를 던져넣고 두 사람은 시시콜콜한 이야기를 나누었다. 돈과 생업, 얼마 전 헐값에 처분한 오토바이에 대해. 한때는 근사해 보였지만 시간이 지나며 희미해지고 투박해진 타투에 대해.

살에 파묻혀서 이젠 보이지도 않는다.

몇년 사이 시우는 살이 많이 쪘고 결혼을 해 아이도 생겼다. 또래보다 일찍 걸음마를 뗀 아이가 그 무렵 시우의 유일한 관심사이자 자랑이었다. CD를 팔아 유아용 카시트를 구입하고 메탈 대신 「상어 가족」을 흥얼대는 친구를 못마땅하게 여긴 적도 있었으나, 그것도 다 옛일이었다. 우림이 더는 데모 앨범을 녹음하지 않았을 때부터였을까. 아니면 시우가 결혼했을 때? 그도 아니면 조현이 이 무리에서 빠졌을 때부터였나. 어느 순간부터 메탈은 그들 사이에서 금기어가 되었다. 과거사도 마찬가지였고. 하지만 이렇게 낚시를 하다 찌도 움직이지 않고 화젯거리도 소진될 때면 누군가 넌지시 다 지나간 옛이야기를 꺼내곤 했다.

그때 네가 펜션에서 맥주 훔쳐와서 같이 나눠 마셨던 거 기억나냐?

훔친 거 아니다. 주워 온 거지.

그 맥주 진짜 달았는데. 그때 너랑 조현이랑 치고받아서 이 형님이 말리느라 진 뺐잖냐.

한창 떠들다가도 조현의 이름이 나오면 별안간 대화가 끊기고 침묵이 흘렀다.

우림의 표정을 살피며 시우는 조심스레 물었다.

너네 아직도 연락 안 하냐?

오랜 취업 준비 끝에 공기업에 입사하고 지금은 대학 시절 연인과 결혼을 앞두고 있다는 조현의 근황을 시우는 슬그머니 흘렸다.

아직 청첩장은 안 나온 것 같더라. 그전에 화해하면 어떠냐. 내가 자리라도 만들면⋯⋯

시우의 말이 끝나기도 전에 우림이 소리쳤다.

됐어, 그 새끼 얘기 꺼내지도 마. 하나도 안 궁금하니까.

말은 그렇게 했지만 우림은 간간이 메신저 프로필을 통해 조현의 근황을 살폈다. 조현의 프로필을 장식하던 메탈리카의 앨범 재킷이 사라진 것도, 그가 타투를 지웠다는 것도 알고 있었다. 시우에게는 말하지 않았지만 조현의 공기업 합격과 결혼 소식도 알고 있었다. 그 소식을 가장 먼저 축하하고 복을 빌어주고 싶었던 이가 자신이었다는 것도.

우림이 말했다.

야, 우리 아지트 정리하자. 이제 음악도 안 하는데 드럼이니 기타니 싹 다 버리자고.

……그래도 괜찮냐?

시우의 물음에 우림은 애써 태연히 답했다.

이제 상관없어.

느슨했던 낚싯줄이 돌연 팽팽해졌다.

야, 잡혔나보다.

시우가 외쳤다. 묵직했다. 우림은 왼손에 낚싯대를 끼고 얼레를 살짝 풀었다가 줄을 감았다. 무게만으론 무엇이 낚였을지 가늠할 수 없었다. 은빛 비늘을 품은 대어일지, 다 녹슨 해양 쓰레기일지.

어두운 수면 아래 서서히 모습을 드러내는 그것을 기

다리며 우림은 낚싯대를 힘껏 당겼다.

두 달 뒤 일요일, 우림은 아지트로 향했다. 문을 활짝 열어젖힌 채 그는 벽면에 붙은 흡음 스펀지와 들창을 가리고 있던 빛바랜 포스터를 떼어냈다. 감도가 떨어져 밟아도 진동이 울리지 않는 베이스 드럼, 귀퉁이가 깨진 심벌까지 전부 밖으로 옮기자 그제야 한 짐 던 것처럼 홀가분해졌다.

이렇게 간단한 일을 왜 지금껏 미뤄왔을까.

우림은 그 이유를 알고 있었지만 굳이 복잡하게 마음 쓰지 않기로 했다. 어찌 되었든 이주 뒤면 그는 이곳을 떠나 남해로 갈 것이었다. 일찌감치 남해에 자리 잡은 형이 내려오길 권해 큰 고민 없이 이사를 결정한 터였다. 작년과 올해, 불황이 지속되며 동네의 숙박업소들은 줄줄이 문을 닫았다. 우림의 집이라고 예외는 아니었다. 2대째 이어온 가업을 접을 수 없다며 버티던 부모도 피서철 벌이가 적자로 이어지자 이내 손을 놓았다. 그래, 언젠간 뜨고 싶은 동네였으니까. 마음을 추스르며 우림은 아지트를 청소했다.

마지막으로 책꽂이를 들어내고 그 안에 꽂혀 있던 앨

범들을 하나하나 정리할 때, 우림의 가슴속에서 따끔한 전류가 꿈틀댔다. 람슈타인, 모터헤드, 주다스 프리스트…… 잊고 싶었지만 깊숙이 잔존해 있던 여러겹의 기억. 귓가로 흘러들어와 온몸을 한바퀴 훑고서도 빠져나가지 않던 격렬한 열기. 어둠 속에 무엇이 있는지 두려워하지 않고 한길을 내달리고 같은 꿈을 꾸던 소년들……

우림은 핸드폰을 꺼내들고 연락처를 뒤졌다. 그리고 망설이며 통화 버튼을 눌렀다. 사년 만이었다. 신호가 가는 것을 들으며 우림은 천천히 숨을 들이쉬었다.

또다시 무모한 짓을 벌이는 건 아닐까. 그렇지만……

생각하며 그는 연결음이 끊기고 친구의 목소리가 들려오기를 기원했다. 먼 데서 고요히 파도 소리가 들려왔다.

진짜?
—— 성해나 소설의 '나아감'에 대하여

양경언

이야기가 지나간 자리

무엇보다 성해나의 소설이 남기는 잊기 힘든 결말에 대해 말해야겠다는 갈급함을 느낀다. 소설의 마지막을 장식하는 여느 마침표가 성해나의 작품에서만큼은 완결을 위한 기능으로 쓰이지 않는다. 독자는 한동안 이야기가 지나간 자리에 우두커니 머무는 듯한 기분이 들 것이다. 여운이 남는다거나, 감상에 젖게 만든다는 표현으로 설명하기에는 부족하다. 마지막 문장 끝에 찍힌 마침표가 결말 자리에 덩그러니 남겨진 독자를 비추는 거울 같은 역할을 하고 있기 때문이다. 더욱이 『혼모노』에 수록된 작품들이 마련한 이 거울은, 마침표 형태 그대로 구(球)의 생김새를 하고 있어 독자인 우리 앞을 정면으로 비추다가도 그 거울을 뒤로한 채 자리를 뜨려는 우리의 등 돌린 모습까지 내내 비추려든다. 소설이 나 자신도 볼 수 없는 뒷모습까지 비춘단 말인가, 우리가 어떤 다음으로 향하는지 내내 지켜본단 건가. 이를 두고 다음과 같은 말을 꺼내고 싶어진다. 성해나가 전하는 이야기에는 이미 우리가 있고, 그 이야기는 동시에 우리의 삶을 형성한다고. 그러니 성해나의 소설을 막 읽은 뒤 독자는 요동치는 감정의 파동을 감당하면서 스스로에게 물을 수밖에 없다고. 우리가 지금 어디에 있는지, 어디로 가고자 하는지.

'나'가 아니라 '우리'를 주어로 삼은 질문을 맞닥뜨리게 한다는 얘기부터 하자. 「구의 집: 갈월동 98번지」는 시종일관 차분한 어조로 이어지지만 그러한 서술자의 음성에서 종국에는 '인간'의 이름으로 추구되는 일이 냉정하게 드러나는 작품이다. 제목에서 언급되는 주소지가 "갈월동 98번지"이기도 하거니와, 소설은 작품 도입부에 등장하는 건축물에 대해서 1980년에 "창도 좁고 외부에서 내부로 들어오는 경로도 제한"(158면)된 형태로 지어졌다는 설명을 부러 언급한다. 이를 통해 소설의 주된 배경이 한국사의 치욕적인 족적이라 할 수 있는 '남영동 대공분실'임을 의도적으로 떠올리게 하는 것이다.

그러나 소설 속에서 "구의 집"으로 불리는 이곳을 '소설의 주된 배경'이라고 하기에는 어딘지 어색하다. 그도 그럴 것이 소설의 관심은 '남영동 대공분실'을 연상케 하는 '구의 집'에서 벌어진 일 이전, 무자비한 폭력을 은폐시키는 데 능란한 환경이 자리 잡기까지 그 건물을 실제로 설계하고 건축한 사람들이 무슨 일을 벌였는가에 있기 때문이다. 소설은 건물이 존재조차 하지 않았을 때, 인간이 '인간'이기 때문에 발휘할 수 있는 창의력으로 어떤 종류의 일을 존재하게 만드는지를 추적한다. 소설이든 건물이든, 인간이 무언가를 '짓는' 과정은 그 자체가 언제나 창안하지 않고는 살 수 없는 삶에 대한 거대한 메타포를 담지하기 마련이다. 인간으로 태어난 이상 무언가를 만들지 않는 이 하나 없고, 만들어진 무언가는 어떻게든 세상에 영향을 끼친다. 그렇다면 '어떤 것을 지을 것이며 무엇을 위해 지어야 하나'와 같은 문제는 우리가 평생 짊어지고 가야 할 숙제라고 할 수 있나. 그렇다고 하기엔 우리가 짓고 있는 게 무엇인지 우리 자신이 제대로 안다고 말하기도 쉽지 않으며, 그를 제대로 알기 위해 분투하는 편보다 알지 못한 채 살아가는 편이 따르기 쉬운 삶의 관성에 가까울 것이다. 소설은 후자의 방식을 따르는 사람들이 역사의 한 부분을 차지한다는 사실을 조명함으로써 역으로 인간이라면 적어도 자신이 무엇을 짓는지, 무엇을 위해 짓는지를 알기 위한 노력을 저버리지 말아야 한다는 편에 힘을 싣는다.

소설의 주요 갈등은 건축가 '여재화'가 출세의 가도를 달리는 스스로에 취해 '국가 기밀 사업'까지 떠맡게 되면서 조성된다. 주어진 시간에 비해 해결해야 할 업무량이 과도해진 나머지(절대 기밀 사업의 '목적'이 부담스러워서가 아니다) 여재화는 해당 업무의 보조를 제자인 '구보승'에게 맡긴다. 구보승의 설계는 평소 여재화로부터 "합리적이고 도식적일 뿐"(164면)이라는 평가를 받아왔으나, 구보승의 야망 없이 물렁한 특성은 그가 기밀 사업의 조수 역할을 하기에 적합하다는 판단을 내리게 한다. 여재화는 구보승을 그가 만든 작품과 다르지 않게 "더없이 안전"(같은 면)하다고 느낀다. 하지만 여재화가 본 이와 같은 구보승의 면모는 이들이 참여하는 국가 기밀 사업, 즉 '고문실' 설계 과정에서 오히려 "이상을 뺀 지독한 합리주의"(185면)로 발현되기 시작한다. 이는 짓는 행위의 향방을 결정하는 '목적'의 타당성에 대한 의심이 없을 때, 정치사상가 한나 아렌트식으로 말하자면 그에 대해 사유하기를 고의적으로 미룸으로써 자신이 택한 길을 상투적으로 걸으려 할 때, 인간이라는 존재가 어떻게 거대한 폭력에 열정적으로 복무할 수 있는지 보여주는 사례가 된다.

설계도는 구조와 자재, 설비까지 완벽히 짜여 있었다. 취조실의 구조도 전과 비슷했으나 한가지 달라진 게 있다면 창문이었다. 취조실마다 폭이 좁은 수직창이 배치되어 있었다.

선생님, 제가 잘못 생각했습니다. 인간에게는 희망이 필요합니다.

여재화는 흠칫했다. 이제껏 구보승이 밀어붙였던 합리와 대척점에 놓인 사고였다. 드디어 인간을 고려하다니. 독학하는 과정에서 건축의 기조를 깨달은 게 아닐까, 어렴풋이 유추하며 여재화는 안도했다.

그래, 자네 말이 맞아. 인간이 생활하는 공간에 창이 없어선 안 되지.

네. 제가 선생님의 뜻을 미처 알아채지 못했습니다. 빛이 인간에게 희망뿐 아니라 두려움과 무력감을 안길 수도 있다는 것을요. 그래서 창이 필요했던 건데…… 저는 완전히 반대로 생각했으니까요.

(…) 구보승은 화색을 띤 채 말을 이었다. 빛이 공간의 형
태를 드러내 조사자에게 두려움을 심고 시간의 흐름을 느끼
게 해 무력감을 안길 거라고.

희망이 인간을 잠식시키는 가장 위험한 고문이라는 걸 선
생님은 알고 계셨던 거죠?(191~92면)

인용한 장면에서 구보승은 "건축에서 가장 중요한 건
인간"(192~93면)이라는 여재화의 지도를 자의적으로 받아
들임으로써 '인간'이란 자신의 신념을 저버리지 않기 위
해 용감하게 강단을 발휘하는 존재이지만 불안과 공포를
극단적으로 느끼는 존재이도 하다는 점, 희망을 구하는
과정에서 스스로를 절망에 내던지며 쉽게 무기력해질 수
있는 존재이기도 하다는 점을 이용한다. 간단하게 요약할
수 없는 인간의 특징을 활용함으로써 자신이 설계하는 건
축물의 기능을 최대치로 올리고자 했던 것이다. 구보승에
게 '빛'은 흔히 알려진 대로 희망에 가닿는 교두보와 같은
비유로 고정되지 않고, 도리어 희망과의 낙차를 감지하게
만드는 매개물이라는 의미에서 애매성을 띤 상징으로 해
석된다. 이는 앞서 언급했던 한나 아렌트가 『예루살렘의

아이히만』에서 제2차 세계대전 당시 유대인들을 강제수용소로 내몰고 죽음으로 이끈 '아이히만'을 향해 내렸던, 희생자 관점으로 사물을 보는 "상상력"을 "결여"*했다는 평가로부터 한발 더 나아가 국가폭력의 피해를 입는 이들의 관점에서 사물을 보는 상상력을 매우 열심히 발휘함으로써 구조적 폭력에 더욱 충실하게 복무하는 모습에 해당한다. 이때 구보승의 '상상력'은 주어진 업무의 목적을 일절 의심하지 않는 선에서, 자신의 행위가 영향을 미치는 시스템을 총체적으로 조망하고자 하는 노력을 결코 하지 않음으로써 발휘된다. 구보승이 문제적 인물로 다가오는 이유는 그의 합리성 추구가 '순전한 무사유'에서 비롯되었을 뿐 아니라, '치열한 사유'로 계속해서 이어지기 때문이다.

구보승의 입장이 분명해질수록 아이러니하게도 여재화가 "세속이나 명욕 같은 불순물만 남았다고 여겼던" 자신 내부로부터 "건축 위에 사람이 있다고 믿었던" "초심"(180면)을 불러일으키는 대목은 이 소설이 구보승과만 비판적인 거리를 두고 있지 않음을 알린다. 결과적으로는

---

* 한나 아렌트『예루살렘의 아이히만』, 김선욱 옮김, 한길사 2006, 391면.

"희망이 인간을 잠식시키"(192면)기도 한다는 걸 건축물로 구현하라는 과제를 국가로부터 기꺼이 수주받은 책임은 여재화에게 있기 때문이다. 그럼에도 여재화는 구보승의 '지독한 합리주의'를 당혹스럽게 여기며 완공된 건물에 "자신의 의도가 담기지 않았다고"(195면) 간주하고, 건물의 정초석에 자신이 아닌 구보승의 이름을 설계자로 새기는 "마지막 야만"(195~96면)을 행한다. 아무리 '빛'에 대한 다른 해석을 내놓는다 하더라도, 여재화는 자신에게 주어진 '짓기' 행위의 끝에 무엇이 기다리고 있을지를 사유하는 고통을 내내 회피함으로써 건축물 완공에 기여한 셈이다.

소설은 독자에게 여재화와 구보승 둘 중 당신은 어디에 속하는지, 혹은 둘 중 누구를 택하고자 하는지를 묻지 않는다. 그보다는 소설 곳곳에 등장하는 '인간이란 무릇'이라는 표현과 같이 정갈하게 정리된 언어로는 설명할 수 없는, 인간이라는 존재가 지닌 제약된 시야와 그러한 존재적 조건에도 축적되고 형성되어가는 역사를 복잡하게 생각하도록 유인한다. 오랜 세월이 지나 노쇠해진 구보승이 자신이 한때 해당 건축물에 몰입했던 이유를 명확히 설명하지 못한 채 "갈월동을 천천히 누"비며 "즉석복권을 한장 사야겠다고 생각"(201면)하는 결말은 그래서 더욱 초라하게 느껴진다. 소설은 구보승이든 여재화든 그들을 지켜보는 우리든, 각각의 존재는 자신이 하는 일이 얼마나 큰 파장을 일으킬지 제대로 알기 어려우며, 바로 그와 같은 이유로 어떤 한 시절의 사건이 결말에 이르렀다 하더라도, 설혹 조금이나마 알 것 같다고 여기는 그것이 진짜인지 스스로 묻는 자리에 남겨질 수밖에 없음을 서늘하게 보여준다. 이는 역사적 순간의 특정한 고비마다 어떤 우매한 사람들이 있고 그이들이 보여주는 모습 속에 곧 인간 일반의 어리석음이 있다는 식의 해석, 다시 말해 지금 이곳은 어쩔 수 없이 흘러가버린 시간의 결과일 뿐이라는 감상을 허용하지 않는 방식에 해당한다. 성해나는 소설 속 인물들을 후일담의 일원으로 남겨놓을 생각이 없다. 이미 세상을 떠난 여재화와 소시민적으로 늙어가는 구보승 모두 자신의 선택에 의해 거기 그 자리에 당도하지 않았나. 필연적으로 한정된 시야만이 주어진 인간의 삶에서 중요한 것은 우리 자신이 택한 만큼 우리가 움직인다는 사실일지도 모른다. 결말 자리에 남겨진 독자는 그 누구도 특별하게 옹호하거나 비판할 필요도 없다. 다만 소설 속 인물들의 선택과 행동을 어떻게 이해해야 하

해설

는지, 그러한 이해를 시도하는 우리는 어디로 움직일 것이며 무엇을 만들지에 대한 선택의 기로에 당도했음을 깨닫게 될 뿐이다. 여기서 선택이란 주어진 보기 중에 하나를 고르는 방식이 아니라, 우리가 직접 써나가야 하는 주관식으로 구성되어 있다는 의미이다. 또한 이는 개인의 사사로운 범위에서 행해지는 게 아니라, 시대와 역사가 우리와 더불어 어떻게 쓰일 수 있는지에 대한 과업이 끝내 인간에게 주어졌다는 사실로부터 비롯된다.

인간을 위한 관대한 옹호가 아닌 엄격한 이해를 요청함으로써 소설의 결말에 이른 독자로 하여금 담대하게 동시대를 마주하게 만드는 일은 「스무드」에서도 이어진다. 이 작품은 한국계 3세대 이민자인 미국인 '듀이'가 비즈니스 차 난생처음 서울을 방문했을 때 우연히 광장에서 마주친 극우 집회 구성원들로부터 환대를 받는 이야기다. 한 문장으로 줄거리를 요약했지만, 간략하게 적힌 저 표현 속에 듀이라는 인물이 '미국인'으로서의 정체성을 강조했던 아버지 때문에 자신 내면에 자리 잡을 법한 '한국적인 특성'을 내내 억압해왔다는 정황, 한국 사회에 강고하게 뿌리내린 자본주의 소비문화의 포장술이 처음 한국을 방문한 듀이에게 기묘한 인상을 남기는 상황 등이 이미 예고되어 있어 이 소설 역시 간단하게만은 읽히지 않는다. 광화문 광장에서 "성조기와 '타이극기'"(84면)를 흔들며 대열을 이루는 '노인'들이 "당당"한 걸음과 "생기와 여유가 넘쳐"(86면)흐르는 표정을 하고서 집단적으로 듀이 앞에 나타났을 때, 듀이에게 내재되어 있던 정체성의 문제는 분리와 구별 짓기의 결과가 아니라 일체감과 동일성 형성의 과정이 된다. 극우 집회의 구성원은 겉모습은 아시아인이지만 한국어를 제대로 구사하지 못하는 듀이를 내내 살갑게 맞이함으로써 듀이로 하여금 "유대와 소속감"(103면)을 느끼게 한다. 그러나 이 소설은 우리를 극우 집회의 일원 한명 한명도 단지 사람일 뿐이니 개개인의 삶을 조명하면 다른 이야기가 시작될 수 있다는 식의 나른한 온정주의에 빠지도록 두지 않는다. 달리 말해 사람들의 정체성에서 정치성이 차지하는 지분을 낮추어 상대하지 않는다는 것이다. 그보다는 집회 구성원의 다정한 설명 속에 독재자의 과오가 "대통령의 위대한 업적"(105면)으로 둔갑해 있다거나, "열사" 개념을 왜곡해서 사용한다거나(107면), 광화문 광장을 "이승만 광장"(109면)으로 소개하는 장면 등을 통해 특정 집단의 성격이 구성원의 정체성을 가늠하는 데 중요한 역할을 한다면 그러한 무리에서 개개인을 일일이 분리시켜 그로부터 '사람'을 발견하는 일이 어떤 의미를 가질 수 있으며 그것의 의의와 한계는 무엇일지 묻는 일에 집중한다. "시끄럽고 이상하지만 뜨거운 이곳에서 나는 분명 그들과 섞이고 있었다"(같은 면)고 고백하는 듀이에게 독자인 우리는 현장의 실체를 어떻게 꺼낼 수 있을까. 하물며 서술자인 듀이는 "'타이극기'와 성조기가 포개진 배지와 한국 대통령이 담긴 배지"(111면) 중 하나를 예술가 '제프'에게 건넴으로써 듀이 자신은 여전히 "분노도 불안도 결핍도 없"고 "의도도 동기도 비밀도 없"는 포스트모던한 예술작품이 추구하는 "매끈한 세계를 추앙"(71면)하는 존재임을 보여주고 있지 않은가. 듀이는 극우 집회 사람들과의 만남을 탈맥락적으로 기억할 뿐 아니라(물론 이는 듀이 자신의 사적인 생활을 기준으로 했을 때는 전혀 맥락 이탈적이지 않다), 집회에서 선물받은 '배지'를 자신만의 특별한 기념품이라 여김으로써 이미 한 사회에서 맥락을 가진 특정 아이콘을 해당 맥락으로부터 이탈시켜 일반적인 문화콘텐츠로 소비해버린다. 이 손쉬운 탈각으로 형성된 '매끈한'(smooth) 세계를 어떻게 이해해야 할까? "알 수 없지만, 아주 좋은 하루였어요"(111면)라고 들릴 듯 말 듯한 목소리로 웅얼거리는 듀이의 충만한 표정이 깃든 자리에 남겨진 독자에게는 집요한 이해가 요청된다. 우리가 앞으로 어디로 가고자 하는지 제대로 선택하기 위해서라도, 독자는 성해나가 이끄는 이 복잡한 사유 속으로 들어가야 할 것이다. 성해나의 소설을 읽는 독자는 끝까지 능동적이어야 한다.

비밀을 발견하는 눈, 이야기를 지켜주는 귀

알지 못하는 누군가, 혹은 다 알았다고 여겼지만 실은 잘 모르는 누군가를 이해하기 위해 애쓰는 시간은 성해나의 인물들이 내내 겪는 것이기도 하다. 이와 같은 시간은 성해나의 첫 소설집 『빛을 걷으면 빛』(문학동네 2022)에서 누군가를 이해하고자 분투하는 과정이란 곧 그것을 시도하는 자기 자신을 이해하는 문제와 연동되어 있다는 이야기로 드러난 바 있다. 두번째 소설집 『혼모노』에 이르면 이는 개개인의 관계에서는 좀처럼 해명되지 않는 시대와 사회에 대한 이해로, 더불어 그 이야기가 읽히는 동시대 사람들의 현재와 미래에 대한 이해의 요구로 확장되어간다. 성해나의 소설이 상대하는 세상의 범위가 한뼘 더 넓어진 셈이다. 그리고 이는 대체로 특정한 시선이 아니라면 포착할 수 없는 현실을 그려내는 디테일로 전해진다.

가령 「메탈」은 메탈음악의 유행이 지난 1994년에 태어난 '우림' '조현' '시우'가 밴드를 꾸려 청소년기를 보내는 이야기인데, 그들만의 고유한 혼란과 정체(停滯), 나름의 성장이 이뤄지는 상황은 세 인물 중에서도 끝까지 음악을 붙잡고 있던 우림의 시선으로 전해진다. 서울로 대학을 간 조현이나 아버지 밑에서 일을 배우기 시작한 시우와 달리, 청년이 되고서도 나고 자란 곳에서 음악을 향한 이상을 지속적으로 추구하는 우림은 저물어가는 것들도 미래를 꿈꿀 수 있다는 명제를 실현하고자 한다. 물론 우림을 향해 "서울 올라와서 뭐라도" 하라고, 고향에 "무슨 미래가 있냐"(326면)고 단언하는 조현이 겪은 서울과 고향 사이, 현실과 이상 사이의 낙차가 남기는 혼란에도 이야기의 씨앗은 숨겨져 있을 것이다. 하지만 성해나는 주류를 향한 야망을 발휘하는 사람의 속내보다, 주변부의 쇠락을 온몸으로 겪어나가면서 주변부와 중심부의 경계가 분명하게 나뉜 상황의 타당성을 질문할 줄 아는 사람의 속내를 비추는 일에 공을 들인다. 지금 시대의 기준으로 가늠했을 때 남들이 부러워할 법한 잘사는 삶이라 할 순 없을지라도, 투박할지언정 제 몫의 현실을 감당하려는 이로부터 소설은 세상의 진실을 비끄러맨다.

한편 「잉태기」와 같이 소설이 다루고자 하는 현실의 세목을 더욱더 첨예하게 비판하기 위해 주요 인물의 속내를 끝까지 밝히지 않는 전략을 세운 작품도 있다. 이 소설에서는 남들이 부러워할 경제력을 갖춘 부유한 서술자 '나'와 그를 둘러싼 관계(그중에서도 '나'는 특히 딸의 애정을 차지하기 위해 '시부'와 경쟁 관계에 있다)가 등장하는데, 성해나의 소설에서 '가진 자'가 등장할 때마다 해당 계층의 속물성이 비판의 대상으로 떠오르듯 「잉태기」에서도 어김없이 서술자 '나'의 행동은 하나하나가 심문의 대상이 된다.

작품에서 '나'는 엄마의 위치에서 자신의 물적 자원을 기반 삼아 딸을 향한 애정을 표현하려는 인물이다. 따라서 제목인 '잉태기'는 비단 딸 '서진'의 임신 중인 기간만을 가리키는 게 아니라, 서진을 미국으로 무사히 원정 출산 보내고자 하는 '나'의 욕망과 국내 병원에서 손자를 만나고 싶어 며느리의 계획에 사사건건 트집을 잡는 시부의 욕망이 정면으로 충돌하는 기간을 이른다. 서로를 향해 적개심을 품고 있는 것으로 그려지는 '나'와 시부는 돈을 앞세워 "제 혈육을 향한 집요한 애정"(254면)을 가장한 통제와 관리를 일삼는 모습에서 다르지 않은 종류의 사람들이기도 하다. 더욱이 이들 사이에서 "겨루듯 치열히" 이뤄지는 "육아"(277면)가 임신한 성인을 대상으로 이뤄지고 있다는 점에서 한심하기 이를 데 없는 세태의 일환이 된다. 소설의 결말에서 '나'와 시부는 서진이 미국으로 출국하는 당일 공항에서까지 서로를 향한 삿대질을 거두지 않고, 그사이 양수가 터진 서진은 무슨 말인가 하지만 그것은 '나'와 시부에게 전달되지 않는다. 요컨대 소설의 갈등을 불러일으키는 중심에 자리한 서진의 목소리가 제대로 들리지 않는 것이다. 어쩌면 이들 사이의 애증 관계는 서진이라는 인물 그 자체로 인해 일어나는 게 아닌지도 모른다. 소설은 서진과 같은 위치에 있는 이들이 그들 계층이 이뤄내는 풍경에서는 중요하게 부각되지 않는다는 의미를 건네기 위해 특정한 시선을 일부러 소외시키는 전략을 택한다. 이를 통해 부유한 계층의 2세 내지는 3세가 이전 세대로부터 물질적인 풍요를 물려받는 일에만 집중하느라 자기 세대의 목소리를 키우는 데 관심을 두지 않고 철저히 의존적인 자세를 취하면서 소비적인 행위만 일삼는 세태를 꼬집는다. 첫번째 소설집에 수록된 「소돔의 친밀한 혈육들」에서는 부유한 계층의 속물성이 가족 구성원 바깥의 시선을 통해 폭로되었다면, 「잉태기」의 경우는 내부 구성원으로부터 그이들의 행태를 비판한 셈이다. 결말에 이르러 독자는 목소리가 제대로 들리지 않는 서진의 정체를 묻게 되고, 그즈음 어쩌면 '잉태기'라 라벨링된 이야기가 우리에게 제대로 도착하지 않았다는 점을 깨닫게 될지도 모른다. 그도 그럴 것이 이 소설을 읽는 동안 우리는 신뢰할 수 없는 '나'와 시부가 옥신각신 저들끼리 다투는 데만 골몰하느라 정작 그이들이 이루는 현실이 어떤 꼴사나운 상태를 잉태시키는지, 그러나 어떤 이들에게 왜 여전히 그이들은 선망의 대상인지, 그들만의 리그에서 드러나는 오늘날의 문제가 정확히 무엇인지에 대해선 깊이 있게 몰두하지 못했기 때문이다. 그런 말을 더 꺼내야 한다는 욕망을 독자들에게 부추기기. 소설은 거기까지 나아간다. 이를 두고 성해나의 소설은 일반적인 세태소설의 기능을 넘어서는 효과를 발휘한다고 말해도 될까. 소설이 단지 세태를 드러내는 일에만 복무하고 마는 게 아니라, 작금의 세상에서 우리가 택하고 가꿔나가야 할 진짜 삶의 방식은 무엇이어야 하는지를 묻는 데까지 나아간다고.

두번째 소설집에서 성해나는 소설에 대한 좀더 근본적인 물음을 가동시키는 것 같다. 이를테면 우리는 단편소설에 무엇을 기대하는가와 같은 물음을. 폭로는 뉴스가 담당한 지 오래고 박진감은 웹툰이나 OTT 드라마가 가져간 지 오래며, 사실을 '전시'하는 작업조차 예능 프로그램이 맡은 지 오래인 지금, 이야기 형식으로서의 단편소설은 독자와 무엇을 어떻게 공유하고자 하는가? 장편도 중편도 아닌 단편소설이라는 명칭을 굳이 짚은 배경에는 성해나의 작품이 단편소설의 규모를 의식하면서 독자인 우리로 하여금 스스로를, 혹은 우리가 속한 세상을 돌아보게 하는 자리를 확보해준다는 짐작이 자꾸 들기 때문이다. 아르헨티나 소설가 리카르도 피글리아의 표현을 빌려 "'보이는 이야기'와 그 속에 숨겨진 '비밀 이야기'의 다양한 방식의 조합"을 '단편소설'이라고 할 때,* 성해나의 소설은 자신에게 부여된 현실의 세부를 힘껏 매만져가는 과정에서 세상의 진실을 드러내 보이는 인물들로부터 이야기를 채워나간다고 말할 수 있을 것 같다.

가령 「길티 클럽: 호랑이 만지기」에서 영화감독 '김곤'

---

* 한기욱 『문학의 열린 길』, 창비 2021, 249면에서 재인용.

을 좋아하는 마니아들의 모임 '길티 클럽'의 일원이면서
도, 영화 애호가로서의 면모를 현학적으로 내세우는 일에
만 도취되어 있는 모임의 분위기와 합일되지 못하는 서
술자 '나'의 시점은 소위 "찐"(12면)을 찾는 이들이 말하는
'진짜'란 무엇인지 묻는 자리를 확보하는 장치로 기능한
다. 소설은 모임 분위기에 젖어들기 시작한 '나'가 김곤이
저지른 윤리적 과오를 믿음의 문제로 덮어버리는 장면을
인상적으로 전하는데, 이는 후일 김곤 감독 스스로가 자
신의 과오를 인정하면서 관객들에게 사죄 인사를 건넴으
로써 '나'가 '믿음'으로 덮어버린 진실의 일면이 자기 자
신을 다시 덮쳐오는 상황을 형성한다는 이야기의 전초가
된다. 어떤 현실의 한 단면은 그를 겪어나가는 나 자신도
모르는 사이에 세상의 비밀을 품는 법이다. 무슨 진실을
잉태할지 알려주지도 않은 채.

　김곤의 사죄를 듣고 헛헛해진 '나'의 물음은 진지해지
기 시작한다. 감독을 '진짜' 좋아하는 사람이라면 응당 따
라야 할 패턴이 있다고 스스로 가정해오지는 않았나. 우
리 삶을 이루는 숱한 면모들이 실은 '진짜'라고 간주되
는 것을 연기하면서 이뤄지고 정작 그를 통해 감추어지
는 건 따로 있지 않은가, 마치 호랑이를 실제로 만지는 관

광 상품이 흥하기 위해선 "고압전선이 둘러져 있는 자이언트 타이거 우리를 지날 때" "심한 누린내"(61면)를 못 맡은 척해야 하듯이. 소설은 "발톱이랑 송곳니를 다 빼서 괜찮"(63면)다는 호랑이의 반질반질한 등을 만지면서 "어쩐지 죄를 저지르는 것 같으면서도 묘하게 흥분"(65면)되는 느낌에 젖어드는 '나'를 통해 독자의 눈이 진실된 가짜 맛에 중독되어가는 세상의 비밀 앞에서 뜨이길 바란다.

스타트업 회사 내에서 높은 연령대에 해당하는 동료들과 '소서리'라는 마을을 브랜딩하는 TF를 꾸리면서 벌어지는 일을 다룬 「우호적 감정」에서 앞서 언급한 소설의 특징은 "차마 삼키지도 뱉지도 못한" "뜨거운 딤섬"(240면)의 이미지로 제시된다. 어떤 현실은 그 현실을 지탱하는 비밀이 버젓이 드러났음에도 여전히 유지되는 관성을 발휘하고, 유지되는 현실 자체가 어쩌면 우리에게 아직 와닿지 않은 진실의 다른 형태일 수도 있음을 알린다. 비밀과 진실이 존재하는 방식에 관심을 두는 허구의 형식은 성해나의 단편소설에서만큼은 끝내 누설되지 않는 비밀을 품은 이야기를 지켜주는 귀로 작동한다. 이 귀는 그러므로 비밀을 품은 진짜를 가려내면서 듣는 일에 활용된다기보다, 진짜가 무엇인지를 묻는 과정으로부터 물러나지 않을 때 구성되는 진실을 섭수하는 역할을 한다고 말해야 할 것이다. 다른 무엇이 대신 해줄 수 없는 바로 그 역할을 성해나의 소설이 한다고.

'진짜'는 어떻게 증명되는가

소설의 몫을 진짜에 대한 탐구로 정직하게 배분해두는 일은 어쩌면 성해나 소설이 진작부터 품어왔던 고민에서 비롯된 것일지도 모른다. 첫번째 소설집에 마지막 순서로 배치된 작가의 자전소설 「김일성이 죽던 해」에서 서술자 '나'는 자신의 문학적 기원으로 1994년에 공장을 다니며 노동자 글쓰기 모임을 했던 비밀이 기록되어 있는 엄마의 숨겨둔 일기장을 소환하기 때문이다. 한국문학사의 시선으로 연도를 헤아려보자면, 신경숙의 『외딴방』(문학동네 1995)이 출간됐던 해에 문학을 꿈꾸던 여성노동자 세대의 딸들이 이제 소설을 쓴다는 얘기가 될 텐데, '소설 쓰는 딸'은 엄마로부터 들었던 '니 글쓰는 사람 맞나?'라는 질문을 작가로서의 태도를 가다듬는 중요한 기준으로 삼는다. 글 쓰는 사람에게 글 쓰는 사람이 맞느냐는 질문은,

작가로서 제대로 쓰고자 노력하고 있는지, 헛것이 아닌 진짜를 쓰는 일이란 무엇인지를 생각하게 만들었을 것이다. 이는 성해나의 소설에서 인물들이 부딪히고 갈등하고 경쟁하고 나란히 가려는 등 복작복작 살아 있는 모습으로 나타나는 원동력이기도 하고, 삶 자체에 깃든 '진짜로 살아 있다는 것이란 무엇인지'와 같은 심오한 문제를 진지하게 감당하려는 서사가 전개되는 뒷배이기도 하다.

진짜가 무엇이고, 그것은 정말 가짜와 분리된 자리에 따로 존재하는지를 정면으로 다루는 작품으로 「혼모노」를 언급하지 않을 수 없겠다. 이 소설은 '장수할멈'을 모시는 무당인 서술자 '나'의 앞집에 신을 받은 지 얼마 안 된 무당 '신애기'가 이사를 오면서 시작된다.

신령님을 극진히 모시고 장수할멈의 비위를 맞추고자 애를 써봐도 요 근래 '나'에게 영험한 능력은 사라지고 없다. 팥떡을 들고 인사를 온 신애기의 아버지가 보이차를 들면서 "가짜는요, 마실 때 몸이 거부합니다. 역겨운 향도 나고요. 빛 좋은 개살구죠"(117면)라고 하는데, 이는 그냥 스쳐 지나갈 말이 아니라 어쩌면 신 받은 지 삼십년이 된 '나'의 끗발이 다 됐다는 경고에 해당하는 말, 즉 무당 일을 계속할 능력이 자기 자신에게 남아 있는지를 의심하는 '나'를 찌르고 가는 말일 수도 있다. 그런 '나'에게 무당 일에 관심 없는 듯 굴다가도 중요한 순간마다 장수할멈과 내통하는 듯한 말을 내뱉는 신애기는 눈엣가시일 수밖에 없다. 자꾸만 '나'에게 "흉내만 내는 놈"(120면)으로서의 스스로를 돌아보게 만들기 때문이다. 번아웃 증후군이라는 세속적인 말로 자신의 상태를 이해해보고자 애쓰던 '나'에게는 신령들이 떠나간 뒤의 무당은 무엇일 수 있을지, 그때도 '가짜'가 아닌 '진짜' 무당으로 살아갈 수 있을지와 같은 질문에 대답해야 하는 절체절명의 과제가 주어진다.

단골이었던 '황보 의원'이 '나'가 아닌 신애기에게 굿을 맡겼다는 사실을 알게 된 후 신애기를 찾아간 '나'는 화가 난 나머지 지금 자신이 보고 있는 존재가 신애기인지 자신이 모셨던 할멈인지 헷갈리는 지경에 이른다. 어쩌면 신의 눈치를 살피지 않고 스스로의 감정에 충실한 채 신애기와 할멈을 동시에 마주하는 바로 이 장면이야말로 '나'가 '진짜'로서 자리하는 장면인지도 모른다. 하지만 '나'가 '진짜'로 있다는 말은 무엇을 의미할까. 있는 그대로의 '나' 자신이 여기 있음을 뜻하는 것인가, 아니면 '나'의 삶을 의미 있게 해주는 장수할멈과의 접신이 진정으로 이루어지는 상황을 일컫는 것일까. 질문은 다시 돌아온다. 신령들이 떠나간 뒤라도 무당으로서의 마음가짐을 바르게 곧추세운다면 무당은 무당으로 살아갈 수 있나. 우리 자신을 구성하는 무언가가 떠나간 뒤에도 우리는 변형된 스스로를 받아들인 우리로서 살아갈 수 있을까. '가짜'가 아닌 '진짜'로 살아간다는 건 무엇을 의미할까. '진짜'는 어떻게 증명되는가.

소설의 결말부, '나'는 신애기가 벌인 황보 의원의 굿판으로 나가 다른 이들의 시선은 아랑곳하지 않고 저 혼자서의 굿판을 벌이기 시작한다. '나'는 이 굿판을 오직 무당으로서의 자기 자신을 떳떳하게 용인해줄 수 있는지 스스로 가늠하기 위한 자리로 삼는다.

공수를 기다리는 신애기 앞에 마주 선다. 악사들도 다른 무당들도 떨떠름한 얼굴로 나와 신애기를 번갈아 본다. 신애기는 아무렴 상관없다는 듯 칼을 들고 춤을 추기 시작한다. 나도 그애를 따라 조금씩 발동을 건다.

이것은 나와 저애의 판이다. 누구의 방해도 공작도 허용될 수 없는 무당들의 판이다.(149~50면)

삼십년 박수 인생에 이런 순간이 있었던가. 누구를 위해 살을 풀고 명을 비는 것은 이제 중요치 않다. 명예도, 젊음도, 시기도, 반목도, 진짜와 가짜까지도.

가벼워진다. 모든 것에서 놓여나듯. 이제야 진짜 가짜가 된 듯.

장삼이 붉게 젖어든다. 무령을 흔든다. 잘랑거리는 무령 소리가 사방으로 퍼진다. 가볍고도 묵직하게.

땀을 뻘뻘 흘리면서도 작두에서 내려오지 않던 신애기가 아연실색하며 나가떨어진다. 그애는 바닥에 주저앉아 휘둥 그런 눈으로 나를 올려다본다. 황보와 그의 가족도 기도를 멈 추고 나를 올려본다. 할멈도 이 장관을 다 지켜보고 있겠지.

어떤가. 이제 당신도 알겠는가.

하기야 존나 흉내만 내는 놈이 뭘 알겠냐만. 큭큭, 큭큭큭 큭.(153~54면)

'나'와 신애기의 첫 만남에서 신애기로부터 들었던 "존 나 흉내만 내는 놈이 뭘 알겠냐만"(120면)이라는 말은 마 지막 굿판에 이르러서는 장수할멈의 말이 '나'에게 옮겨 붙어 온 것인지, 신애기를 질투하던 '나'가 급기야는 신애기의 말을 차지하게 된 것인지 헷갈리게 읽힌다. 그도 아니면 스스로를 '진짜'라고 증명해 보이고 싶은 이가 이윽고 오른 경지에서 자신이 가장 하고 싶었던 말을 내뱉은 것일까? 자기 자신이 여기 이 자리에 있는데 왜 '진짜'를 증명해야 하나? 어느 쪽이든 소름이 돋는다. 어찌 되었든 인용한 장면의 마지막 문장은 '나'와 신애기, 장수할멈 모두를 대상화하면서도 동시에 모두의 입으로 전할 수 있는 것이기 때문이다. 발화의 주체가 누구든 상관없이, 흉내만으로는 살아갈 수 없는 진짜의 순간이 우리 삶 한가운데 있다는 사실을 새삼 깨우쳐주는 저 문장의 의도가 중요하게 다가온다.

「혼모노」는 "바나나맛이 나지만 바나나는 아닌 우유"(135면)가 친근한 얼굴로 진실한 가짜 맛을 퍼뜨리는 시대, 진실을 허위로 가리는 데 능란한 이들이 목청을 높이는 가운데 진짜 그 자체를 감별하기 어려운 시대, 학습을 통해서라도 '의심'을 늦추지 말고 진짜와 가짜를 분별해야만 하는 시대에 소설이라는 허구의 형식을 빌려 '참'으로 존재한다는 게 무엇인지, 진실을 중시하는 일이 왜 중요한지를 일러주는 작품이다. 소설은 진실이 어딘가에 외따로 있는 것이 아니라 말한다. 오히려 그것은 우리가 살아가는 지금 이곳에 있으며, 물리적인 실체로 증명되듯 한가지 면모로만 다가오지 않는다고. "모든 것에서 놓여나듯" "이제야 진짜 가짜가 된 듯"(153면) 느끼는 '나'의 자유는 어쩌면 진짜를 '믿는' 차원에서가 아니라 진짜로 '있고자' 하는 노력으로부터 빚어졌을지도 모른다.

성해나는 나아간다. 그 방향이 '진짜'에 대한 탐구이되, 진실하게 걸어나가고자 하는 그 일로부터 결코 힘을 빼지 않으려 하므로 우리는 이 작가가 만드는 길을 계속해서 따라나서면 되겠다. 진짜? 진짜.

梁景彦 | 문학평론가

    소설가들은 늘 소재를 찾아 떠도는 존재 같지만, 실은 그 반대인 경우가 더 잦다. 말하자면 소재가 스스로 늦은 밤 작가의 작업실 문을 두드리며 차랑차랑 열쇠 꾸러미 흔들리는 듯한 소리를 내는 일이 더 빈번하다는 뜻이다. 그리고 바로 그 순간, 작가의 역량과 응대가 시험대에 오른다. 성해나의 두번째 소설집 『혼모노』에 실린 이야기들은 그렇게 찾아온 손님들에 대한 성실하고 치열한 기록이다. 묘한 것은 그 기록들이 소재의 서사학적 구조 자체에 천착하기보다는, 그 구조를 떠받치는 사람들의 누추한 상처를 투시한다는 점이다. 그리하여 건축, 영화, 메탈, 조형 예술은 어느새 사라지고, 그 자리에 '지독하고 뜨겁고 불온하며 그래서 더더욱 허무한' 사람들만 남는다. 반짝이는 '스테인리스스틸' 때문에 더 밝게 빛나는 상처들. 세대

간의 갈등을 손쉽게 무마하지 않으려는 정직한 태도, 인위적 도덕을 가차 없이 벗겨내는 담대함, 온기에 속지 않으려는 치열함. 정정하자. 소재가 저절로 작가를 찾아온 것이 아니었다. 성해나가 그 소재들을 불러낸 것이다. 그것을 작가의 '신명'이라 불러도 틀린 말은 아닐 것이다.

이기호 소설가

문득 그런 생각이 들었다.

'충무로는 성해나라는 걸출한 배우를 잃었다. 그야말로 의문의 1패.'

성해나의 작품은 실제로 그 인물이 되어보지 않고서는 생각해낼 수 없는 것들투성이다. 구체적이면서도 명료하다. 실로 우습고 담백하기까지 하다. 뛰어난 연기력이다. 책을 읽다가 혹시나 하는 마음에 두 명의 인물과 한곳의 장소를 검색해봤다. 완전히 속아버렸다. 질투 나는 재능이다. 성해나의 앞에서 나는 그저 "존나 흉내만 내는 놈"에 불과하다. 가끔 대본을 보다 풀리지 않는 인물이 있다면 그에게 전화를 걸어 해독을 요청해볼까 싶기도 하다.

천재에게 고개를 숙이는 것은 자존심의 문제가 아니거늘.

이 소설집은 이러한 '몰입'의 파티다. 영화로 만들고 싶은 작품들로 가득하다. 그만큼 매력적인 인물과 상황과 마음 들이다. 한 사람으로 한 세상을 품는 글들이다. 상황 속에 깊숙이 들어가 적확한 마음을 캐치해 나오는 그의 문장들이 선연하다. 책이 나오면 꼭 다음 문장을 적어 주변 감독님들에게 선물해야겠다고 생각했다.

'넷플릭스 왜 보냐. 성해나 책 보면 되는데. 박정민 드림.'

박정민 배우

부엉이는 제대로 된 숨을 뱉기 위해, 살기 위해 모구(毛球)를 쏟아낸다고 한다. 작가도 소설 한편을 쓸 때마다 비슷한 경험을 하지 않나 싶다. 오랫동안 모아둔 슬픔과 회한, 의문과 성찰을 쏟아내고 다시 첫 숨을 뱉는 과정을 되풀이하며 말이다.

이 일곱편의 작품 역시 내가 쏟아낸 모구다.

억세고 질긴 모와 부드럽고 여린 모가 얽혀 있고, 어둡고 환한 색감의 모들이 설켜 있다.

야행성인 부엉이처럼 나도 밤에 소설을 쓴다. 작품집 교정을 보며 그 무수한 밤들을 돌이켜보았다. 막힘없이 써내려간 밤도 있었으나 돌이켜보면 빈 문서 앞에서 버벅거리고 우려하던 밤이 더 많았다.

하지만 그때의 곡절도 다시 숨 쉬기 위해 모아온 실낱이라고 생각하니 그저 귀중할 뿐이다.

그렇게 쏟아낸 여러 질감과 색의 모구를 소중히 그러모아 단단한 집으로 엮어준 오윤 편집자님, 더 많은 이들이 드나들 수 있도록 이 집에 큰 창과 문을 내어준 창비의 선생님들, 예리하고 깊이 있는 사유〔智〕, 넉넉한 애정〔德〕, 건전한 재치〔體〕를 고루 담아 부족한 집에 '지덕체'라는 근사한 살림을 놓아주신 이기호 작가님, 배우 박정민님, 양경언 평론가님. 감사합니다.

그리고 사랑하는 독자님들. 이 작은 집에 은은한 온기와 윤기를 더해줄 당신이 귀하고 좋아요. 이 집에서, 그 바깥에서 우리 마음껏 울고 웃으며 건강히 지내요.

부엉이는 성급히 날아오르지 않는다. 날갯짓을 하기 전 충분히 주변을 살피고, 신중히 방향을 정한 뒤 착지한다.

나 역시 예리한 발톱으로 문장을 낚고, 너른 시선으로 사회의 아픔을 포착하며 열린 귀로 멀리 떨어진 이들의 이야기까지 경청하고 싶다.

지금보다 묵직한 숨을 내쉴 때까지. 가까이서, 먼 곳에서 지켜봐주시길 바라며.

2025년 봄

성해나

| 수록작품 발표지면 |

길티 클럽: 호랑이 만지기 ······『창작과비평』 2024년 봄호

스무드 ······『현대문학』 2024년 10월호

혼모노 ······『자음과모음』 2023년 가을호

구의 집: 갈월동 98번지 ······『애매한 사이』(인다 2024)

우호적 감정 ······『여덟 개의 빛』(은행나무 2022)

잉태기 ······『릿터』 2023년 10/11월호

메탈 ······『저는 MBTI 잘 몰라서…』(인다 2023)